LA FRONDEUSE

Éric Le Nabour

LA FRONDEUSE

Roman

ÉDITIONS
FRANCE
LOISIRS

Collection « France de toujours et d'aujourd'hui » dirigée par Jeannine Balland

Édition du Club France Loisirs,
avec l'autorisation des Éditions Calmann-Lévy.

Éditions France Loisirs,
123, boulevard de Grenelle, Paris
www.franceloisirs.com

ISBN : 978-2-298-10502-5

A vous

Chers lectrices, chers lecteurs
si fidèles !...

"La Tondue", incarnation
du courage face à l'adversité et
de la dignité face à l'humiliation.

Une leçon de vie et d'espérance !

En témoignage de ma gratitude
et de mon amitié.

Eric Le Nabour

1

Été 1897

Son tourment avait commencé à la tombée du soir. Et cette nuit-là, dans la solitude de sa grande chambre aux meubles sombres, Claire avait cherché, sans jamais les trouver, le sommeil et l'apaisement.

Comme tous les jeudis, elle avait dîné avec son mari et sa belle-sœur, Max et Jeanne. Comme de coutume, elle avait supporté cette atmosphère pesante et fade que la chaleur de l'été rendait plus insupportable encore. Comme à l'ordinaire, la conversation s'était assoupie à mesure que s'éternisait la soirée, émaillée de propos insipides sur la récolte en cours, l'état du domaine ou les prochains voyages de son époux à Paris.

De temps à autre, Max et Jeanne échangeaient des remarques à voix basse. Se parlaient-ils d'ailleurs jamais à voix haute devant elle ? Dès qu'ils se retrouvaient face à face, Claire se sentait devenir une étrangère dans sa propre maison. Cette complicité, qu'elle endurait depuis huit ans, lui était une souffrance. Jusque-là, elle s'était tue. Mais ce soir, elle avait pris leurs apartés comme une humiliation infligée avec méthode et indifférence. Secrètement, ils continuaient de la mépriser. Ils jouaient avec ses nerfs, semblables à un couple d'amoureux pour qui rien d'extérieur à leur idylle n'existe vraiment. Ils l'observaient à la dérobée en plissant les yeux, ricanant parfois à propos de tout et de rien, procédant par allusions ou métaphores.

Pour toute autre femme que Claire Mataguez, un tel jeu eût semblé puéril et dérisoire. Peut-être même n'eût-il pas éveillé la moindre rancœur. Mais, pour elle, il symbolisait toute la souffrance qu'elle endurait, prisonnière de ce marché dégradant conclu par son père : la jeunesse d'une femme riche et candide contre l'expérience d'un homme de vingt-sept ans son aîné qui pourrait tenir d'une main de fer le domaine viticole de La Givanderie, fleuron du pays nantais.

Elle se tourna sur le côté. Tout son corps baignait dans une sueur qui faisait de sa chemise de nuit une seconde peau. Elle avait essayé de lire les journaux du matin, puis un roman d'Émile Zola, *Le Docteur Pascal*. Sans résultat. Elle ne parvenait pas à maintenir son attention plus de quelques minutes. Un carrousel d'images plus déprimantes les unes que les autres agitait son esprit torturé. Son passé avait défilé sous son front avec l'incohérence d'un songe, avant de s'ordonner en une marche funèbre qu'elle avait regardé passer comme on voit se dérouler le long ruban noir d'une interminable nuit.

Tout avait commencé dès sa naissance, avec cette « malédiction » qui, chaque jour, ne cessait d'éroder sa volonté et son désir de vivre. Ses premières années, passées auprès d'une mère distante, d'un rigorisme stupide et qui la regardait avec un mélange de mépris et de pitié, n'avaient rien arrangé. Et pourquoi en eût-il été autrement ? N'était-elle pas l'ultime avatar d'une union si malheureuse qu'elle avait poussé sa mère à disparaître le jour de ses dix ans ? Ensuite, il y avait eu le collège à Rennes. De ce séjour entre les murs de l'institution Saint-Paul, elle ne conservait qu'un sentiment d'ennui et d'humiliation. Il avait suffi de quelques jours pour qu'elle devienne la risée de l'école. Elle était la « richarde » des vins d'Ancenis, la petite « handicapée » qui n'avait pas d'amies et marmonnait à l'église sans jamais manifester la moindre ferveur. Trop silencieuse, trop solitaire, ne sachant ni s'intégrer ni manipuler les sœurs à son avantage, échappant à la norme sans parvenir à s'affirmer autrement que par sa sauvagerie. Personne n'avait compris que cette distance n'était que de la timidité, encore moins que la « tare » qui était la sienne serait une croix bien plus lourde à porter que tout ce que ses camarades pouvaient imaginer.

Les ricanements de Jeanne, ce soir, la renvoyaient à leurs moqueries.

Lorsqu'elle avait eu dix-neuf ans, Gabriel Mataguez, resté célibataire, avait cherché à la marier. Les hommes admiraient sa beauté naissante, mais dès que leurs regards se posaient sur ce bras atrophié qui paraissait appartenir à une statue romaine inachevée, leurs sourires se crispaient. Leurs voix, aussitôt, prenaient des accents hypocrites, chaque compliment sonnait faux et semblait un coup frappé à la porte de son malheur.

Gabriel, en dépit de l'amour qu'il éprouvait pour sa fille, lui avait alors déniché un soupirant : Max Lesarnoy, un vigneron âgé de quarante-six ans. De lui, elle avait appris qu'il avait fait faillite à deux reprises dans la région de Millau, mais que ses compétences étaient unanimement reconnues. Des circonstances malheureuses, de mauvais placements avaient provoqué ces coups du sort. Il suffisait qu'il se remette en selle et il ferait prospérer, avec l'aide de Claire, ce merveilleux domaine de La Givanderie, quelques beaux hectares de coteaux d'Ancenis magnifiquement exposés au nord-est de Nantes.

Gabriel avait confiance. La noce aurait lieu en avril.

Dans sa chambre située sous les combles, Romane Trouvère, à l'instar de Claire Mataguez, ne dormait pas. Depuis cinq ans au service de la famille, elle avait entendu la dispute survenue entre ses patrons peu après le départ de Jeanne Lesarnoy. « Jeanne la truie », ainsi qu'elle l'avait surnommée.

Ce n'était pas la première fois, hélas. Dès que Max revenait au domaine, les querelles reprenaient, quasi quotidiennes. Mais cette fois, la violence des propos tenus par Claire Mataguez l'avait remplie d'une joie mauvaise. Pour la première fois, sa jeune patronne n'avait mis aucun frein à sa colère. Elle avait déversé sur lui une bile nauséabonde, un flot ininterrompu de reproches qu'elle semblait incapable de canaliser.

Avait-elle eu tort ? La domestique savait bien que non. Elle avait beau être de trois ans plus jeune que la maîtresse de maison, dix années de domesticité avaient aiguisé son sens de l'observation. Max Lesarnoy appartenait à cette catégorie d'êtres non seulement immoraux mais vils et répugnants. Elle l'avait tout de suite deviné en entrant à son service. Sa brutalité, sa grossièreté n'étaient pas vraiment innées, ce qui eût été plus tolérable, elles étaient le fruit d'une mise en scène. Il les cultivait comme on cultive des fleurs vénéneuses dans un coin de jardin. Il en usait avec un sadisme consommé, comme on décoche une flèche, imprévisible, foudroyante.

Mais Claire...

Comment cette femme, si douce de caractère, avait-elle osé le traiter de « salaud », elle que la moindre grossièreté mettait mal à l'aise ? Max Lesarnoy, il est vrai, avait passé son temps à boire. Deux bouteilles de vin à lui seul au cours du dîner. Plus les liqueurs à la fin du repas. Sa forte constitution avait paru s'en accommoder mais, quand il s'était levé, elle avait remarqué qu'il tenait à peine sur ses jambes. Suivait-il le même régime lors de ses soirées parisiennes dont personne ne savait rien ? À son retour, on n'entendait généralement tomber de ses grosses lèvres luisantes que d'écœurantes banalités au sujet des « milieux d'affaires » ou de la politique du gouvernement Méline et d'un certain capitaine Dreyfus dont on commençait à parler beaucoup dans les journaux. Chaque fois, il promettait d'emmener sa femme visiter Notre-Dame et dîner dans les guinguettes des bords de Marne à son prochain voyage. Chaque fois, il oubliait l'instant d'après sa promesse et repartait sans même lui dire au revoir.

Ce mépris s'adressait à une femme de vingt-sept ans, brune avec des yeux verts d'une intensité dérangeante, des lèvres fines, un menton volontaire, une nuque pâle et gracile que mettaient en valeur ses cheveux coupés plus court que la mode ne l'exigeait.

Selon Max Lesarnoy – il n'hésitait pas à le dire publiquement –, son physique n'était pas dans l'air du temps. À mesure que l'alcool faisait son effet, il la rabrouait. Il l'appelait « la manchote » ou « mon petit moignon ». Mais là où il voyait de l'arrogance,

Romane Trouvère ne discernait, dans le regard de la jeune femme, qu'une immense tristesse.

Claire Mataguez, songeait-elle, s'étiolait comme une fleur sur laquelle le soleil n'eût projeté, à travers un feuillage trop épais, qu'une lumière exténuée. Chaque mois qui passait la voyait dépérir un peu plus. Son malheur commençait d'apparaître sur son visage. Il remontait sous sa peau claire, à la façon d'atolls émergeant de l'océan, en de larges cernes bistre et de petites rides à la commissure des lèvres.

Romane Trouvère ne parvenait cependant pas à lui trouver autant d'excuses qu'elle l'eût souhaité. Sa compassion s'arrêtait au fait que Claire Mataguez était sa patronne et que, si les riches ont leurs malheurs, les pauvres en ont bien assez pour ne pas s'en préoccuper au-delà du raisonnable. Elle avait également du mal à comprendre qu'elle ne se révolte pas. Après tout, c'était elle la propriétaire de La Givanderie. C'était bien pour cela que le frère de la « truie » l'avait épousée. Quelle étrange faiblesse intérieure l'en empêchait ? Elle connaissait une femme de son village affligée d'un pied bot qui menait la vie dure à son entourage tout en manifestant à ses heures une bonté qui étonnait ceux qui l'approchaient. Fermeté et générosité pouvaient s'allier. Claire Mataguez, elle, paraissait incapable de faire preuve de la moindre combativité.

Jusqu'à ce soir peut-être…

Claire Mataguez n'avait rencontré Max qu'une dizaine de fois avant d'être conduite à l'église de Bouzillé. Au début, il s'était comporté en mari attentionné. Il était même parvenu, durant leurs instants de tendresse partagés, à lui faire oublier la « petite richarde » de Saint-Paul. Puis, très vite, le poids de sa « malédiction » l'avait de nouveau écrasée. Bien qu'elle fût au courant de tout ce qui concernait la gestion du domaine, Max Lesarnoy avait commencé à la tenir à l'écart, la cantonnant aux tâches domestiques. Jeanne, veuve depuis quelques années, s'était installée au manoir que, dans la région, on appelait le Château. Les journées de Claire étaient alors devenues toutes semblables, passées en la seule compagnie de Jeanne, toujours prête à donner son avis, à prendre les décisions à sa place. Quelques réflexions désagréables, quelques heurts sans grande importance avaient ensuite corrompu l'atmosphère. Dès lors, tout avait changé à La Givanderie. Le caractère de Max s'était assombri. S'éloignant de Claire, il s'était rapproché de Jeanne. Ce climat délétère, peu à peu, détruisait leur couple.

Deux mauvaises récoltes successives avaient contribué à faire basculer leurs relations dans un monde où les conflits étaient la norme. Tout était prétexte à chicanes. Le moindre mot était susceptible d'interprétations erronées, la moindre question devenait source de violences intempestives. Des nuées d'orage couvraient le ciel de La Givanderie, empoisonnant jusqu'aux relations entre les employés du domaine.

Alors, étaient venus les insultes et, plus tard, les coups, les soirées d'ivresse, les dîners toujours plus ennuyeux. Quand Max avait commencé à s'absenter, elle avait attendu ses retours avant de les redouter. La peur qui, sournoisement, s'installait, brisait tout élan de réconciliation, transformait leurs rapports en une lutte sans merci. La solitude encore, toujours plus profonde.

Épuisée par cette lutte permanente et vaine, Claire avait fini par négliger son travail et même son apparence. Elle regardait tous les hommes avec soupçon et leurs femmes avec convoitise. Laquelle d'entre elles, d'ailleurs, aurait pu souffrir autant que cette demi-femme dont elle ne supportait plus l'image dans le miroir?...

Après trois ans de mariage seulement, elle avait fini par se résigner. Elle avait tant à se faire pardonner. Sa vie n'était pas seulement un fardeau pour elle, elle l'était d'abord pour les autres. Elle eût souhaité se fondre dans un anonymat rassurant, n'avoir aucun visage. Depuis qu'elle avait remarqué l'apparition de quelques fines rides au coin de ses yeux, elle évitait de se regarder dans le miroir. Elle fuyait sa propre image avec obstination. Ce qu'il lui renvoyait n'était, de toute façon, qu'une sorte de caricature, une statue de sel appelée à se dégrader sous l'effet de l'âge et du malheur.

Disparaître... Ne plus avoir ni nom ni traits distinctifs, ni même de désirs. S'enfouir dans les sables mouvants de sa souffrance. Handicapée elle était, handicapée elle resterait. Cela seul constituait son identité. Elle n'en aurait jamais d'autre.

Pourtant, elle ignorait encore qu'elle finirait par atteindre le dernier cercle de l'enfer.

Ce n'était plus la sueur qui, maintenant, baignait son corps, mais les larmes. Elle s'était mise à pleurer sans s'en rendre compte. Elles coulaient sans lui procurer l'apaisement recherché. Sa souffrance leur survivrait.

Elle se tourna à nouveau, les cheveux collés contre sa joue humide. Son bras fantôme, ou plutôt son avant-bras, recommençait à la faire souffrir. Un changement de climat, un événement imprévu, une contrariété suffisaient à provoquer le retour de cette douleur fantomatique. Parfois, cette douleur lui servait de signal d'alerte. Elle la prévenait d'un danger. Elle aiguisait toutes ses facultés par un phénomène qu'elle ne s'expliquait pas. Son bras mort se remettait alors à fourmiller de mille picotements et c'était comme si la vie revenait en elle. Dans ces moments-là, mais pour un court instant seulement, elle n'était plus la petite fille solitaire qui se croyait inutile. Une force étrangère l'habitait.

Dans la nuit trop calme, les sanglots de Claire Mataguez lui parvenaient à la façon d'un écho sous-marin. Romane Trouvère rabattit l'oreiller sur son visage pour les étouffer.

Elle se retourna brusquement sur le dos, ouvrit les yeux et se boucha les oreilles. Combien de fois avait-elle pleuré elle aussi les premiers mois suivant son arrivée à La Givanderie ? Elle avait laissé dans le Limousin une famille à laquelle elle s'était attachée et que la désunion avait fait voler en éclats. Or qu'avait-elle trouvé à Bouzillé ? Un climat éprouvant, fait d'indifférence et d'hostilité. Un frère et une sœur qu'une complicité malsaine unissait contre une jeune femme handicapée, cette violence larvée des riches qui, sous le masque de l'hypocrisie, lui avait paru plus offensante que les coups qu'elle avait reçus dans son enfance.

Elle ferma les yeux et se laissa de nouveau glisser dans les limbes du sommeil. Mais ce ne furent pas les larmes de Claire Mataguez qui, cette fois, l'empêchèrent d'accéder à l'oubli.

2

C'est sur les trois heures du matin qu'un cri l'éveilla en sursaut, long et modulé, animal, déchirant.

Elle alluma la lumière. Le décor étouffant de la chambre se referma sur elle.

Les cris reprirent, plus faibles. Puis une voix altérée par la souffrance, qui s'efforçait de gagner en clarté dans la nuit.

Claire se leva, enfila un peignoir et sortit de sa chambre, dévala l'escalier, pieds nus. Il y avait toujours une paire de bottes dans l'entrée. Elle les chaussa et se précipita sur le perron.

Les grands ormes qui défendaient l'accès de la propriété frissonnaient sous un vent chaud. L'air était si épais qu'elle le trouva oppressant. Elle avait connu cela une fois dans sa vie, sur les bords de la Méditerranée, par temps de sirocco. L'air pénétrait dans sa gorge comme pour l'obstruer.

Elle s'avança vers la grande cave qui jouxtait le manoir, là où était entreposée la réserve du domaine. La porte était entrouverte. Elle la repoussa et aperçut le halo d'une lampe à pétrole posée sur un vieux coffre. Les gémissements provenaient de là. Elle appela :

— Il y a quelqu'un ?

Pourquoi n'avait-elle pas frappé à la porte de Max ? Par peur qu'il ne la renvoie sur une bordée d'injures ?

Ou par dégoût à l'idée de le trouver étendu sur son lit, radeau à la dérive, enseveli dans son vin comme dans un linceul ?

Elle avança encore, répétant sa question. Un domestique ou un ouvrier aurait-il eu envie de goûter quelques bonnes bouteilles aux frais du patron ? L'hypothèse lui parut absurde. Les employés du domaine ne s'y seraient pas risqués. La brutalité de Max Lesarnoy, son arrogance, ses sautes d'humeur étaient légendaires dans tout le pays nantais. Certains, par rancœur ou par dérision, l'appelaient le « chien d'Ancenis », un chien dont les babines étaient luisantes et les crocs toujours prêts à mordre.

Mais Max Lesarnoy n'avait plus rien d'un animal féroce. Le corps écrasé jusqu'à mi-poitrine par un tonneau de vin qui avait roulé sur lui, il agonisait, les yeux révulsés. Son visage congestionné aux joues épaisses ruisselait de sueur. Depuis combien d'heures luttait-il contre la mort ?

— Max !

Le cri lui avait échappé, mais Claire se reprit aussitôt. Comme projetée en arrière par une main invisible, elle recula. L'avait-il seulement entendue ou était-il trop ivre pour cela ? Il gémissait faiblement. Ses lèvres bougeaient à peine. Les derniers cris qu'il avait poussés avaient dû l'épuiser.

Elle s'agenouilla auprès de lui et, tremblante, posa la main sur son front. La chaleur, l'alcool et la souffrance l'avaient trempé d'une sueur aigre.

— Max...

Sa voix à elle aussi se faisait mourante.

— Réponds-moi, s'il te plaît...

Silence. Le tonneau émit des craquements, comme s'il répondait aux plaintes de l'homme en train d'agoniser.

Elle le contemplait avec un mélange de stupeur et d'indifférence. Le chêne était devenu un arbrisseau. Là, étendu sur la terre fraîche aux relents de pourriture, il ressemblait à un enfant désarmé. L'homme qui, depuis presque sept ans, l'humiliait jour après jour, était à sa merci. Elle n'osa pas, cependant, songer « enfin » ; elle n'avait jamais pensé que cette situation se présenterait un jour. Son esprit se remit à fonctionner à une vitesse folle. Jamais elle ne pourrait soulever un tonneau de ce poids. Si on ne lui venait pas en aide, Max allait mourir. Sans doute avait-il les membres inférieurs brisés, peut-être même la poitrine enfoncée. Un court instant, elle s'imagina en garde-malade, offerte aux caprices et aux aigreurs redoublés d'un homme devenu impotent. L'enfer s'ouvrait sous ses pas.

Alors que, si elle partait en refermant la porte et à condition qu'aucun domestique n'ait entendu ses cris…

L'idée lui traversa l'esprit, fulgurante et sombre. Il lui suffisait de l'abandonner à son sort et le sien changerait irrémédiablement. Elle n'avait qu'à se lever pour cela, partir sans se retourner. C'était si simple. Un geste, juste un, pour sauver sa vie en condamnant celle d'un mari tyrannique, violent et incapable de lui donner une once de bonheur. N'était-ce pas ce qu'on pouvait appeler une forme de « justice immanente » ?

Son âme se débattait encore : partir ou tenter l'impossible.

Mais Max Lesarnoy entrouvrit les yeux et elle murmura son prénom avec une voix d'enfant.

Elle avait tiré un mouchoir d'une manche de son peignoir et épongeait son front. Du sang avait coulé sur le sol grisâtre. Elle ramena de la terre et en fit un petit tas derrière sa tête, à la manière d'une fillette qui joue paisiblement sur la plage. Puis elle glissa son bras valide sous l'aisselle de l'homme qui gisait sous la masse sombre du tonneau et tira de toutes ses forces.

— Je t'en prie, Max, aide-moi... Seigneur, ce que tu es lourd... Max, fais un effort, je t'en prie...

C'était absurde, bien sûr. Mais elle prononçait les premiers mots qui lui venaient à l'esprit pour se donner du courage et rompre le silence qui régnait autour d'elle.

Elle s'épuisa ainsi en vain durant de longues minutes. Le corps ne bougeait pas. Dans un ultime effort, elle lui arracha un cri de douleur qui ébranla les voûtes de la cave. Elle crut entendre : « Mon Dieu ! » Elle approcha son oreille de ses lèvres. Son souffle était brûlant. Il devait souffrir le martyre. Elle l'entendit murmurer :

— Mes jambes...

Elle renonça subitement et se leva. Elle n'y arriverait jamais seule. Il lui fallait aller chercher du secours. Deux hommes au moins seraient nécessaires pour repousser le tonneau à l'aide d'un levier et libérer les jambes de Max.

En entendant un craquement, elle fit volte-face, persuadée que l'énorme fût de vin allait exploser, mais ce n'était qu'un bruit de pas, un pied écrasant une latte de bois.

— Romane ?

La domestique se tenait auprès d'elle, debout, les bras ballants, contemplant l'homme qui avait fermé les yeux et respirait à peine. Elle était d'une pâleur singulière que la blondeur de ses nattes immobiles accentuait encore dans la lumière anémique de la lampe à pétrole. Elle ne réagissait pas, comme fascinée par le spectacle de cette chair se défendant contre la mort.

— Mais viens m'aider ! hurla Claire. Tu ne vois donc pas qu'il est en train de passer ?

Cette fois, elles se mirent à deux pour l'arracher à sa prison de bois et de métal. Mais elles n'y parvinrent pas davantage. Les épaules de Max, entre leurs doigts, se faisaient plus légères, moins volontaires. Une sorte de bourre de coton qu'elles manipulaient sans plus lui arracher le moindre gémissement.

Elles finirent par abandonner, le souffle court. Alors, Claire, d'une voix inhabituellement autoritaire, dit sèchement :

— Va chercher Martin et José Ravalet. Réveille-les, qu'ils viennent pour l'amour de Dieu !

Romane ne bougeait toujours pas. Ses grands yeux noisette fixaient le corps imposant étendu sur le dos et dont la poitrine ne se soulevait plus. Elle avait ramené ses grandes mains étrangement fortes contre sa jupe. Enfin, elle répondit, avant de s'éloigner d'un pas rapide :

— Oui, madame… Tout de suite…

Max Lesarnoy ne donnait plus guère signe de vie. À nouveau, Claire se pencha vers lui et essaya de lui faire prononcer un mot. Mais son visage était devenu celui d'un gisant et, s'il respirait encore, ce n'était que par une sorte de réflexe où la volonté n'avait plus part.

3

Martin Leberre, un employé du domaine, et José Ravalet, un voisin, arrivèrent trop tard pour être d'une quelconque utilité. Max Lesarnoy était mort et, dans la lumière blafarde de la cave, son visage avait déjà pris un teint cireux.

Claire se tenait agenouillée à côté du corps. Elle ne pleurait pas. Elle paraissait à bout de forces. Romane Trouvère l'aida à se relever et lui dit qu'elle avait prévenu le médecin de famille, le docteur Philippe Gerson.

Ses yeux verts perdus dans le vide, Claire demanda :

— Quelle heure est-il ?

Romane répondit machinalement :

— Quatre heures et demie, madame.

— Si tard…

Elle se laissa emmener comme une enfant.

Dehors, la nuit lui parut moins étouffante. Les arbres ne frissonnaient plus. Seules quelques chouettes se répondaient de branche en branche dans la noirceur de l'été. C'est alors seulement qu'elle prit conscience qu'elle grelottait et que Romane la soutenait. Elle faillit s'évanouir et se raccrocha de justesse à l'épaule de la domestique.

— Mon Dieu, pourquoi… Pourquoi nous sommes-nous querellés ?

Elle ne pensait plus à elle ni à sa souffrance. Elle ne songeait qu'aux derniers mots qu'ils avaient échangés au pied de l'escalier, à ce « salaud ! » qu'elle avait prononcé sous le coup de la colère et qui résonnait déjà à ses oreilles comme un blasphème.

Tous les événements de cette nuit lui revenaient dans leur implacable enchaînement. La mort de Max s'ajoutait à la liste des malédictions qui n'avaient cessé de s'abattre sur elle depuis sa naissance.

— Il faudra prévenir Jeanne, dit-elle en gravissant les marches du perron.

L'aube se levait à peine quand le docteur Philippe Gerson, réveillé à cinq heures du matin, passa une main sèche sur son visage ensommeillé et referma sa sacoche.

C'était un homme de grande taille, aussi maigre et long qu'un échassier, avec un nez fort et de grandes mains nerveuses. Debout, il donnait le sentiment d'une force à laquelle il était vain de s'opposer. Assis, en revanche, il perdait de sa prestance, ne sachant que faire de ses longues jambes qu'il croisait et décroisait dans un ballet permanent et maladroit. Les femmes lui accordaient d'ailleurs davantage de magnétisme que de charme au vu de son caractère parfois difficile. Aussi, aucune d'entre elles ne se fût avisée de jouer auprès de lui de la moindre séduction sans y avoir été invitée d'une quelconque manière. D'ailleurs, sa femme, fille d'un important avocat de Rennes, veillait jalousement sur lui. Au contraire de son mari, c'était une femme de petite taille, effacée, toujours vêtue de gris et peu bavarde, qui recevait exclusivement ses amies de Rennes ou de Paris et ne comptait guère que quelques relations parmi les femmes du village. Seules exceptions : la femme du notaire, Marceline Corbin, et les Gouliker, un couple de peintres fortunés venant l'été en villégiature à Bouzillé. Hormis quelques visites de musée durant ses séjours parisiens, on ne lui connaissait d'autres passions que la lecture des chroniques judiciaires et son mari qu'elle couvait d'un œil de poule affamée.

Ce couple improbable, avait souvent pensé Claire, évoquait le mariage d'un héron des marais et d'une souris de laboratoire.

Gerson était accouru aussi vite qu'il avait pu, ayant passé la nuit au chevet d'une jeune femme de Boissière-sur-Èvre qui venait d'accoucher. Il n'avait pu que constater la mort de Max Lesarnoy. Il avait simplement dit :

— Un stupide accident, sans le moindre doute… Il buvait trop.

Avant d'ajouter devant Martin Leberre et José Ravalet :

— Une naissance et une mort dans la même nuit. C'est le curé qui va être content…

Les deux hommes avaient esquissé un sourire crispé, jugeant sans doute la remarque déplacée. Gerson était un homme des villes qui avait échoué à Bouzillé pour des raisons demeurant obscures à la plupart des habitants de la commune. On le disait sec et expéditif, mais chacun s'accordait à lui trouver des compétences rares et une énergie sans faille. On lui pardonnait donc ses excès de langage.

Étendue sur son lit, Claire contemplait les murs de sa chambre d'un œil nouveau. Elle ne grelottait plus. Une lumière douce envahissait peu à peu la pièce, atténuant la corpulence honteuse des meubles Second Empire et rapetissant cet espace au milieu duquel elle se sentait généralement perdue.

— Il ne faut pas vous croire coupable, Claire, disait la voix du médecin. Il s'agit d'un accident.

Il ne l'appelait par son prénom que depuis deux ans ; elle eût préféré oublier la raison de cette familiarité. Devait-elle le haïr pour ça ou, au contraire, lui en être reconnaissante ?

— Max buvait beaucoup trop, vous le saviez. Je l'avais mis en garde. Il n'a jamais voulu m'écouter. Il était plus têtu à lui seul qu'un régiment d'Irlandais. Il aura sans doute voulu goûter son vin…

Elle l'écoutait à peine. Il échafaudait des scénarios pour l'empêcher de penser, mais ça ne servait à rien. Gerson aurait dû se contenter de l'examiner et de lui donner un calmant, puis de l'abandonner à sa solitude. Elle avait toujours fait face dans la solitude. C'était la seule amie qu'elle avait jamais eue, fidèle, patiente, familière. Mais il ne pouvait se défendre d'un sentiment de compassion envers elle. Il avait beau se moquer régulièrement des curés et des « consolations de la religion », il s'efforçait d'entrer dans un rôle, nouveau pour lui, de bon Samaritain. Un rôle qui lui convenait aussi mal qu'un mauvais costume à un acteur débutant. L'aveu brutal lui allait mieux que le réconfort.

Il persistait malgré tout :

— Je sais que vous êtes croyante, vous devriez vous confier à l'abbé Saunier. Pour le reste, je ne vous prescris que le repos. Peut-être, après l'enterrement, pourriez-vous partir quelques jours ? Votre père vous a laissé un appartement à Nantes, je crois. Changer d'air vous ferait du bien.

Elle avait envie de lui demander de partir elle aussi, mais elle n'osait pas. Il y avait trop longtemps que personne n'avait pris soin de lui parler avec une telle douceur et même une sorte de franchise. Elle dit :

— Merci, docteur, peut-être plus tard. Pour l'instant…

Claire n'acheva pas sa phrase.

Des cris venaient de s'élever du rez-de-chaussée, suivis de sanglots bruyants et de lamentations. Gerson fronça les sourcils. Il n'aimait rien moins que le tapage et les pleurs. Il soupira :

— Je suppose qu'on a dû prévenir Jeanne… Je vous souhaite bien du courage.

Et en effet, les cris de Jeanne Lesarnoy donnaient la chair de poule. Un concert tragique et outré, entrecoupé de grognements hystériques. Ceux d'une truie qu'on égorge, aurait dit Romane Trouvère.

4

L'enterrement eut lieu un 18 août, le jour même où le Président Félix Faure trinquait à l'alliance russe avec le tzar Nicolas II à bord du *Pothuau*.

Malgré la mauvaise réputation de Max Lesarnoy, l'église de Bouzillé ne suffit pas à contenir l'assistance. Certains étaient venus de Rennes et de Nantes, moins d'ailleurs par amitié pour Max que par politesse envers Claire, à moins que ce ne fût en mémoire de Gabriel Mataguez.

L'homélie de l'abbé Saunier fut parfaite. Pendant de longues minutes, il présenta le défunt sous un jour flatteur avant d'évoquer la perfection de sa vie conjugale, en tous points conforme à la morale chrétienne. Assise au premier rang au côté de sa belle-sœur, Claire évitait de croiser les regards qui s'appesantissaient sur elle. À l'évidence, c'était Jeanne qu'on aurait pu prendre pour la veuve de Max Lesarnoy. Déjà, s'était répandu, dans le village, le tragique écho de sa souffrance. Vêtue de noir, son visage ravagé par la douleur, elle ressemblait à une cariatide implorant bruyamment les dieux.

Au regard de cette macabre exubérance, la sobriété de Claire faisait piètre figure. On murmurait déjà qu'on ne l'avait pas vue pleurer, ni à La Givanderie ni sur le parvis de l'église. Quelques bonnes âmes parlaient d'un cœur sec, d'autres d'une mésentente conjugale qui devait tenir à quelque vice caché. En entrant dans l'église, Claire avait même entendu l'une d'entre elles, connue pour son assiduité aux offices du matin, prononcer le mot « infirme ». Aussitôt, son maigre bras, sous sa robe de deuil, avait tressailli et elle avait senti un vent mauvais passer sur le cortège funèbre.

À présent, elle entendait sans vraiment les écouter les prières et les psaumes chantés en l'honneur d'un Dieu auquel n'avait jamais cru Max Lesarnoy. Elle exécutait des gestes machinalement et s'en trouvait bien. Le rituel lui évitait de trop penser. Elle percevait seulement avec acuité les reniflements congestifs de Jeanne, sa respiration heurtée qu'entrecoupaient de brefs sanglots. Elle ne pouvait s'empêcher de songer qu'au contraire de Philippe Gerson, elle eût fait une parfaite comédienne. Sous l'Empire, elle eût sans nul doute déclamé des alexandrins avec emphase en arrachant de petits cris effarouchés au parterre.

Pétrifiée, Claire ne distinguait plus personne à présent. Ni le prêtre, ni les enfants de chœur, ni cette assistance monstrueuse dans laquelle, en entrant dans l'église, elle n'avait reconnu que quelques personnes. Elle avait seulement souhaité ne pas y apercevoir quelques visages, trop familiers eux, dont celui de Gerson qui détestait Max et savait tout de son calvaire.

L'offertoire, puis la communion annoncèrent la fin prochaine de son supplice. La première, Claire reçut le corps du Christ. En regagnant sa place, elle ne put éviter le regard de Jeanne. Et ce qu'elle lut dans ses pupilles rétrécies sous le front têtu lui parut la plus irrévocable des condamnations. Cette fois, elle ne pouvait en douter: Jeanne Lesarnoy la haïssait. De ces haines que rien ni personne ne peut raisonner ou apaiser. De ces haines qui surgissent seulement par désir de vengeance ou par dépit amoureux.

Elle s'agenouilla sur le prie-Dieu et enfouit son visage entre ses mains pour échapper à la curiosité malsaine de la foule. Elle avait le sentiment d'être redevenue le centre de toutes les attentions. Avait-on aperçu leurs regards se croiser, avait-on deviné, dans les yeux de Jeanne, la promesse d'une vengeance imprescriptible ?

La voix du prêtre se faisait plus empressée, comme s'il avait hâte d'en terminer avec ce rituel auquel il avait fallu rajouter une longue homélie.

Agnus Dei qui tollis peccata mundi, miserere nobis[1].

Mais de quel péché l'accusait-on depuis qu'elle était née ? Que pouvait-elle bien avoir à se faire pardonner ? Son bras atrophié ? Les médecins avaient commis plus d'une erreur lors de sa naissance, leur avait-on reproché quoi que ce soit ?

Elle seule devait porter le poids de sa culpabilité. Même sa mère l'avait rejetée après l'accouchement. Un jour, incidemment – elle avait alors seize ans –, elle avait même entendu une domestique dire que Jeanne Mataguez avait pleuré en voyant le bébé qu'on lui tendait et l'avait repoussé d'une main ferme, murmurant avec horreur :

— Mais, c'est monstrueux...

Était-elle consciente de ce qu'elle disait à ce moment-là ?

1. « Agneau de Dieu, toi qui enlèves le péché du monde, prends pitié de nous. »

Elle l'avait pensé par la suite, de toute façon. Même en forçant les portes de sa mémoire, Claire ne se souvenait pas que sa mère l'ait jamais prise dans ses bras, ni d'avoir joué avec elle. Jeanne Mataguez – une autre « Jeanne » – la tenait à distance, la confiant aux soins des domestiques et Gabriel, absent, n'avait pu compenser ce manque de tendresse. À l'adolescence, on avait trouvé plus confortable de l'envoyer en pension à l'institution Saint-Paul où elle avait passé cinq ans. La lecture, dès lors, avait été son unique refuge. Elle s'était même essayée à écrire un petit roman où la souffrance qu'elle ressentait s'exprimait à chaque page au travers d'une héroïne fatalement éprise d'un jeune homme qui ne l'aimait pas. Celui-ci ressemblait à s'y méprendre à un jeune prêtre qui avait un jour refusé de lui donner la communion parce qu'il l'avait aperçue en train de manger un morceau de pain avant l'office. Elle s'en était vengée en donnant à son héros les mêmes traits rugueux d'une beauté sulfureuse.

La découverte et la confiscation du manuscrit par ce même prêtre, alors qu'il inspectait les dortoirs, avaient constitué une humiliation supplémentaire. Fatale celle-là. Les autres pensionnaires avaient ri de sa passion pour l'écriture et lui avaient inventé un amour contrarié pour le jeune ecclésiastique. La mère supérieure avait dû intervenir, mais ç'avait été pour la convoquer dans son immense bureau, la sermonner et lui infliger une semaine au pain sec et à l'eau. Elle avait également averti Jeanne Mataguez. Celle-ci n'avait pas manifesté la moindre compassion. Au contraire, avec un désintérêt poli, elle avait approuvé la sanction.

Claire avait cru mourir.

Mais elle n'était pas morte. Elle avait surmonté l'épreuve. Elle n'avait pas voulu leur faire le plaisir de renoncer. Elle s'était placée hors d'atteinte. Comme elle se sentait hors d'atteinte aujourd'hui, presque en apesanteur.

L'église se vidait peu à peu. On sortit derrière le cercueil sur deux rangs serrés, Jeanne en tête. Puis, comme au delta d'un fleuve, les deux files se séparèrent avant de se disperser en petites grappes compactes, telles de petites mygales noires et velues, tandis qu'on hissait le cercueil à l'intérieur du corbillard. En croisant le regard de Claire, les hommes ôtaient leurs chapeaux et les femmes esquissaient un sourire ou un hochement de tête. Tout était parfait, conventionnel à souhait. Chacun avait fait son devoir et Claire elle-même s'était montrée irréprochable.

Ce fut lorsque le cortège commençait à s'ébranler qu'on entendit s'élever, sur le parvis, la voix redevenue implacable de Jeanne Lesarnoy qui demandait :

— Claire, c'est toi qui l'as tué ?

5

La consultation traînait en longueur. Jacques Kerstaing le devinait à son irrépressible envie d'allumer une cigarette. Pourtant, il ne parvenait pas à détacher son regard de la jeune femme qui lui faisait face, dans sa robe prune, chapeau noir enfoncé sur la tête, avec des airs de bergère échappée d'une peinture de Watteau. La petite fille qui l'accompagnait lui ressemblait presque trait pour trait, sagement assise, étrangère à l'atmosphère de ce cabinet parisien cossu qui dominait les berges de la Seine.

Elles avaient fait le voyage depuis Melun, où le mari dirigeait une usine de papier peint. À en juger par les vêtements de ses visiteuses, la famille ne devait pas manquer d'argent. D'ailleurs, bien qu'il exerçât parfois à titre gracieux, la chirurgie ostéo-articulaire qu'il pratiquait à l'Hôtel-Dieu demeurait le privilège des classes sociales les plus aisées. Les pauvres des campagnes continuaient à boiter toute leur vie ou à recourir au rebouteux.

—Vous comprenez, docteur, disait la femme, Mélanie est déjà atteinte d'une scoliose pour laquelle elle porte un corset, mais, depuis quelques mois, elle se plaint de douleurs aux jambes. L'autre jour, nous étions en forêt et, au bout d'une demi-heure, il a fallu faire demi-tour et la porter. Elle ne parvenait plus à marcher.

Il avait déjà eu droit à la liste de tous les antécédents médicaux de la fillette et de ses parents. Kerstaing jeta un coup d'œil par la fenêtre. De son bureau, il apercevait les murs de la Conciergerie que partageait en deux une sorte de bandeau crémeux. Le soleil de cette fin de journée projetait sur le vieux Palais de justice une lumière crépusculaire. Au-dessus de la Seine se faufilaient de petits nuages clairsemés. L'air était doux et tiède. On était en septembre et Paris, bien que paisible encore, donnait des envies de campagne.

— Je vais l'examiner, annonça Jacques Kerstaing.

Le médecin se leva et invita la fillette à faire de même. Dès qu'elle eut posé le pied sur le sol, la douleur lui arracha une grimace de petit singe facétieux. Il la fit passer dans une autre pièce. Elle s'allongea sur la table d'examen. Elle devait avoir huit ou neuf ans. Ses cuisses étaient maigres et blanches, mais fleuraient bon une lotion au romarin dont on avait dû la frictionner. Il palpa les chairs tendres. Un simple attouchement arracha à l'enfant une seconde grimace. Une main posée sur sa cheville, il l'obligea alors à redresser sa jambe. L'articulation du genou, légèrement enflée, avait déjà perdu de sa souplesse. À terme, si l'évolution se poursuivait, il se pouvait qu'elle ne parvienne plus à marcher. Les causes pouvaient être multiples. Déformation des os, décalcification…

— C'est fini, dit-il.

Il l'aida à redescendre de la table. La fillette rajusta sa robe et marcha sans faiblir vers le fauteuil qu'elle occupait précédemment, fière d'avoir passé l'épreuve de l'examen.

— Alors, docteur ?

— Elle n'a jamais fait de chute ?

— Une seule fois. Nous étions en vacances à La Baule. Sur la plage, un rocher...

— Il fallait commencer par là.

La jeune femme se rembrunit.

— On lui a posé une attelle, je suppose ?

— Oui... enfin, je crois.

Elle semblait ne pas se souvenir et fit craquer le fauteuil sous ses gesticulations. Cherchait-elle à lui cacher quelque chose ? Depuis qu'il exerçait, Jacques Kerstaing avait déjà eu affaire à plusieurs cas de mauvais traitements infligés par des parents de condition aisée. La bêtise et la violence n'épargnaient aucune classe sociale.

Comme si elle devinait sa pensée, la femme reprit, d'une voix précipitée :

— Oui, je me rappelle, pardonnez-moi... Mélanie a bien porté une attelle.

La fillette crut bon d'approuver d'un signe de tête. Il est vrai qu'elle n'avait pas l'air d'une enfant battue. Il n'avait d'ailleurs rien remarqué de suspect à l'examen. Mais c'était chez lui une sorte d'obsession dont il discernait mal l'origine. Fils unique, il n'avait jamais reçu la moindre gifle et il n'avait jamais eu l'occasion d'être confronté à ce problème avant de devenir médecin.

— Il va me falloir faire des examens plus approfondis, dit-il. Je vais d'abord lui donner un traitement, mais, dans un mois, s'il n'y a aucune amélioration, vous allez devoir passer quelques jours à Paris. Ce serait possible ?

— Bien sûr. Ma belle-mère vit à deux pas d'ici. Nous logeons chez elle, d'ailleurs.

Jacques Kerstaing hocha la tête. Cela faciliterait les choses, en effet.

La femme au chapeau noir n'en avait pas fini cependant avec lui.

— Et si le traitement ne donnait rien ?

— Dans ce cas, répondit Kerstaing, nous devrons envisager une opération avant que ce problème articulaire ne devienne trop handicapant. Mais ce n'est peut-être qu'une conséquence résiduelle de sa fracture.

À ces mots, un tremblement anima le visage de la femme, écornant ses lèvres au passage. Il n'était pas totalement convaincu de ce qu'il disait et cette incertitude avait dû trouver un écho douloureux dans les profondeurs de son instinct maternel.

— L'opérer, mais…

— Ne vous affolez pas, madame Liancourt. Si nous devions en arriver là, ce ne serait pas dramatique. Ce genre d'affection se traite très bien aujourd'hui. J'ai moi-même pratiqué plusieurs interventions similaires. On pose une prothèse à l'intérieur du genou qui facilite la mobilité et supprime la douleur.

Il ne donna pas trop de détails sur la nature de l'opération, évita de parler de vis et de plaques de métal à souder autour de l'articulation. Il préféra la noyer sous un jargon médical rassurant qu'elle n'était pas en mesure de comprendre. Au fond, les médecins de Molière usaient déjà des mêmes méthodes. Tout était affaire de mots, de mimiques et de gestes apaisants. Il savait que la confiance du malade dans la compétence de son praticien était nécessaire au processus de guérison.

Rose Liancourt parut d'ailleurs assez rassurée pour prendre le temps de le regarder en face et se laisser troubler.

Lui-même éprouva un sentiment identique auquel il ne s'attendait pas. Sous le rebord du chapeau noir, les deux yeux qui l'observaient avaient la pureté d'un lac de montagne. La douceur qui en émanait le renvoyait brutalement à sa solitude et à ses doutes. Ému, il se prit à balbutier :

— Voilà, madame… Eh bien, je crois que nous en avons terminé.

— Vraiment ? Merci, docteur.

Comme si elle s'arrachait à une léthargie bienheureuse, Rose Liancourt se leva et aida la fillette à s'extraire du fauteuil Voltaire. Le médecin préféra ne pas leur serrer la main. Il se contenta de les raccompagner jusqu'à la porte, puis de les confier à sa secrétaire, Mlle Chapman, une quinquagénaire consciencieuse qui tenait à défendre sa tranquillité professionnelle.

Leur départ le soulagea moins qu'il ne l'avait espéré. Il attendit quelques instants, puis dit d'une voix sourde :

— Qu'on ne me dérange plus, madame Chapman…

Avant de refermer la porte capitonnée.

Il regarda ses mains. Elles tremblaient. Il se servit un verre de cognac, mais sa nervosité lui fit heurter le rebord du verre du bout des dents à plusieurs reprises dans un petit claquement sec et répétitif de pivert contrarié.

Depuis combien de temps une femme n'avait-elle pas produit cet effet sur lui ?

« Que t'arrive-t-il, mon bon Kerstaing ? » demanda une voix doucereuse derrière son front. Il avala son verre d'un trait sans obtenir de réponse à sa question.

Ce n'est que plus tard, beaucoup plus tard, quand il eut refermé son dernier dossier, que Jacques Kerstaing s'autorisa à repenser à sa dernière visite.

La nuit était tombée sur la ville et, bientôt, dans les restaurants, les cafés, les salles de spectacle, à Montmartre comme à Montparnasse, dans les quartiers chic comme dans les bas-fonds, une nouvelle vie allait naître, bruyante, pleine de couleurs et de plaisirs illusoires. Une vie à laquelle il demeurait la plupart du temps étranger. Depuis combien de temps n'avait-il pas assisté à une pièce de théâtre ou dîné avec un ami ? Ce n'était pas l'argent qui lui manquait pourtant, l'envie plutôt. Jusqu'à ses trente ans, cette vie nocturne l'avait fasciné. Célibataire, il avait multiplié les liaisons et les excès. Il passait des soirées entières dans des salles enfumées à refaire le monde avec des peintres à la notoriété incertaine, de jeunes carabins ambitieux, des écrivains sans talent et en mal d'inspiration. Il aimait boire et lancer des discussions dérangeantes qui animaient la salle et prolongeaient la nuit. Il aimait les endroits chauds, les filles faciles et les parties de campagne entre amis. Il se repaissait de chair et d'odeurs, jamais assouvi. Trois fois par semaine au moins, tout en travaillant avec acharnement, il rentrait à l'aube, grisé d'alcool et de rêves aussi éphémères que des fumées d'opium. Il avait goûté à tout. Encore que le mot « goûter » ne convenait guère à cet appétit dévorant qui le tenaillait et qu'il pensait éternel.

Et puis Sylvaine était entrée dans sa vie, presque par effraction. Elle avait vingt et un ans. Elle venait des Baux-de-Provence. Elle avait les yeux bleus, des cheveux couleur de jais et l'accent chantant des Alpilles. Il avait suffi d'une journée d'hiver passée dans un café du quai de la Rapée. Le soir même, ils s'aimaient. Trois ans de passion avaient suivi. Trois années de ciel bleu et d'horizons inaccessibles.

Jusqu'au mois de janvier 1895. Ils venaient de dîner dans un restaurant des Champs-Élysées. Tout le monde ne parlait que de l'élection du Président Félix Faure. Il s'en souvenait car Sylvaine avait ri en disant que la France, incorrigible, venait d'élire un homme à femmes. La France éternelle, éternellement frivole. Puis son visage s'était assombri. Elle n'avait plus beaucoup parlé. Ils avaient pris un dessert malgré tout. Alors, la petite cuillère à café balayant ses lèvres fines avec la régularité d'un métier à tisser, elle avait murmuré :

— Jacques, je vais partir.

Elle n'avait pas donné d'explication. Elle l'avait quitté le soir même, aussi brusquement qu'elle était entrée dans sa vie.

Lui avait passé trois mois en lisière du monde, si absent que ses collègues de l'Hôtel-Dieu s'en étaient alarmés. Puis il avait repris le cours de sa vie, mais différemment. On ne l'avait plus vu nulle part. Sitôt sa journée de travail accomplie, il se terrait chez lui comme un animal blessé, ne lisant que des récits de voyage qui le transportaient loin de sa routine quotidienne faite de luxations, de fractures et d'articulations défaillantes.

Il n'avait même pas cherché à la revoir. Il savait que c'était inutile. Sylvaine n'avait été qu'un intermède dans son existence, une sorte de brèche aveuglante dans un ciel d'orage, semblable à celle de ces tableaux où l'on voit la lumière divine ruisseler sur le visage d'un saint en un cône éblouissant.

Depuis, il n'avait plus eu la moindre aventure.

Voilà pourquoi, à quarante ans à peine, sa dernière visite l'avait déconcerté. Rose Liancourt était le genre de femme qu'il savait désormais repérer avec un instinct infaillible. Douée d'une puissance de séduction raffinée mais dangereuse. Créant des attachements puissants, semant le désordre dans une vie, puis disparaissant sans se soucier des cadavres qu'elle laissait derrière elle. Le genre de femme capable de se séparer d'un mari fortuné et d'abandonner une fillette handicapée, mais pour combien de temps ?

Jacques Kerstaing ferma les yeux et s'efforça, sans y parvenir, de chasser l'image de la robe prune. Il se leva et ouvrit la fenêtre en grand. L'air était un peu plus frais, mais toujours aussi agréable. La circulation des voitures et des hippomobiles se faisait moins dense. La ville scintillerait bientôt de tous ses feux.

Debout dans l'air du soir, il alluma une cigarette et sourit pour lui-même. Une renaissance ? Peut-être, au fond, avait-il suffi de la venue de cette femme et de sa fillette pour l'arracher à son quiétisme amoureux ?

Rien, dans ce domaine, n'arrivait comme on le souhaitait, ni au moment où on l'aurait souhaité. Mais son métier lui avait enseigné l'humilité et l'attention aux signes. La médecine n'était pas faite que de connaissances et de logique. L'intuition et la chance y avaient leur part. Il se gardait bien, cependant, d'en parler autour de lui. À une époque férue de scientisme, mieux valait, dans sa position, ne pas entrer en conflit avec les dogmes établis. Pourtant, cette même intuition lui avait toujours murmuré de demeurer fidèle à la mémoire de son père, médecin de campagne à La Celle-en-Morvan. Pendant quarante ans, été comme hiver, par tous les chemins et par tous les temps, dans les maisons bourgeoises comme dans les fermes les plus reculées, Albert Kerstaing avait soigné et sauvé des milliers de patients en conservant, pour son métier, une passion intacte. Lorsque Jacques, avant de venir faire ses études à Paris, lui avait demandé le secret de cet enthousiasme juvénile, le vieil homme avait répondu : « La médecine, ce n'est pas de la mécanique, mais ça, ce n'est pas dans les livres que tu l'apprendras. Un homme, Jacques, c'est un organisme vivant, pas un squelette d'amphithéâtre ! Ça change sans cesse, ça bouge, ça respire, ça pense, ça aime, ça croit en des choses dont tu n'as même pas idée. Si tu l'oublies, tu peux avoir toute la science du monde, tu as plus de chances d'envoyer ton patient au cimetière que de le pousser jusqu'à l'âge d'être grand-père. »

Il lui avait promis de suivre ce conseil. Il avait pu, sur le terrain, en vérifier le bien-fondé. Pourtant, Albert Kerstaing, père sur le tard, n'avait jamais eu la chance de devenir grand-père.

Fallait-il s'en affliger ? Le vieil homme, peu avant de mourir, ne lui avait fait part d'aucun regret, bien au contraire. « Je meurs content, lui avait-il murmuré avec un sourire. J'ai eu une belle vie, celle que je voulais. Tâche d'en faire autant. Et puis, surtout, mon Jacques… ne passe pas trop de temps à réfléchir. »

En repensant à ces paroles, Jacques Kerstaing s'ébroua comme au sortir d'une rêverie cafardeuse. Un moment, il songea à téléphoner à un ami, mais il préférait être seul pour reprendre contact avec l'animation de la vie nocturne. Il passa dans la salle de bains, s'assura qu'il était correctement rasé, s'aspergea d'eau fraîche et s'observa longuement dans la glace. Il avait maigri ces derniers mois. Ses joues étaient plus creuses, les méplats plus accusés et son regard sombre avait gagné en dureté. Des rides avaient commencé de strier son front. Sa bouche aussi accusait un petit pli d'amertume. « Les soucis », se dit-il.

Il se rassurait, comme il avait rassuré Rose Liancourt tout à l'heure au sujet de la maladie de sa fille.

Les bruits de la ville lui parvenaient, assourdis par la hauteur de l'immeuble. Il se dit qu'il allait s'y replonger comme dans une boue tiède et salvatrice. Une cure de jouvence.

Puis, après avoir rajusté sa veste et coiffé son chapeau le plus élégant, il sortit et marcha au hasard.

6

La lutte commença dès le lendemain de l'enterrement. Une lutte frontale et sournoise à la fois. Ce ne furent tout d'abord que des escarmouches, comme si Jeanne respectait une sorte de trêve d'honneur due à la proximité de l'inhumation. Puis les choses sérieuses finirent par arriver.

Jeanne Lesarnoy avait d'abord imposé sa présence définitive à La Givanderie, au motif que le domaine était trop vaste pour être tenu par une jeune femme seule et veuve de surcroît.

Cela dura jusqu'à l'automne. Contrairement à ce à quoi s'attendait Claire, sa belle-sœur ne contesta pas le testament. Si les biens acquis depuis son mariage avec Max, ainsi que les avoirs financiers devaient être partagés entre Claire et la seule héritière de Max, le domaine lui-même appartenait à la famille Mataguez. Gabriel avait été assez avisé pour en réserver l'entière propriété à sa fille lors du contrat de mariage. Max, de son côté, possédait si peu de biens personnels qu'il eût été mal venu de s'opposer à des dispositions que la logique imposait.

Mais Jeanne ne s'intéressait guère à cet héritage. Veuve d'un éleveur du Sud-Ouest, elle disposait d'une fortune personnelle qui la mettait à l'abri du besoin.

Non. L'unique objectif de Jeanne, et dont Claire ne prit conscience qu'après quelque temps, était la mise à mort de La Givanderie et de tout ce que le domaine représentait. L'ascendant qu'elle prit sur le personnel, sa connaissance des affaires de Max, son âpreté au gain, son goût immodéré pour l'épargne lui donnaient, croyait-elle, le droit de tout gérer à la place de sa belle-sœur. L'emprise qu'elle exerçait également sur Claire acheva de convaincre les domestiques et les ouvriers. Ils se mirent à lui obéir sans discuter et ce fut, pour Claire, une succession de petits faits quotidiens, d'abord insignifiants, comme l'exigence affichée par Jeanne d'être toujours servie la première à table, puis d'une indélicatesse croissante, jusqu'à l'humiliation la plus violente. À mesure que les semaines passaient, les domestiques prêtaient de moins en moins d'attention à Claire. Elles commencèrent par changer le linge de place, puis ce fut au tour de la vaisselle de disparaître, au profit du service de mariage de Jeanne. Marguerite Malicorne, la cuisinière, n'en faisait qu'à sa tête, suivant en secret les suggestions de Jeanne Lesarnoy. Quant aux ouvriers, ils avaient fini par se montrer tout aussi rétifs. Lorsque Claire s'aventurait entre les ceps pour contrôler la bonne marche de leur travail, ils lui tournaient délibérément le dos et marmonnaient entre leurs dents sans ôter leur cigarette de la bouche, lui manifestant ainsi une sourde hostilité. À d'autres occasions, c'était un geste d'agacement ou une réponse évasive. Dans ces moments-là, ils ne levaient même pas les yeux sur elle pour lui signifier que le pouvoir avait changé de mains.

Par une sorte de mimétisme que Claire ne parvenait pas à s'expliquer, Jeanne était parvenue, en quelques semaines, à se substituer à Max dans leur esprit. Elle leur inspirait la même crainte révérencielle, la même terreur. Et lorsqu'elle donnait ses ordres, on entendait désormais dans le vibrato de sa voix des modulations plus graves qui rappelaient celles de Max.

Peu à peu, Claire se voyait dépossédée de son autorité et de tous ses droits. Si elle s'était toujours sentie une étrangère du vivant de Max dès lors que sa belle-sœur s'était installée à La Givanderie, elle était maintenant une exilée sur son propre domaine. Jour après jour, le décor autour d'elle se mettait à changer, effaçant jusqu'à ses souvenirs d'enfance. Ici, c'était un meuble du salon qu'on remplaçait, là un tableau qu'on décrochait du mur pour le remplacer par une croûte sans intérêt. À la fin de l'automne, Claire se rendit compte que Jeanne avait même opéré un tri parmi les ouvrages de la bibliothèque. Lorsqu'elle lui en avait fait la remarque, Jeanne avait simplement répondu, en parlant de Zola, de Barrès ou d'Émile Verhaeren : « Ce n'est pas en lisant des niaiseries que tu te consoleras de la mort de Max. »

Jeanne s'était mise à la tutoyer le jour de l'enterrement. Elles n'avaient jamais reparlé de l'accusation terrible portée sur le parvis.

Rongée par la culpabilité, Claire ne répondait que mollement à ces provocations. Une fois réfugiée dans sa chambre, il lui arrivait de croire qu'elle méritait son sort. Elle appartenait à la catégorie des êtres destinés aux ténèbres que l'on devait dominer. Être conduit d'une main ferme à travers l'obscurité, sans qu'il soit tenu compte de leurs désirs ou de leurs opinions, faisait simplement partie de cette fatalité qui était leur lot depuis la naissance.

Le soir, plus qu'à aucun autre moment de la journée, Jeanne s'ingéniait à raviver les tensions. Pour éviter qu'elle ne quitte trop tôt la table, elle faisait semblant de l'informer en détail de la gestion du domaine devant les domestiques, ce qui ralentissait le rythme du service. Puis, jouant le chaud et le froid, elle l'entraînait dans la bibliothèque pour prendre le thé ou une infusion. Lisant quelque magazine féminin ou se concentrant sur un ouvrage de broderie, elle gardait alors le silence, concentrée sur son travail, son petit front têtu penché sous la lumière de la lampe, un sourire avorté sur ses lèvres qui exprimait toute la haine singulière dont elle était capable.

Un soir de janvier 1898 – il avait neigé toute la journée –, Claire trouva pourtant le courage de poser la question qui la hantait depuis le 18 août :

— Pourquoi m'avoir demandé le jour de l'enterrement de Max si je l'avais tué ?

Jeanne Lesarnoy ôta ses lunettes et leva les yeux du traité de viticulture qu'elle était en train de parcourir.

— Parce que j'en avais le droit, répondit-elle d'une voix fausse.

— Vous savez bien que ce n'est pas vrai.

— Alors, si tu préfères, parce que j'en avais le devoir.

Claire manqua suffoquer.

— De quel devoir parlez-vous ?

Jeanne Lesarnoy laissa s'écouler un silence pénible durant lequel on n'entendit plus guère que le crépitement du feu et le gémissement du vent qui, au-dehors, bataillait entre les ormes.

— Si tu avais demandé à Romane d'aller chercher du secours, Max aurait pu être sauvé.

— Je le lui ai demandé !
— Mais trop tard, il fallait y aller toi-même.
— Vous savez bien que c'est faux. Vous m'accusez parce que vous me haïssez, mais j'ai ma conscience pour moi. J'ai fait tout ce que j'ai pu.
— C'est-à-dire presque rien. Tu prétends avoir ta conscience pour toi, mais tu as laissé Max descendre dans cette cave alors qu'il avait déjà beaucoup bu. Où étais-tu à ce moment-là ?

Claire sentit son pouls s'accélérer. Les images du drame affluèrent à sa mémoire. Il n'y avait pas une nuit où elle ne repensait pas à Max, à son corps écrasé sous le tonneau de vin, à sa tête ensanglantée, à son visage livide, à ses lèvres luisantes dans le halo de la lampe à pétrole, des lèvres incapables d'appeler au secours ou de prononcer une prière. Elle avait déjà eu la chance d'entendre ses cris et de demeurer auprès de lui jusqu'au bout. Elle ne l'avait pas laissé mourir seul.

— Vous saviez, vous aussi, qu'il buvait.
— Mais tu étais sa femme… enfin, si l'on peut dire.

Claire sursauta :

— Qu'entendez-vous par là ?
— Que si ç'avait été le cas, tu lui aurais donné un enfant !

Claire se mordit les lèvres. Elle était si près de la cheminée que la chaleur brûlait son front. Elle passa une main sur son visage. Les flammes qui dansaient lui rappelaient les vacillements de Max dans l'escalier lorsqu'il était ivre. Pourquoi n'était-elle pas demeurée dans sa chambre cette nuit-là ? Pourquoi ne s'était-elle pas bouché les oreilles ? Pourquoi n'avait-elle pas attribué ces cris à un ouvrier ivre, à une fille délurée ou même à un animal pris dans un piège ?

À présent, c'était elle qui se débattait dans ce piège où l'avait précipitée la mort de Max. Et Jeanne la regardait s'y enliser à la façon d'un chasseur tournant autour de la fosse où s'affole un sanglier poursuivi par une meute. Elle jouissait de son désarroi. Elle jouissait de son pouvoir. Elle était pleine d'elle-même, ivre de vengeance, comme Max l'était d'alcool.

Claire l'observait en silence. Elle s'était remise à son canevas, entrepris quelques jours plus tôt, patiente, empêtrée dans sa hargne et dans son égoïsme comme ses doigts dans les fils de la tapisserie. Depuis qu'elle était veuve, elle n'avait jamais eu d'autre homme dans sa vie que son frère. Elle n'avait plus rien à perdre, plus d'autre but que de se venger d'un meurtre imaginaire.

Envers elle, Claire n'éprouvait maintenant que du dégoût. Un long moment, elle contempla ses cheveux noirs ramenés au sommet de la tête en un échafaudage complexe, son visage blanc et lisse, légèrement gonflé, semblable à un œdème, sa bouche dure et sarcastique... Jeanne Lesarnoy lui inspirait un mélange de pitié et de répulsion. Elle n'avait guère de raisons d'être malheureuse. Elle était riche. Elle n'était atteinte d'aucune infirmité. Elle pouvait très bien, à quarante-six ans, envisager un remariage. Et pourtant, quelque chose, au fond d'elle, transpirait le malheur et la frustration.

Cette pensée insuffla à Claire une énergie inattendue. Il n'était pas nécessaire d'être atteint dans sa chair pour être abandonné. Il ne suffisait pas d'être satisfait de soi et de son apparence pour accéder au bonheur. Une réalité plus subtile était enfouie au plus profond de chacun. L'image d'un océan, agité en surface et calme dans ses profondeurs, lui vint à l'esprit. Était-elle capable de plonger dans ses propres profondeurs pour trouver la force qui lui manquait ?

— Au fond, vous n'êtes qu'une garce, dit-elle enfin, une vieille garce aigrie qui pleurniche sur la mort de son grand frère comme une petite fille qui découvrirait qu'elle n'a jamais su marcher sans béquilles.

Malgré un haussement de sourcils, Jeanne Lesarnoy affecta l'indifférence.

— Je sais que tu l'as tué. Et je le prouverai, ce n'est qu'une question de temps.

Claire, mue par une impulsion soudaine, se leva et s'approcha d'elle.

— Je ne l'ai pas tué… Je ne l'ai aimé que quelques mois parce que Max était comme vous : il ne cherchait qu'à faire souffrir les autres pour combler je ne sais quel manque. Mais je ne l'ai pas tué, et vous ne pourrez jamais rien contre moi.

Pendant un court laps de temps, Jeanne Lesarnoy parut déstabilisée. Puis, se ressaisissant, elle leva les yeux de son ouvrage pour la fixer avec orgueil :

— C'est ce qu'on verra, ma petite.

Claire ne se souvenait pas d'avoir ressenti autant de joie et d'assurance depuis longtemps. Elle se sentait délivrée d'un poids qui depuis trop longtemps l'entraînait vers l'abîme.

Lorsqu'elle entra dans sa chambre, elle la contempla soudain d'un autre œil, inventoriant cet environnement d'ordinaire étouffant avec plus d'indulgence. Elle se dit alors que la laideur ne tenait pas tant aux objets qu'elle voyait que dans le regard qu'elle posait sur eux parce qu'elle était malheureuse.

Elle s'allongea tout habillée sur son lit. Des vagues d'énergie déferlaient sur elle. C'était merveilleux et un peu effrayant à la fois comme sensation. De s'être dressée contre Jeanne Lesarnoy la remplissait d'une étrange allégresse, très différente de celle qu'elle avait éprouvée en traitant Max de « salaud ». Curieusement, elle lui en voulait moins qu'à Jeanne. Max était un homme aigri et violent qui n'avait jamais accepté ses déconvenues financières. Elle ne lui avait offert qu'une opportunité de revanche. Jeanne, pour sa part, l'avait choisie comme bouc émissaire. Devenue pour Max, au fil du temps, un simple souffre-douleur, elle était maintenant, aux yeux de Jeanne, l'unique objet de ses plus profonds ressentiments. Jeanne avait cristallisé sur elle toutes ses rancœurs, sans vraiment savoir pourquoi. L'accusation qu'elle avait portée contre elle le 18 août n'était qu'un prétexte pour les assouvir.

Les yeux mi-clos, Claire cessa bientôt de chercher des réponses à ses questions. Son esprit était vide de toute attente, de tout projet. Elle se sentait le cœur léger, comme absente d'elle-même.

Elle s'endormit alors que la demie de onze heures sonnait au salon, où sa belle-sœur, maintenant, devait s'assoupir.

Le lendemain, Jeanne Lesarnoy s'éveilla sur les huit heures. Comme à l'accoutumée, elle sonna Romane Trouvère pour que la domestique l'aide à s'habiller. Puis elle descendit donner ses ordres aux cuisines et se fit servir son petit déjeuner au salon.

C'était une belle journée, ensoleillée et calme. Un petit vent frais soufflait du nord-est. La terre était durcie par le gel, mais on y circulait à son aise. Les paysans des environs savaient cela : la nature n'avait pris ses quartiers d'hiver que pour donner, plus tard, ce qu'elle avait de meilleur. Il suffisait d'attendre. La patience était une vertu en soi et elle hâterait la tenue de toutes les promesses.

On était à la mi-janvier et tous les journaux commentaient la lettre d'Émile Zola à Félix Faure publiée dans *L'Aurore*. La France, de toute évidence, était désormais partagée en deux. D'un côté, les catholiques et les monarchistes, de l'autre, la gauche radicale, les premiers persuadés de la culpabilité du capitaine Dreyfus, les seconds convaincus de son innocence. Pour Jeanne Lesarnoy, la trahison ne faisait aucun doute. Son mari avait vu sa fabrique de papier peint ruinée par l'installation d'un concurrent nommé Bernstein. L'heure était venue de rendre la monnaie de leur pièce à ces « juifs spéculateurs » dont Jeanne aimait à dire qu'ils n'étaient que des « gorets sans scrupule ».

S'inquiétant de l'absence de Claire, elle posa quelques questions aux domestiques. Ceux-ci les éludèrent, affichant un embarras inhabituel. Elle finit par trouver Romane dans l'arrière-cuisine. La jeune femme nettoyait l'argenterie.

— Je ne sais pas, madame, répondit-elle sans s'expliquer davantage.

De toutes les servantes, Romane était la seule qui continuât à lui tenir tête.

— Enfin, ne sois pas idiote, tu dois bien savoir si elle s'est levée ou si elle dort encore. Après tout, c'est toi qui t'occupes d'elle...

Mais Romane, obstinément, continuait d'astiquer cuillères et fourchettes avec la même application.

— Regarde-moi ! hurla Jeanne.

Romane Trouvère leva deux yeux noisette aux pupilles de verre dépoli.

— Je crois vous avoir répondu, madame.

Le sang monta aux joues blanches et molles de Jeanne Lesarnoy.

— Que cherches-tu ?... À perdre ta place ? Ton insolence pourrait te coûter...

— Seulement le montant de mes derniers gages, dit Romane de la même voix sans timbre.

Jeanne, au bord de la crise de nerfs, tourna les talons et gravit l'escalier conduisant aux étages. Fébrile, elle frappa à la porte de la chambre de sa belle-sœur. Ne recevant aucune réponse, elle entra. Personne. Une lumière blanche et sèche filtrait des rideaux tirés, traçant sur le parquet une ligne claire qui venait buter contre le pied du lit. Suffisante, malgré tout, pour éclairer la pièce : vide. Le silence qui régnait était d'une qualité inhabituelle. Un vase de porcelaine où s'ennuyait un bouquet de fleurs fanées trônait sur la commode.

Tout au fond de la chambre, les portes de l'armoire étaient entrebâillées. Et l'armoire était vide elle aussi.

7

Le notaire regardait Jeanne Lesarnoy et son regard était sans complaisance.

— C'est une plaisanterie, dit-elle. Une plaisanterie de très mauvais goût.

Maître Corbin hocha sa tête grisonnante et léonine. Puis il se renversa en arrière, enfonçant son corps athlétique dans le creux du fauteuil. Il avait beau avoir dépassé la soixantaine, il n'en conservait pas moins une allure juvénile et une vigueur que lui enviaient bien des hommes de sa génération.

— Je ne me serais pas déplacé si ç'avait été le cas.

Chaque mot qui tombait de sa bouche semblait un silex affûté ; Jeanne Lesarnoy commençait à perdre patience. Bien qu'enfoncée dans le moelleux des coussins, elle se mit à vaciller sur son céans et Jean Corbin l'observa tanguer sur son fessier comme un navire au mouillage, tirant sur sa chaîne d'ancre, en proie à des vents contraires. Le sol devait se dérober sous elle. Elle regardait l'extrémité de ses souliers et semblait s'interroger.

Il lui avait pourtant clairement exposé les motifs de sa visite. Mais Jeanne Lesarnoy paraissait ne pas vouloir comprendre. Puisqu'elle lui en laissait le loisir, Jean Corbin la détailla. En dépit de sa face crayeuse, de la boursouflure que formaient ses joues qui retombaient en deux flaques roses à la commissure des lèvres, il émanait d'elle une sorte de volonté tyrannique. Sa laideur ne parvenait pas à en atténuer les manifestations les plus évidentes : la dureté du regard, le pincement des lèvres, la crispation des mains posées l'une sur l'autre qui décrivaient de petits cercles sur la surface étroite des genoux. On devinait chez elle une tension. Plus que tout, elle semblait habitée par un désir précis et ce désir était, de toute évidence, lié à La Givanderie, ou plutôt à sa propriétaire. Chacun, à Bouzillé, savait que les deux belles-sœurs se détestaient, mais la haine de Jeanne Lesarnoy avait gagné en intensité au fil des mois. Était-ce depuis la mort de Max que cette haine avait mûri, voire changé de nature ? Jean Corbin en doutait. Le départ de Claire Mataguez laissait la sœur de Max Lesarnoy dans un désarroi sans bornes. À présent qu'elle était menacée, la guerre ne faisait que commencer.

— Je dispose de combien de temps ?

— Ma cliente souhaiterait que vous ayez quitté les lieux avant la fin du mois d'avril.

— Et qui va s'occuper du domaine ?

— Un intendant sera nommé.

— C'est absurde !

— Madame Lesarnoy, dois-je vous rappeler que ce domaine n'a même jamais appartenu à votre frère ?

— Il faudra bien qu'elle rentre. Un domaine comme La Givanderie ne se gère pas à distance comme une vulgaire épicerie.

— En effet, mais pas tout de suite.

— Elle a l'intention de vendre ?

— Pas pour le moment.

— Ce qui signifie bientôt ?

— Pas nécessairement.

— Je dois lui parler. Où est-elle ?

— Je ne suis pas autorisé à vous le dire.

Il écourtait ses réponses pour la décourager.

— Je veux la voir. Ici ou ailleurs !

— Je lui ferai part de votre requête.

On eût dit qu'elle souhaitait le retour de Claire Mataguez et Jean Corbin y vit le désir du chasseur d'attirer sa proie dans un piège préparé de longue date.

— Quoi qu'il en soit, conclut-il, je crois Mme Mataguez tout à fait capable de s'occuper de ses affaires et de prendre les décisions qui s'imposent. Lorsque son mari était absent, et il l'était souvent, n'a-t-elle pas donné la preuve de ses compétences ?

— Vous êtes de son côté ?

— Je suis son notaire !

— C'est bien ce que je disais, vous êtes de son côté.

— Vous ne comprenez pas, reprit Jean Corbin, vous n'avez aucun droit sur ce domaine, vous n'en avez jamais eu d'autres que ceux qu'a bien voulu vous concéder la veuve de votre frère.

Il parlait d'une voix égale, dépourvue de toute émotion. On devinait que le sort de Jeanne Lesarnoy l'indifférait. Il n'était là que pour délivrer un message, presque une sentence.

Elle, lointaine, têtue, semblait flotter entre deux eaux, incapable d'admettre l'ampleur de son humiliation.

Décroisant ses jambes trapues, le notaire se pencha vers Jeanne Lesarnoy, sans toutefois chercher, par ce geste, à lui laisser supposer une quelconque forme de connivence.

Comment aurait-on pu éprouver le moindre sentiment pour une telle femme? Par compassion, il cherchait tout ce qui, dans son attitude, ses gestes, le timbre de sa voix, pouvait présenter un attrait. En vain. Il avait hâte de mettre fin à l'entretien. Elle était sèche, dénuée de toute séduction, à la fois dure et gélatineuse. Sa peau elle-même, veinée de bleu, parsemée de taches de son et de vieillesse, n'invitait à aucune caresse. Jeanne Lesarnoy n'inspirait rien d'autre qu'une immense indifférence, pas même de la répulsion. Un peu comme ces vieilles femmes qui ne sont ni laides ni belles, mais si ordinaires qu'elles découragent les sentiments extrêmes.

— J'ai compris, dit-elle.

Ils se levèrent, pressés d'en finir. Jean Corbin la salua d'un baisemain distant parce qu'elle lui avait malgré tout tendu la main.

— Au revoir, madame Lesarnoy.

Dehors, l'air était vif. La neige avait disparu. Il fut ravi de remonter en voiture. Les quelques kilomètres qui le séparaient de son étude lui parurent la plus belle des promenades.

Dans les jours qui suivirent, Jeanne Lesarnoy partit pour Nantes afin de consulter son propre notaire. Maître Roland Gaymard lui confirma ce que lui avait exposé Jean Corbin.

— Alors, il n'y a rien que je puisse faire? demanda Jeanne Lesarnoy.

— Rien.

— C'est grotesque.

— C'est ainsi. Je ne vois même pas pourquoi vous êtes venue me trouver.

— Parce que je suis là-bas chez moi autant que cette petite…

Elle ne trouvait pas le qualificatif qu'elle cherchait et Roland Gaymard, muettement, l'en dissuada.

— Du temps de votre frère, peut-être, dit-il, mais plus aujourd'hui. Il faut vous faire une raison, Jeanne. Max n'était que le mari de Claire, il l'avait épousée en connaissance de cause et il n'a jamais été prévu de modifier les clauses du contrat initial. Par conséquent, vous devez partir.

— Elle l'a tué, vous comprenez ce que ça signifie ?

— Jeanne…

— Je sais ce que je dis et je le prouverai.

— La gendarmerie a conclu à un accident. Qu'allez-vous chercher ?

Elle s'obstinait d'une façon que le notaire jugeait pathétique et même pathologique. La douleur l'égarait. À ce moment, une phrase de Balzac, dans *Le Colonel Chabert*, lui revint en mémoire : « Mais, nous autres avoués, nous voyons se répéter les mêmes sentiments mauvais, rien ne les corrige, nos études sont des égouts qu'on ne peut pas curer. »

La phrase, lue pendant l'enfance, l'avait profondément marqué. Il en avait, depuis, trop souvent éprouvé le bien-fondé.

Durant les mois de mars et d'avril 1897, Jeanne Lesarnoy, comme si rien dans ses habitudes ne devait être changé, fut présente sur tous les fronts, parcourant inlassablement le vignoble de La Givanderie, houspillant ouvriers et domestiques, examinant jusqu'à s'en brûler les yeux les comptes de Max et donnant ses ordres comme il les eût donnés lui-même. Les livres de comptes, hélas, ne contenaient aucune irrégularité. Impossible, en outre, d'y apporter la moindre modification sans éveiller les soupçons.

Pourtant, sa haine ne cessait de grandir, jusqu'à occuper toutes ses pensées. Claire portait une responsabilité, directe ou indirecte, dans la mort de Max. La jeune infirme ne pouvait être innocente. Son handicap, à lui seul, suffisait à l'accuser. Soit qu'il reflétât quelque punition divine, soit qu'il l'eût empêchée de porter secours à Max. Dans les deux cas, Claire Mataguez avait « tué » Max.

Jeanne Lesarnoy finissait par croire qu'une mission lui avait été confiée. Rendre justice à Max était devenu sa raison de vivre. Elle allait y employer toute son énergie et découvrir ce qui se dissimulait derrière la douceur irritante de sa belle-sœur. Elle cachait quelque chose, cela ne faisait aucun doute. À plusieurs reprises ces derniers mois, Max avait essayé de lui parler, de se décharger d'un lourd secret. Chaque fois, il y avait renoncé, accablé peut-être par le poids de sa mauvaise conscience.

Elle allait trouver, cependant. Elle allait fouiller dans la vie de Claire, dans son passé familial, dans son parcours conjugal. Elle passerait tous ses faits et gestes au crible. La solution ne pouvait se trouver qu'ici, à La Givanderie.

Elle disposait encore d'un peu de temps pour la découvrir. Au pire, elle proposerait à Claire Mataguez de racheter la propriété. Elle ne pouvait quitter la maison de son frère. La laisser vendre au plus offrant, c'était condamner Max à mort pour la seconde fois.

Avant la fin du mois de mars, deux domestiques demandèrent leur congé définitif. Jeanne Lesarnoy le leur accorda, mais rechigna lorsque ce fut le tour de Marguerite Malicorne, la cuisinière.

— Cela fait dix-neuf ans que je sers au Château, dit-elle. Je commence à me faire vieille.

— Quel âge avez-vous ?

— Soixante-trois ans.

— Vous êtes encore jeune.

— Ce n'est pas ce que dit mon frère.

— Parce que vous avez un frère ?

— À Saint-Florent-le-Vieil, à quelques kilomètres d'ici. Maintenant qu'il est veuf, je compte m'installer avec lui.

Jeanne Lesarnoy posa sur la cuisinière un regard immobile, sans vie. « Le regard d'une aliénée », songea avec effroi Marguerite Malicorne.

— Moi aussi, j'avais un frère, murmura-t-elle.

À la mi-avril, Romane Trouvère, après avoir réclamé ses gages, quitta également La Givanderie sans faire le moindre commentaire.

Cette épidémie de départs précipités ne parvint pas à distraire Jeanne Lesarnoy de sa quête.

À la fin du mois d'avril, elle n'avait rien trouvé qui fût de nature à prouver que Claire Mataguez était le « monstre froid » qu'elle espérait.

Le 2 mai, elle réunissait ses bagages et effets personnels lorsqu'on vint lui annoncer qu'un homme l'attendait au salon.

Il se présenta, une serviette à la main :

— Martin Leguérek. Je suppose qu'on vous a avertie de mon arrivée… Je suis le nouvel intendant.

Claire, volontairement, ne l'avait pas fait prévenir, préférant jouer de l'effet de surprise.

Jeanne Lesarnoy se sentit brutalement écartée d'un jeu qu'elle croyait jusque-là mener seule.

Le lendemain, bouclant ses dernières valises, elle partit pour Nantes où elle possédait une propriété sur les bords de l'Erdre. Une élégante villa aux volets blancs, aux larges balcons et dont les dix-huit pièces ne firent qu'accentuer son vertige de solitude.

Pendant un mois, elle erra dans sa demeure richement meublée avec un sentiment de pauvreté absolue. L'absence de Max, la perspective de ne jamais revoir Bouzillé, la disparition de Claire, dont la fuite soudaine lui avait paru le plus tonitruant des aveux, tout contribuait à faire de son existence un vide que seule l'accumulation des rancœurs pouvait combler.

À la fin du mois de mai, Jeanne Lesarnoy regagna Nantes et s'y enferma dans son appartement de la place Royale.

8

Claire contemplait le ciel gris qui étendait son voile sur les coupoles du Sacré-Cœur. La journée s'annonçait maussade. De petits nuages gras et inoffensifs transitaient paresseusement au-dessus de Montmartre, entraînant dans leur sillage d'autres nuages plus sombres et ballonnés de pluie.

Elle ouvrit la fenêtre et sortit sur le balcon. De son sixième étage, la vue sur Paris était imprenable. Quel que fût le temps, il y avait quelque chose de magique dans cette perspective qui unissait la majesté de la basilique à la familiarité bruyante de la place Saint-Pierre.

Cette grisaille la rebutait d'ailleurs infiniment moins que celle qu'il lui fallait affronter certaines soirées d'hiver à La Givanderie lorsqu'elle se voyait condamnée à un étouffant huis clos avec Jeanne.

Comme tout cela lui paraissait loin à présent ! Il avait suffi de quelques semaines pour que le souvenir de sa vie à La Givanderie s'efface de son esprit et passe d'une peinture lourdement figurative à une esquisse légère, d'une croûte aux traits pâteux à une sobre composition orientale.

C'était cette toute dernière soirée passée à La Givanderie qui avait décidé de tout. Elle revoyait la silhouette de Jeanne penchée sur sa tapisserie, sa figure blême dans la triste lumière de la lampe. Elle entendait encore le son de sa voix, méprisante. Chacun de ses mots venait frapper sa poitrine et pénétrait sa chair avec la précision d'un scalpel.

Un instant de plus et elle avait enfin réalisé toute l'horreur de sa situation. De même qu'elle avait été l'esclave pitoyable de Max, elle était devenue celle de Jeanne Lesarnoy. L'histoire se répétait jusqu'à la caricature.

Cette fois, la coupe d'amertume était pleine. Elle avait trouvé la force de se lever, de lui lancer qu'elle était une « vieille garce ». Dans sa gorge, ces quelques mots lui avaient fait l'effet d'un liquide doux et vaguement sirupeux. Le courage aussi de quitter la pièce sans céder à la tentation d'une longue et inutile diatribe.

Au petit matin, elle avait préparé un sac de voyage, y avait entassé toutes les affaires qu'elle pourrait porter et avait pris le chemin de la gare.

Elle ne savait pas vraiment où elle allait, ni même si cette décision avait le moindre sens, mais elle n'avait éprouvé aucun doute quant à l'urgence de son départ. L'heure était venue de prendre le large. L'horizon s'était soudain éclairci. De brumeux, il était devenu transparent et sans limites définies. La rente que lui avait constituée Gabriel la mettait à l'abri du besoin ; elle était libre.

En débarquant gare Saint-Lazare, en revanche, un sentiment de panique s'était emparé d'elle. La circulation des voitures et des omnibus, le martèlement impatient des sabots des chevaux, le grondement sourd qui montait des entrailles de la ville l'avaient plongée dans un état de nervosité indescriptible.

Les affiches aux couleurs criardes, les enseignes lumineuses, les vitrines de magasins garnies comme la veille d'une fête de Noël avaient achevé de la désorienter. Mais, par-dessus tout, la foule... Cette foule dense, affamée de nouveautés, inlassablement curieuse qui lui donnait le sentiment d'aller quelque part quand elle se contentait d'errer dans les artères de cet immense corps en perpétuelle gestation. Partout, la même pulsation de vie, semblable à un flux de sang trop riche qui eût accéléré les battements d'un cœur malade.

En parcourant la ville, Claire s'était sentie tel un minuscule esquif jeté dans des tourbillons. Paris tenait du chaudron de sorcière en ébullition. Quand ses remous s'apaisaient, c'est qu'une nouvelle tempête se préparait. Plutôt que de résister, elle s'était donc laissé bercer par les flux et reflux de cette marée humaine qui venait battre les flancs de la ville comme on flatte la croupe d'un animal d'un geste familier.

Elle n'avait guère séjourné auparavant que quelques jours dans la capitale. Peu après le départ de sa mère, Gabriel l'y avait emmenée pour visiter Notre-Dame, le Louvre et courir dans les allées du jardin des Tuileries. Elle se souvenait de son père la tenant par la main avec un sourire contrit. Il n'avait pas eu le temps jusque-là de s'occuper d'elle et il n'en aurait pas davantage à l'avenir. Il lui offrait une récréation avant l'enfermement au collège. Il chancelait sous le poids de ses responsabilités. Elle avait eu pitié de lui, comme il avait eu pitié d'elle. Jeanne était partie et il devait savoir qu'ils ne la reverraient jamais. Ce qu'il ignorait, c'est que Claire en avait éprouvé moins de souffrance que de soulagement. Elle n'avait même pas été surprise de cette fuite soudaine et inexpliquée. Sans doute Jeanne Mataguez s'était-elle sentie piégée, comme elle hier encore, à La Givanderie. Elle avait vu la vieillesse se profiler inexorablement à l'horizon étroit de sa vie provinciale. Elle avait agi par instinct de survie, suivant ce raisonnement qui veut qu'une femme qui se sauve est déjà à moitié sauvée.

Claire ne lui en voulait plus. Elle avait fini par la comprendre, à défaut de lui pardonner. Jeanne Mataguez avait eu à supporter une belle-mère au caractère irascible, aussi tyrannique que Jeanne Lesarnoy. Le comportement de Gabriel, bon et dévoué, n'avait pas suffi à pallier cette souffrance quotidienne et Claire, renfermée, concentrée sur son propre malheur, ne lui avait été d'aucun secours.

Où donc sa mère avait-elle fui ? Vers quel destin ? Avait-elle trouvé la paix ? Se souvenait-elle de son ancienne vie ou avait-elle effacé de sa mémoire blessée jusqu'au souvenir de son mari, de Claire et de son existence à La Givanderie ?

Claire avait abandonné tout espoir de trouver des réponses à ces questions. Un temps, elle avait pensé enquêter sur les raisons de sa disparition. Mais une telle démarche lui avait paru aussi ridicule qu'inutile. Elle y avait renoncé.

Elle avait loué un appartement à Montmartre, juste en face du Sacré-Cœur, et engagé une jeune domestique périgourdine, Lucienne. Un cent mètres carrés trop grand pour elle qu'elle n'avait pas fini de meubler. Libre, elle avait découvert le plaisir d'acheter sans nécessité, de déjeuner seule au restaurant et de dîner au spectacle, de déambuler sans se soucier des horaires, de conquérir jour après jour une sorte d'autonomie. Sa solitude ne lui semblait pas aussi pesante qu'à La Givanderie lorsque l'arrivée de l'hiver la condamnait à cette torpeur qui, en l'absence de Max, s'abattait sur le Château. La Givanderie devenait alors sa prison, une prison dont les barreaux n'étaient faits que de son incapacité à discerner les lignes de fuite. Car il lui fallait bien admettre aujourd'hui qu'elle aurait pu, depuis longtemps, prendre la décision qu'elle avait prise cette fameuse soirée d'hiver. Elle aurait pu demander le divorce et quitter Max. Seule sa propre inertie l'en avait empêchée.

Depuis son arrivée à Paris, il n'y avait que la nature qui venait parfois à lui manquer. Les grands ormes et leur frémissement dans l'air vif du petit matin, les parterres de fleurs, le chant des oiseaux nichés sous la toiture, les aboiements des chiens qui se mêlaient au carillon lointain de l'église.

À Paris, elle ne s'était encore fait aucun ami et la nature n'était pas là pour combler cette solitude. C'était l'envers du décor. Vivre en ville impliquait la promiscuité et l'isolement.

Pourtant, c'était cette solitude qui, paradoxalement, avait joué un rôle essentiel dans sa métamorphose. Des heures vides qu'elle vivait avait fini par émerger quelque chose de neuf. Elle avait retrouvé le goût de lire et d'écrire, surtout d'écrire. Elle avait également repris son journal intime, ne craignant plus désormais l'humiliante indiscrétion dont elle avait été autrefois victime. Elle prenait des notes de lecture, établissait des fiches, passait des heures à la bibliothèque. Loin de se replier sur elle-même, elle s'ouvrait à des idées nouvelles. Elle avait lu, par exemple, toute l'œuvre d'Edward Gibbon sur la chute de l'Empire romain, mais aussi les *Principes d'économie politique* de Ricardo ou encore le livre, très féministe, de Maria Deraismes, *Ève dans l'humanité*.

Jusqu'à son arrivée à Paris, elle ne s'était guère intéressée au sort des autres femmes. Elle avait même toujours considéré comme inconséquentes la plupart des revendications féminines. À La Givanderie, si sa vie avec Max n'avait pas été un calvaire, elle se fût contentée d'une paix bourgeoise, loin du tumulte des villes, à l'abri des regards qui lui auraient impitoyablement renvoyé l'image de sa blessure.

Mais, depuis qu'elle avait emménagé à Montmartre, elle s'était laissé happer par l'agitation fiévreuse de la ville. Nombreuses étaient désormais les femmes, ici, qui refusaient l'aveugle soumission à laquelle se pliaient encore les femmes de province. Hormis celles que la fortune favorisait ou qui ne voyaient aucune raison de se révolter et celles qui étaient trop misérables pour y songer, la plupart des Parisiennes n'étaient plus décidées à s'en remettre à leurs maris, leurs amants ou leurs tuteurs. Un vent de liberté soufflait sur le pays. Et ce vent, Claire commençait à en percevoir les effets prometteurs à travers de petites revues qui osaient s'aventurer en territoire inconnu, revendiquant, timidement pour certaines et plus agressivement ailleurs, les droits les plus élémentaires dont on avait privé les femmes.

Deux d'entre elles avaient particulièrement retenu son attention : *Le Journal des femmes*, dirigé par Maria Martin, et un journal plus avant-gardiste encore, *La Fronde*, fondé à la fin de l'année 1897 par Marguerite Durand. Cette dernière, après avoir été l'une des gloires de la Comédie-Française, s'était tournée vers le journalisme et avait créé la première rubrique « courrier » du *Figaro*. À présent, elle défendait la cause des femmes. *La Fronde*, à ce qu'elle croyait savoir, n'employait d'ailleurs aucun rédacteur masculin et n'hésitait pas à aborder des sujets – politiques, littéraires, sportifs ou financiers – autrefois réservés aux hommes.

En lisant ses articles, Claire avait ressenti de la sympathie pour ces femmes qui se consacraient à un combat méritoire. Elle avait même adressé une lettre à Marguerite Durand dans l'espoir de la rencontrer, mais sans obtenir de réponse.

Elle n'en avait éprouvé aucune rancœur. Elle venait d'arriver à Paris. Elle devait se résoudre à traverser une période d'apprentissage qui comporterait fatalement quelques déceptions. L'important était que La Givanderie fût loin et que sa nouvelle vie eût relégué dans l'ombre les sarcasmes de Jeanne Lesarnoy. L'important, surtout, était qu'elle commençât à redevenir elle-même, ou plutôt à le devenir enfin. Elle eût cherché en vain, dans ses souvenirs, une période heureuse où elle eût obtenu, sans livrer bataille, ce droit naturel.

Aujourd'hui, ce ciel gris effleurant des ardoises grises était comme une métaphore de sa propre vie. Une unité commençait à s'établir en elle. Aussi absurde que cela pût paraître, elle avait atteint un tel degré de dépersonnalisation qu'elle redécouvrait, un peu étonnée mais avec bonheur, qu'elle était un être vivant à part entière, un composé aux ramifications innombrables, mais qui, sous cette apparente anarchie, formait une entité singulière. Elle n'était plus ce corps amputé flottant entre deux mondes qu'elle avait accepté d'être durant toutes ces années de long coma. Elle retrouvait peu à peu l'usage de ses sens et ces plaisirs minuscules qui consistaient à caresser une étoffe, à écouter le son de la pluie ou à goûter la saveur d'un fruit.

Ces subtiles retrouvailles avaient eu d'autres conséquences. Pour avoir tenu trop longtemps ses désirs à distance, elle les voyait ruer à nouveau en elle avec la force d'une rivière minant un barrage. Elle avait oublié ses ambitions d'adolescente, renoncé à plaire et l'envie de séduire était là désormais, tapie tout au fond de son ventre, déferlant par vagues successives de plus en plus puissantes à mesure que passaient les jours.

C'était une si belle journée que, sur les dix heures et demie du matin, la pluie ne se décidant toujours pas à tomber, Claire sortit prendre un café sur la place Saint-Pierre. Comme pour lui donner raison, le soleil fit d'ailleurs une première et timide apparition au-dessus de sa table.

Elle prit ensuite l'omnibus et, du Pont-Neuf, marcha jusqu'aux jardins du Luxembourg. À midi, le ciel s'éclaircit complètement. La chaleur envahit les boulevards et une brume légère s'éleva au-dessus de la ville.

Elle se promena longtemps. Pour le simple plaisir de marcher et non d'arriver à destination. Bientôt, elle dut déployer son ombrelle. Une douce brise caressait sa nuque à travers un lacis de fleurs blanches et bleues. C'était si agréable comme sensation qu'elle en oublia le temps qui passait et les regards masculins qui s'attardaient sur elle.

Rue de Rennes, toutefois, la grimace que lui lança un couple d'étudiants en goguette la renvoya tout à coup à sa misère la plus intime. L'incident ne dura que quelques secondes. Le temps que leurs regards moqueurs soupèsent le vide qu'ils devinaient à travers la manche de son gilet.

Un instant plus tard, Claire fut prise de vertige. Une force étrangère la tirait vers le bas, l'aspirait sous le revêtement du macadam. Elle eut le sentiment de sombrer avec une lenteur désespérante, tel un navire s'enfonçant dans des eaux glacées après avoir heurté un iceberg. Puis, peu à peu, l'atmosphère redevint légère, pleine d'innocence, et tout rentra dans l'ordre.

En début d'après-midi, alors qu'elle avait recouvré son calme, elle acheta une petite brioche chaude dans une pâtisserie de la rue du Vieux-Colombier. Elle la mangea tout en marchant, puis se mit à fredonner *Frou-Frou* qu'elle avait entendue, un soir, au théâtre des Variétés.

Frou-Frou, Frou-Frou
Par son jupon, la femme
Frou-Frou, Frou-Frou,
De l'homme trouble l'âme.

Quelques regards indignés se posèrent sur elle. Une voix de femme murmura quelque chose qu'elle ne comprit pas. Elle poursuivit son chemin sans y prêter attention. Frou-Frou, Frou… Son cœur battait plus vite, cherchant une issue à travers sa gorge. Elle respira profondément, et il regagna sa fosse d'orchestre pour continuer sagement d'y marquer la mesure.

Elle se sentait étrangement vide de toute appréhension. Elle avançait, un pas à la fois, presque en apesanteur. Ses épaules étaient légères et son ventre souple. Même ses muscles ne semblaient rien peser. Aucun organe ne ralentissait sa marche, comme si on l'avait éviscérée de l'intérieur. Elle avait perdu toute matérialité et, avec elle, toute la cohorte des pensées qui l'accompagnaient d'ordinaire.

Comme elle tournait au coin de la rue Férou, son attention fut attirée par une affiche aux couleurs vives, placardée sur les volets d'une boutique. Elle annonçait la sortie du premier numéro de *La Fronde*. Elle devait dater de quelques mois. On y voyait plusieurs femmes de conditions sociales différentes et représentées de façon un peu caricaturale : deux étudiantes, une vieille paysanne en bonnet et une ouvrière dans les jupes de laquelle venait se blottir un garçonnet timide. À côté d'elle, une femme élégante leur indiquait une ville en contrebas. Toutes semblaient regarder vers un futur radieux.

Claire ne put s'empêcher d'y voir un signe. Le destin lui adressait un clin d'œil, une petite tape sur l'épaule. Placardée non loin de là, une seconde affiche, plus récente, reproduisait une profession de foi rédigée par Marguerite Durand :

Les femmes forment en France la majorité de la population. Des milliers de femmes, célibataires ou veuves, y vivent sans le soutien légal de l'homme. Les femmes paient les impôts qu'elles ne votent pas, contribuent par leur travail manuel ou intellectuel à la richesse nationale et prétendent avoir le droit de donner officiellement leur avis sur toutes les questions intéressant la société et l'humanité, dont elles sont membres comme les hommes. La Fronde, *journal féminin et féministe, sera l'écho fidèle de leurs approbations, de leurs critiques, de leurs justes revendications.*

Claire sentit un frémissement monter du sol jusqu'à ses tempes. Sa tête bourdonnait d'une vibration heureuse. Malgré la chaleur, elle se mit à frissonner. Décider de sa vie, ne plus subir... Comment aurait-elle pu ne pas adhérer à un tel programme? Il lui suffisait de repenser à son existence avec Max ou à ses années de collège pour qu'une vague de colère emporte avec elle les vestiges de sa vie d'autrefois. Tout était si simple à présent, évident. Elle devait rencontrer cette femme, lui proposer son aide. Elle était prête à commencer au bas de l'échelle, à porter la copie à l'imprimerie, s'il le fallait. Elle saurait se rendre indispensable.

Elle y croyait comme si son salut en dépendait. Elle bâtissait des projets, les défaisait aussitôt pour mieux les reconstruire. Le temps s'écoulait, rapide, entre deux idées nouvelles, comme la sueur entre ses sourcils. Pendant un court instant, elle se laissa envahir par ce sentiment d'urgence.

Lorsqu'elle éclata d'un rire libérateur, des passants se retournèrent. Elle devait avoir l'air un peu folle, mais c'était si bon d'outrepasser ses limites, de renoncer enfin à tout contrôle sur soi-même. Jamais à La Givanderie, elle n'aurait osé céder à cette tentation. Le moindre éclat de sa part eût paru suspect. Pourquoi d'ailleurs n'avaient-ils jamais tenté de la faire interner? Parce qu'elle était déjà en prison et que son éloignement les aurait privés du plaisir d'être ses geôliers?

Une jeune femme qui poussait un landau la considéra avec une sorte de mépris et, sous sa voilette,

Claire crut reconnaître Jeanne Lesarnoy à son visage mou et crémeux, à ses paupières légèrement bouffies. Mais le fantôme de Jeanne disparut bientôt au coin de la rue de Vaugirard, laissant à nouveau le champ libre à ses divagations.

La chaleur était presque étouffante à présent. Les passants, dans la rue, se faisaient plus rares. Ils marchaient au ralenti. La rue formait une sorte de tunnel de lumière. Une voix enhardie appela d'une fenêtre. Elle crut entendre : « Oui, vous, en robe blanche, avec l'ombrelle. Mademoiselle ? » Mais elle ne leva même pas la tête.

Elle s'engouffra dans le tunnel, faisant tournoyer au-dessus de sa tête les nuages blanc et bleu de son ombrelle, ne sachant si c'était elle qui dansait ou la rue sinueuse, ou encore les façades déformées des immeubles penchant vers elle leurs balcons scintillants de lumière.

9

Depuis une demi-heure, Philippe Gerson l'écoutait se répandre en lamentations. La rancœur de Jeanne Lesarnoy semblait ne jamais vouloir tarir.

— Ce qu'elle a fait à Max, je ne lui pardonnerai jamais. Cette petite garce a fini par avoir sa peau. Il l'aimait pourtant. Oh, je sais! Max pouvait se montrer brutal dans l'expression de ses sentiments, mais il l'aimait. Il travaillait dur. Il aurait fait n'importe quoi pour elle. Je ne sais pas si elle l'a tué ou laissé mourir, mais elle est coupable. Et je le prouverai…

Elle allait trouver des preuves. Accablantes. Elle la ferait condamner. Elle vengerait la mort de Max. Gerson, à l'écouter, en avait presque la nausée. Il savait qu'elle avait déjà tenu les mêmes propos devant le notaire, Jean Corbin. Il la regardait s'enliser dans ses rancœurs comme dans une graisse nauséabonde, répétant les mêmes mots jusqu'à satiété, incapable de modifier son discours, mais l'orchestrant sur un mode tantôt plaintif tantôt agressif.

Elle ne parvenait pas à le convaincre. Il demeurait hermétique à tous ses arguments, si l'on pouvait appeler « arguments » ces lamentations de femme en deuil.

— Vous étiez son ami vous aussi, n'est-ce pas?

— Max était mon patient.

Jeanne Lesarnoy baissa les yeux.

— Je sais qu'il buvait trop, mais pourquoi ? Parce qu'il était malheureux. Avant son mariage, il ne buvait jamais.

— Max était alcoolique, répondit Gerson, et ça ne datait pas d'hier.

Jeanne Lesarnoy ne broncha pas, mais un frémissement d'orgueil blessé passa sur son visage de mie de pain trempée.

— Il ne vous a jamais rien dit ?

— À quel sujet ?

— Sur sa femme.

— Et qu'aurait-il dû me dire ?

— Je ne sais pas, moi. Il ne vous faisait pas de confidences ?

— Il vous en faisait sûrement davantage. Et puis, même s'il m'avait parlé, vous savez bien que je ne pourrais rien vous dire. Je suis lié par le secret professionnel.

Une lueur de reproche brilla dans le regard embué de Jeanne Lesarnoy.

— Une clause bien commode, n'est-ce pas ?

— Pas toujours ! répondit sèchement Philippe Gerson.

— Pourquoi n'ont-ils jamais eu d'enfant ? insista-t-elle. Après huit ans de mariage…

Philippe Gerson consulta sa montre. Il avait encore trois patients à visiter. Il était en retard. Il n'aimait pas être en retard. Il lui arrivait peut-être d'être grossier, autoritaire, désagréable, mais il était toujours ponctuel. « La politesse des rois », songeait-il en guise de justification.

— Je l'ignore. Max était peut-être stérile.

— Et pourquoi pas elle ?

Gerson ne répondit pas. Une fois de plus, il croisa et décroisa ses longues jambes encombrantes et prit un air absent afin d'ériger, entre Jeanne Lesarnoy et lui, un mur infranchissable.

— Plus d'une fois, j'ai bien cru pourtant… Une vache finit toujours par vêler à l'étable. Elle, non. D'ailleurs, je suis persuadée qu'elle n'en voulait pas. Elle lui aura refusé ce qui aurait pu être le dernier bonheur de Max. Cette femme est un monstre.

Il lui sembla qu'elle dressait son propre portrait.

— Max n'a pas eu d'enfant avant son mariage avec Claire.

— Vous l'appelez Claire ?

— J'ai été son médecin, plus que celui de Max d'ailleurs, et je n'ai pas contre elle cette rancœur qui vous ronge le foie !

Il commençait à perdre patience. Il était fatigué de ses jérémiades. Il cessa bientôt de se maîtriser.

— Vous essayez de vous consoler avec un Max imaginaire, dit-il, mais ce Max-là n'a jamais existé. C'était un homme violent et dénué de scrupules. Vous ne connaissez rien de sa vie. Vous l'idéalisez et vous attribuez à sa femme tous les péchés. À vous entendre, on croirait que c'est vous, la veuve. Pardonnez-moi, mais je crois que je n'ai rien à ajouter. Arrêtez de geindre, faites votre deuil et oubliez Claire Mataguez. Elle a assez souffert comme ça.

— Jamais je…

Prostrée sur sa chaise, Jeanne Lesarnoy demeura un long moment silencieuse, puis, relevant la tête, elle eut un sursaut d'énergie inattendu, comme en connaissent les timides ou ceux qui, trop longtemps, ont ravalé leur colère :

— Vous ne le connaissiez pas... Vous aussi, vous êtes du côté de cette garce...

Elle s'était levée. Elle serrait son sac contre elle. Derrière la voilette qui recouvrait le haut de son visage, Philippe Gerson crut lire un mépris souverain. Il se leva à son tour. Il la dominait largement et sans doute se trouvait-elle soudain plus fragile car elle tourna les talons en disant :

— Nous nous reverrons un jour, docteur Gerson. Et ce jour-là...

Son ton était menaçant. Il la reconduisit à la porte. Elle le salua à peine et il ne lui répondit pas. Sans remords. Depuis longtemps, son avis était fait : Max Lesarnoy était un salaud et sa sœur lui vouait un amour qui excédait les limites d'un sentiment purement fraternel. Il grimaça et alla s'assurer que son sac de cuir contenait bien tous les instruments et les remèdes dont il avait besoin. Quelque chose, décidément, lui répugnait chez cette femme. Hormis ses fausses peurs et ses accès de colère, elle n'était rien d'autre qu'un animal à sang froid.

Le soir même, Jeanne Lesarnoy passa deux longues heures dans son bureau, tantôt s'asseyant dans son fauteuil de cuir capitonné, tantôt arpentant la pièce. C'était les seuls meubles de Max, avec son lit, qu'elle avait pu emporter. Son premier souci, en regagnant son appartement nantais, avait donc été de reconstituer chez elle, presque à l'identique, la pièce qu'il avait aménagée au Château. Ainsi pourrait-elle travailler chaque jour sur le bureau où il écrivait, et dormir dans le lit où, Dieu merci, Claire Mataguez n'était presque jamais entrée, de son propre aveu.

Jusqu'ici, elle s'était refusée par pudeur à parcourir ses papiers personnels. Elle les avait fait placer dans deux caisses soigneusement closes, se promettant d'y jeter un coup d'œil plus tard. Elle avait seulement acheté une petite armoire-bibliothèque où elle avait rangé, sans même les ouvrir, les quelques dizaines de livres que Max possédait. Elle décida de les classer par ordre alphabétique. Hormis quelques ouvrages techniques sur la culture de la vigne, il s'agissait d'éditions luxueuses achetées lors de ses voyages à Paris.

Max ne lisait presque pas. Aucun titre ne figurant sur la tranche des livres, elle dut les ouvrir pour voir de quel sujet ils traitaient. Le premier titre lui fit monter le rouge aux joues : *Justine ou les malheurs de la vertu*, du marquis de Sade. Le second était du même auteur : *La Philosophie dans le boudoir*. Elle l'ouvrit au hasard et tomba sur une image suggestive qui accrut encore son malaise. En regard, le texte était tout aussi explicite :

Mme de Saint-Ange : Ce sceptre de Vénus, que tu vois sous tes yeux, Eugénie, est le premier agent des plaisirs de l'amour, on le nomme membre par excellence : il n'est pas une seule partie du corps humain dans lequel il ne s'introduise ; toujours docile aux passions de celui qui le meut, tantôt il se niche là…

Elle referma le livre d'un claquement sec. Les autres étaient de la même eau : *Thérèse philosophe*, *Margot la ravaudeuse*, *Les Lauriers ecclésiastiques*, *La Chandelle d'Arras*… Jeanne Lesarnoy sentit sa gorge se serrer. Elle se souvenait encore avec précision d'avoir découvert, dans un grenier, la correspondance amoureuse d'un oncle et d'une tante. Des lettres d'amour un peu crues qu'elle avait très vite remises à leur place. Un étrange tabou pèse sur les relations amoureuses de nos proches. Jamais on ne les imagine en situation sans quelque malaise. Jamais on ne pense que ceux à qui on a dit adieu la veille aient pu vivre comme des êtres de chair et de sang, nourrissant des désirs secrets et des passions violentes. On s'autorise encore moins à songer qu'ils aient pu l'exprimer sans fausse pudeur, sans penser que, peut-être, on prendrait un jour connaissance de leurs sentiments et de leurs turpitudes.

Désabusée, Jeanne Lesarnoy n'en poursuivit pas moins son inventaire avec méthode.

Elle trouva quelques livres en anglais sur les mêmes sujets, un traité de médecine et d'hygiène sexuelle, un guide du pays nantais et deux ou trois romans sans importance.

« Vous l'idéalisez », lui avait dit Philippe Gerson. Et voici que, le soir même, elle était brutalement confrontée à l'évidence : Max possédait une part d'ombre dont elle ignorait tout.

Au bout du compte, elle ne recensa qu'une cinquantaine d'ouvrages, la plupart sans valeur. Elle relégua les ouvrages licencieux au fond de la bibliothèque. Il n'en resta que vingt-huit qu'elle exhiba au contraire au premier rang.

En déplaçant une édition des *Mémoires* de Casanova, elle fit tomber quelque chose sur le parquet. Elle se baissa. C'était un lourd agenda de cuir. Sur la première page était inscrit le mot « Journal », suivi des années 1891-1897. À l'intérieur, une fleur d'un bleu passé avait laissé son empreinte sur le papier défraîchi.

10

Quelle idée avait-il eue de passer par la rue Saint-Georges ! Il n'avait pas assisté à la soirée donnée pour le lancement du premier numéro du journal, en dépit du carton d'invitation que lui avait adressé Marguerite. Il n'avait pas voulu se retrouver au milieu d'une foule de journalistes, d'écrivains, d'artistes de première et seconde zones, de mécènes, de banquiers, d'hommes politiques en vue peut-être. Il détestait les mondanités. À quelques rares exceptions, il n'éprouvait aucune admiration particulière pour ce qu'il était convenu d'appeler le « dessus du panier ».

Chaque fois qu'il avait été introduit dans l'un de ces cercles très fermés qui constituaient l'élite parisienne, il avait éprouvé un sentiment proche de la répulsion. La superficialité des conversations, la banalité des idées échangées, les sourires entendus qui semblaient signifier : « Nous pouvons parler, n'est-ce pas, puisque nous sommes de la même caste ! », tout cela l'avait souverainement ennuyé. Le « gratin » ne méritait pas d'être gratté, si l'on ne voulait pas le voir se transformer en plaie purulente. Car, derrière les façades clinquantes, ce n'étaient généralement que scandales, hypocrisie, marchés frauduleux, tractations mensongères, plaisirs scabreux, le tout dissimulé sous le masque soyeux des bons sentiments et du respect de l'ordre établi. « Grattez, grattez, se disait Jacques Kerstaing, il en sortira toujours quelque chose ! » Sous les ors et les lustres, la boue n'était jamais loin.

Marguerite ne pouvait l'ignorer, elle qui avait fréquenté le monde et parfois même le demi-monde. En épousant le député Georges Laguerre, en devenant l'une des égéries du boulangisme avant de divorcer et de basculer dans le camp des dreyfusards, elle avait eu le temps d'observer ce petit monde de la haute société et de l'apprécier à sa juste valeur.

Pourquoi aurait-il cherché à le fréquenter ?

Pourtant, la directrice de la très féministe *Fronde* le lui reprochait aujourd'hui avec un rien d'aigreur.

— Ça fait une éternité, Jacques. Je te croyais reclus dans l'une de tes sordides salles de dissection de l'Hôtel-Dieu… J'aurais aimé t'avoir à mes côtés.

— Tu sais bien que je n'aime pas les ronds de jambe.

— Tu les préfères tordues ou même cassées.

L'homme qui la clouerait au pilori n'était pas encore né. C'était aussi pour ça qu'il l'aimait.

Il était assis en face d'elle, dans son bureau. La fenêtre était entrouverte et un air tiède se glissait jusqu'à eux, portant des senteurs printanières et de discrètes vapeurs d'essence.

Marguerite Durand était une femme d'environ trente-cinq ans, d'assez belle corpulence, au visage plein auquel l'arrondi du menton, l'arc des sourcils, la bouche gourmande et les yeux plissés, sous un front large couronné de cheveux blonds coupés court, donnaient parfois un air moqueur.

D'une main nerveuse, elle se mit à fourrager dans les papiers qui se trouvaient sur son bureau encombré par la presse du jour. Elle en tira deux ou trois articles qu'elle avait soigneusement découpés.

— As-tu pris au moins la peine de lire ce qu'on disait de ma petite entreprise ? demanda-t-elle en posant sur lui un œil pétillant de malice.

Elle froissait les coupures de presse entre ses doigts avec gourmandise. Elle le fit patienter encore un peu, comme si elle ménageait son effet.

— Tu n'imagines pas, mon pauvre Jacques, ce que nous avons dû endurer depuis ta dernière visite. Tous ces beaux messieurs ont peur, figure-toi. Ils ont peur qu'on leur vole leur travail, qu'on soit incompétentes, qu'on se crêpe le chignon, qu'on nous confonde avec des filles de petite vertu. Ils crient au scandale, à l'ignominie, nous abreuvent d'injures, de leçons de morale, de conseils en tous genres et parfois même de plus aimables suggestions… De tout pourvu que nous renoncions à notre projet. Écoute un peu ça. Voilà ce qu'en dit *Le Soleil* : « Et nous assisterons à ce spectacle curieux de voir le sexe faible emprunter au sexe fort son vocabulaire irritant pour s'injurier, se traiter de vendus, de forbans, etc. Et alors, la politesse, l'urbanité, la galanterie, tous ces signes extérieurs de culte de la femme que gardaient encore avec un soin jaloux pas mal de Français disparaîtront pour faire place au sans-gêne américain, au muflisme anglais, à l'écrasante pesanteur allemande, car il sera inutile d'être doux envers celles qui, réputées faibles, avaient naguère besoin de défenseurs, puisqu'elles seront méchantes, inutilement grossières et sauront se défendre toutes seules. » Charmant, n'est-ce pas ? *La Paix*, maintenant, qui craint que nos reporters soient prises pour des… enfin, tu m'as compris : « La pauvre femme qui devra se trouver à la gare de Lyon à quatre heures du matin ou attendre dans un café l'heure de l'exécution sera vraiment à plaindre. Pourvu que dans une razzia nocturne on ne la confonde pas avec les coureuses de nuit ! Dame, à ces heures tardives, les honnêtes femmes sont rares dans les rues et sur les boulevards de Paris et il faudra du temps pour que les agents des Mœurs prennent l'habitude de songer qu'il peut y avoir, dans le troupeau galeux, une brave personne qui cherche à gagner honnêtement sa vie. »

Et je ne résiste pas à ce morceau de bravoure que nous devons à la plume d'un certain Georges Duval dans *L'Événement* : « Je ne puis imaginer en effet, étant donné le caractère de la femme en mal d'article, qu'avant un mois toute la rédaction ne se prenne pas au chignon. Enfermez deux femmes quelconques dans une chambre ; avant la fin de la journée, elles se battront comme des harengères. Ce phénomène existe chez tous les animaux. Voyez les poules et expérimentez sur les chattes. Jugez quand il s'agit de femmes en concurrence d'écriture... J'estime d'une impossibilité absolue d'obtenir d'un groupement de femmes de lettres l'unité dans les idées qui fait les véritables rédactions. Comment une personne qui change douze fois par an les fleurs de son chapeau demeurerait-elle fidèle à une opinion ? Et puis à qui s'adressera *La Fronde* ? Aux hommes ? Ah, non ! Aux femmes ? Mais les femmes qui n'écrivent pas ne peuvent pas sentir celles qui écrivent ! Alors restent les hermaphrodites. Je crains qu'ils ne constituent pas une clientèle suffisante. »

Le visage de Marguerite rayonnait malgré tout. Cette hostilité devait lui donner de l'énergie. Jacques Kerstaing ne put réprimer un sourire sarcastique :

— Avoue que tu l'as bien cherché ! Et puis lancer un journal en pleine affaire Dreyfus...

— Si je ne te connaissais pas..., fulmina Marguerite Durand. Même les typographes s'y sont mis. Ils ne veulent pas qu'on se mêle de leurs affaires. Un journal entièrement rédigé et mis en page par des femmes, quel scandale ! Ces imbéciles n'ont même pas vu qu'il y avait parmi nous des avocates, des philosophes, des économistes, des écrivains, des institutrices...

— Et aussi des communardes, des anarchistes, des libres-penseurs, l'ancienne secrétaire de Jules Vallès au *Cri du Peuple*...

— Séverine ? C'est bien la seule véritable professionnelle qui travaille avec moi. Et puis c'est une amie.

— Il n'empêche. Tu devais te douter que ça ne plairait pas à tout le monde. Après avoir divorcé d'un député boulangiste et déçu tes employeurs du *Figaro*, tu pouvais t'attendre à ce que les roses portent quelques épines.

Marguerite Durand, agacée, repoussa les coupures de presse du plat de la main.

— Il y en a d'autres, et de plus virulentes. Lis-les, si le cœur t'en dit.

— Sans façon ! Je sais déjà tout cela, et j'en ai été peiné pour toi. Tu sais bien que je suis de tout cœur avec vous et que je n'ai jamais entretenu ce type de préjugés. Mais la plupart des hommes vont se sentir menacés dans leur virilité. S'ils lisaient davantage, ils sauraient pourtant que la plupart des sociétés traditionnelles, y compris en Occident, étaient matriarcales bien avant que ne règne le machisme monothéiste.

La directrice se renversa en arrière, pointant vers le plafond son buste avantageux et corseté.

— Tu le sais, je le sais. Mais eux...

— Ils finiront bien par l'apprendre !

— Au fond, conclut-elle, tout ça n'a guère d'importance. Nous avons un public et personne ne nous empêchera de dire ce que nous avons à dire. Et puis, surtout, j'ai une équipe formidable avec moi, des femmes intelligentes avec lesquelles il faudra compter. Je ne suis pas seule.

Elle s'accorda un silence, puis :

— Et toi...

— Quoi, moi ?

— Toujours seul ?

— Toujours.

— Mon pauvre Jacques...

— Pourquoi, mon pauvre Jacques ? Je te fais pitié ?

— Un peu.

— Tu ne devrais pas. S'il y a bien un sentiment que je déteste, c'est celui-là. Je ne le réserve même pas à mes patients.

— Tu sais ce que disait Dostoïevski : « Mais, mon ami, on ne peut pas vivre absolument sans pitié... »

Jacques Kerstaing haussa les épaules.

— Si, c'est possible.

— Tu le crois vraiment ?

— Sans amour, non. Mais sans pitié, oui.

— Les deux sont tout de même un peu liés...

— Pas pour moi !

Il lui raconta brièvement la visite de Rose Liancourt et de sa fille, Mélanie. Un trouble inconscient dut altérer certaines intonations de sa voix et alerter Marguerite.

— Tu vas la revoir ?

— Si le traitement ne fait pas effet, naturellement.

— Je ne parle pas de ça, je parle de cette femme, Rose Liancourt.

— Qu'est-ce que tu vas chercher ?

Marguerite Durand se leva et contourna son bureau pour venir s'asseoir dans l'un des fauteuils réservés aux visiteurs.

— Je te connais bien, Jacques.

— Et moi, je la connais à peine.

— Sylvaine aussi, tu la connaissais à peine.

— Elle est mariée.

— La belle affaire !

— Tu es cynique.

Il avait dit cela sur un ton plus tendre qu'agressif.

— Tu sais très bien que je n'aime pas les femmes mariées, reprit-il. Je ne cherche pas les complications.

— Mon Dieu, soupira Marguerite, que de scrupules ! Les hommes m'étonneront toujours. Il faut dire que tu ne ressembles pas à la plupart d'entre eux. Sans cela, nous ne serions pas amis, n'est-ce pas ? Mais...

— Mais ?

— Ce que je veux dire, c'est qu'à force de se comporter comme un ange, on finit tôt ou tard par faire la bête.

Kerstaing avait froncé les sourcils. Ses yeux bleus brillaient d'une lueur inquiétante qu'elle ne lui connaissait pas.

— Allez, dit Marguerite pour rompre le charme, invite-moi à déjeuner, nous poursuivrons cette conversation à table.

Claire s'arrêta devant la plaque. Le numéro 14 de la rue Saint-Georges... C'était bien l'adresse de l'hôtel particulier qui figurait au dos du journal. Derrière elle, les stridulations d'un avertisseur la firent tressaillir. Une dame, accompagnée d'un petit chien blanc tout enrubanné de mauve, entra dans l'immeuble en lui jetant un regard affolé.

— Viens vite, Michka ! dit-elle.

Au nom de Michka et à l'allure de la vieille femme, Claire ne put s'empêcher de songer à une comtesse russe en exil, à des couleurs chaudes, à des coussins profonds et au bruissement d'un vieux samovar.

Les bureaux du journal occupaient plusieurs étages. Au rez-de-chaussée, la salle de réception ; au premier, la rédaction, l'administration et le hall de réunion ; au deuxième, l'atelier de composition. Si les renseignements qu'elle avait pris étaient justes, il y avait également une bibliothèque, un salon de thé et même une salle d'escrime. Les Frondeuses méritaient bien leur surnom de « chevaliers en jupons ».

Claire pénétra dans les locaux comme on entre dans une sacristie, avec humilité. Il y régnait une atmosphère étrange, à la fois paisible et studieuse. Une jeune femme blonde, en jupe longue et chemisier blanc strictement boutonné, l'accueillit sans se lever de derrière son bureau.

— Mademoiselle, je peux faire quelque chose pour vous ?

— J'aurais souhaité voir Mme Marguerite Durand.

— Vous aviez rendez-vous ?
— Non.
— C'est à quel sujet ?
— J'aimerais lui offrir mes services.

Elle avait lancé ces quelques mots comme un cri de détresse. Quelques instants plus tôt, elle ignorait encore qu'elle se mettrait en danger. Elle se sentait investie par une drôle d'énergie. Elle avait des fourmillements d'impatience dans tout le corps. Ses bras serraient son sac contre sa cuisse et il lui sembla que le fermoir en métal allait transpercer sa chair jusqu'au sang.

— Mme Durand est sortie déjeuner, répondit la jeune femme.

Deux journalistes, de grandes feuilles de papier à la main, traversèrent la pièce en riant et disparurent dans le couloir qui menait sans doute vers d'autres bureaux. Il était presque midi. Au passage, Claire crut entendre l'une d'entre elles jeter avec désinvolture :

— Ils vont en faire une tête !

Elles avaient disparu comme s'évanouit un parfum et Claire se demanda si elle n'avait pas été victime d'une hallucination.

— Je peux peut-être l'attendre, dit-elle.
— Je ne crois pas qu'elle repassera au journal aujourd'hui, je suis désolée.

Elle avait l'air bizarrement contrarié, en effet.

— Mieux vaudrait prendre rendez-vous. Mme Durand est très sollicitée, vous savez.
— Ça ne fait rien, fit Claire, je reviendrai.

Elle était à la fois déçue et soulagée. Elle pouvait néanmoins se féliciter d'avoir eu le courage de franchir la porte du 14 de la rue Saint-Georges. C'était une demi-victoire, mais une victoire tout de même. Elle avait désormais une idée de l'ambiance qui régnait au sein de la rédaction. Elle n'hésiterait pas à revenir.

Au moment de refermer la porte, elle entendit cependant la voix de la secrétaire qui l'appelait :

— Mademoiselle !

La jeune femme blonde s'approchait vivement, un carton à la main.

— Mme Durand donnera une réception au journal dans huit jours. Si vous me laissez votre nom, je pourrai vous inscrire sur la liste des invités. Vous aurez ainsi le loisir de faire sa connaissance…

Elle lui tendait la main.

— Je m'appelle Émilie Duquesnoy.

— Claire Mataguez.

Et pour la première fois depuis longtemps, son nom prononcé à voix haute ne lui sembla pas celui d'une étrangère, d'une tierce personne qui vous est insupportable et dont on aurait préféré nier l'existence.

11

Il se fit un peu prier pour la forme, puis l'emmena au Pharamond, rue de la Grande-Truanderie, non loin des Halles. Ils poursuivirent leur conversation autour d'une assiette de tripes et d'une bouteille de bourgogne. La salle était bondée et il fallait hausser un peu la voix pour se faire entendre. C'était encore un endroit très prisé, en dépit de ses spécialités jugées trop riches par les nouveaux défenseurs du « bon goût ». Le décor ajoutait à l'agrément de la cuisine normande, avec ses boiseries chaudes, ses miroirs peints et ses panneaux décorés de pâte de verre. Jacques aimait y emmener un ami, parfois même, lorsqu'il était d'humeur conciliante, un collègue de l'hôpital. Le service y était impeccable, les garçons irréprochables et l'ambiance jamais guindée.

L'atmosphère parut convenir à Marguerite.

— Alors, parle-moi de cette… Rose Liancourt, dit-elle en essuyant la sauce qui coulait sur son menton.

Son obstination à lui faire avouer l'inavouable agaça Jacques Kerstaing. Il savait pourtant que ce n'était pas par curiosité que l'interrogeait Marguerite. Depuis qu'ils se connaissaient, et bien qu'elle fût sa cadette, elle veillait sur lui avec la patience confondante d'une sœur de lait. Il savait qu'elle avait appelé son fils Jacques par amitié pour lui.

Ils s'étaient rencontrés six ans plus tôt, par l'intermédiaire d'un ami journaliste au *Figaro* où elle s'occupait d'une rubrique. Chargée, implicitement, par le journal de dénigrer le Congrès international organisé par la Ligue française des droits de la femme, Marguerite avait refusé d'écrire l'article qu'on lui avait commandé. Dès lors, elle n'avait plus eu qu'un seul objectif : faire triompher ses idées. Voilà pourquoi elle avait créé, au mois de décembre 1897, son propre journal. À un confrère qui l'interrogeait sur le fait qu'une fronde servait essentiellement à lancer des pierres, elle avait répondu tout à trac : « Rassurez-vous, elle en lancera ! »

Jacques Kerstaing avait tout de suite aimé sa sincérité, sa pugnacité aussi. Marguerite plaidait en faveur du droit des femmes comme elle déclamait autrefois des vers sur la scène du Français, avec feu et conviction. Elle tonnait contre cette moitié mâle de l'humanité qui se jugeait seule digne d'évoluer intellectuellement et socialement.

Quoiqu'elle l'agaçât parfois, Jacques ne pouvait s'empêcher de l'admirer. Depuis, leur amitié ne s'était jamais démentie et il se sentait prêt, quoi qu'elle en pense, à écouter ses conseils, voire ses reproches.

— Regarde-moi, Jacques… Combien de temps vas-tu encore faire l'autruche ?

— Tu dis n'importe quoi. La preuve, je suis avec toi aujourd'hui…

— Et tu es passé me voir au journal, ce qui est un exploit, je te l'accorde. Mais ta vie…

— Quoi, ma vie ?

— Quand cesseras-tu de penser à Sylvaine ?

— Je n'y pense plus.

— Permets-moi d'en douter.

— Et en quoi cela peut-il te tracasser ?

Le serveur s'approcha de leur table avec un chariot où se pavanait un monumental plateau de fromages.

À côté d'eux, un gros homme au teint bistre, la cravate en bataille et le gilet zébré par la rutilante chaîne de sa montre en or, éclata d'un rire de gorge qui parut faire trembler les lustres.

— Ce brave Deschanel, élu président de la Chambre à quatre voix près ! s'exclama-t-il. La belle république que voilà !

— Vous oubliez notre bon président du Conseil ! renchérit son vis-à-vis, un petit homme aux lorgnons perchés sur un nez en forme de radis.

— Oh non, je ne l'oublie pas ! Ce cher Méline, avec ses favoris louis-philippards et son obsession de l'agriculture… Ni révolution ni réaction ! Avec une telle politique, on est assuré de faire du surplace. D'ailleurs, lui-même vient d'obtenir la confiance à douze voix de majorité, c'est dire où nous allons !

Jacques Kerstaing croisa le regard du plus étriqué et lui trouva, derrière ses lunettes, un air de belette à l'affût.

Le serveur repartit, poussant son chariot avec la même majesté qu'il eût mise à promener le saint sacrement.

— Il faut te réveiller, Jacques, poursuivait Marguerite avec obstination. La vie est courte. Sylvaine n'était pas faite pour toi. Tu le savais, elle le savait, je le savais.

— Marguerite, s'il te plaît…

La directrice de *La Fronde* soupira et joignit les mains dans une attitude d'orante indignée.

— Il te faut une femme!

C'était moins un conseil qu'une affirmation.

— Je ne savais pas que tu jouais les marieuses. Tu as trop fréquenté les colonnes du courrier du cœur.

— Je parle sérieusement.

Puis, comme il levait une main négligente qui semblait signifier « inutile de chercher à me convaincre »:

— Il faut que je te dise... à propos de Sylvaine.

— Eh bien?

— Je l'ai appris il y a deux mois, j'hésitais à te le dire... Je craignais ta réaction.

Jacques Kerstaing sentit le sol s'effriter sous ses pieds, comme s'il s'enfonçait tout à coup dans un sable balayé par la marée. Ses doigts se crispèrent sur la nappe.

— Un ami qui revenait de Calcutta... Il la connaissait un peu. Elle y était depuis quelques mois avec un Anglais, un archéologue qui cherchait à voler des objets de culte pour les revendre sur le marché américain.

Il attendait la suite, sans impatience ni résignation.

— Elle est morte dans un accident de train du côté de Jaipur. Une stupide collision. Il y a eu plus de quatre-vingts victimes. On l'a enterrée là-bas. Tu savais qu'elle n'avait pas de famille? Son Anglais a quitté Calcutta par le premier bateau. Il court toujours...

Jacques ne réagissait pas. La voix de Marguerite lui parvenait comme au travers d'un filtre. Tout le brouhaha, autour d'eux, s'était éteint, laissant place à une sorte de vide immaculé. On avait beau être au mois de juin, l'hiver était revenu aussi soudainement en lui qu'un orage d'été s'abat sur la ville, avec ses brumes et ses silences.

Il regardait autour de lui, sans les voir vraiment, les visages des clients du Pharamond, tantôt gais et repus, tantôt sarcastiques ou enjoués. Mais leurs traits se décomposaient, flous et mouvants, dans une parodie de danse macabre. Plus rien ne vivait réellement autour de lui, sinon sous la forme d'images hystériques et laides.

— Jacques, réponds-moi, s'il te plaît.

Il était incapable de prononcer un mot, la bouche pleine de sable elle aussi, comme ses pieds qui continuaient de s'enliser sous la table et l'immobilisaient à la manière d'une statue de sel.

Marguerite Durand parlait toujours et sa voix débitait des mots qu'il ne parvenait pas à relier en un tout cohérent.

— Elle avait toujours mené une vie d'errance... Elle t'aimait, mais elle ne s'est jamais habituée à Paris. Son départ, il fallait s'y attendre... D'ailleurs, t'avait-elle donné des nouvelles ? Jamais... L'Anglais, c'était un ancien prospecteur... Un escroc qui aurait fait de la prison...

Les mots se liquéfiaient en lui, comme aspirés en un tourbillon dont les remous emportaient chaque syllabe, chaque intonation. Puis tout s'arrêta, temps et mémoire suspendus.

— Jacques, tu m'écoutes ?

Il revint progressivement à lui.

— Oui... Bien sûr...

— Ça n'a pas l'air d'aller. Tu aurais préféré que je te cache la vérité ?

Il secoua la tête.

— Elle est morte, murmura-t-il.

— Il y a des années qu'elle est sortie de ta vie. Il est temps pour toi de passer à autre chose.

— Autre chose…

Il répétait ses mots en écho, légèrement hébété. Mais Marguerite n'était pas décidée à lâcher prise.

— Il n'y a qu'une autre femme pour te la faire oublier, dit-elle. Mais si tu persistes à vivre comme un moine, tu ne risques guère de la rencontrer. Sors, vois des amis, dîne en ville, prends des vacances, pars quelque temps à l'étranger, reprends goût à la vie ! Ou alors, revois cette Rose Liancourt !

— Je t'ai déjà dit que…

— Oh, au diable tes principes ! fit l'ancienne comédienne en accompagnant sa protestation d'un hochement de tête énergique. Tu vas finir par devenir aussi gai qu'un bonnet de nuit !

La remarque fit naître un pauvre sourire sur les lèvres de Kerstaing.

— Et c'est toi qui me dis ça… Toi qui ne dois plus guère avoir de temps à consacrer à autre chose qu'à ton fichu journal.

— Ce n'est pas de moi que nous parlons en ce moment, Jacques. Qu'as-tu fait de tes ambitions ? J'ai entendu dire que la direction d'un service t'avait été proposée à l'Hôtel-Dieu et que tu l'avais refusée. Pourquoi ?

— Parce que ma situation me convient.

— Ce n'est pas une réponse. Tu es le meilleur médecin que je connaisse et un chirurgien de talent. Tu ne peux pas gâcher cela par des…

— Marguerite !

Il avait haussé la voix au point d'attirer l'attention de leurs deux voisins. Le petit homme aux lorgnons le regarda de travers et replongea l'éperon rose qui lui servait d'appendice nasal au fond de son ballon de cognac, tandis que son partenaire, les yeux mi-clos, gras et repu, tirait sur son cigare sans prêter attention aux soupirs agacés de Marguerite.

— Je ne suis pas prêt, dit Jacques un ton plus bas.

— Et quand le seras-tu ?

— Peut-être jamais.

— Reprends-toi, pour l'amour de Dieu ! supplia Marguerite. Je te le dis parce que c'est la seule chose à faire, Jacques. Tu es le genre d'homme qu'une femme d'aujourd'hui n'oserait espérer. Tu as de l'argent, du talent, un métier en or… Qu'est-ce que tu attends ? Et si ce n'est pas Rose Liancourt, alors trouves-en une autre, mais fais vite !

— On dirait que mon salut en dépend, dit-il, sarcastique.

Marguerite Durand poussa un soupir contrarié.

— Tu y es presque. Quand il s'agit d'une femme, on se moque d'elle en disant qu'elle finira vieille fille. Mais quand il s'agit d'un homme, crois-tu que ce soit beaucoup mieux ?

Le serveur revenait avec les cafés. Jacques commanda un calvados et s'abstint de fumer par respect pour Marguerite.

— Derrière tout homme accompli, il y a une femme, reprit-elle. Si discrète soit-elle.

— Je te l'accorde.

— Un jour, vous finirez par comprendre. Le féminisme existe aujourd'hui parce que vous avez oublié quel rôle nous jouons auprès de vous. Ne crois pas que je sois une sorte de pétroleuse, une amazone qui voudrait asservir les hommes et leur tenir la dragée haute. Je laisse ça aux filles de joie et aux petites comédiennes débutantes qui veulent se faire un nom. Notre but n'est pas de rabaisser les hommes, mais de jouer pleinement notre rôle. Trouves-tu normal que nous devions obtenir des autorisations pour pénétrer dans l'enceinte de l'Assemblée ou à la Bourse ?

— Tu prêches un convaincu, tu le sais bien, observa mollement Jacques Kerstaing.

Mais le torrent impétueux qui emportait Marguerite Durand n'était pas de nature à se laisser maîtriser si facilement.

— C'est par notre capacité à endurer la souffrance que vous venez au monde, c'est grâce à notre patience que vous sortez de l'enfance, c'est en nous connaissant dans notre intimité que vous devenez des hommes. Nous sommes là à chaque étape de votre vie et vous, vous vous obstinez à nous traiter en adolescentes attardées !

Qu'y avait-il à répondre ? Rien de pertinent, assurément. Jacques Kerstaing songeait à son père. De quelle manière aurait-il perçu un tel discours ? Malgré l'amour qu'il portait à sa femme, sans doute aurait-il jugé ce féminisme inutilement tapageur. Mais Albert Kerstaing était d'un autre temps. Lui, Jacques, avait connu plusieurs femmes, vécu une passion amoureuse absolue et avait pu mesurer, à travers toutes celles qui étaient passées entre ses mains, à l'hôpital ou dans son cabinet, l'extraordinaire complexité de la nature féminine. Il avait appris à aimer leurs différences et leurs faiblesses, leur courage et leur force d'âme.

— Les femmes ont déclenché des guerres et facilité des traités de paix, poursuivait Marguerite. Elles ont porté des hommes au pinacle et provoqué leur chute. Elles sont comme votre ombre portée, inséparables de vos travers les plus intimes. Pourquoi chercher à les tenir à l'écart par des interdits et des lois qui n'ont plus aucun sens ? Nous jouerons de toute façon un rôle de plus en plus grand dans la société. Crois-tu sincèrement que cela nous dissuadera d'être mères, sœurs, épouses ou maîtresses ?

Il savait pertinemment qu'elle avait raison, mais ne souhaitait pas renchérir. Elle connaissait son opinion sur le sujet. Marguerite l'avait vu à l'œuvre avec Sylvaine, et avec quelques autres femmes. Elle appréciait le respect dont il les entourait. Pourtant, aujourd'hui, c'était elle qui l'invitait à bafouer sa propre morale. Rose Liancourt… Il avait cherché à l'oublier, du moins à cesser de l'envisager comme une aventure potentielle. Il s'était efforcé de songer à Mélanie, de tenir l'homme à l'arrière-plan, derrière le médecin. Mais l'annonce de la mort de Sylvaine et les conseils de Marguerite venaient menacer ce fragile édifice. Le temps passait, en effet. Il venait d'avoir quarante ans. L'âge de toutes les audaces, de tous les tourments aussi.

Le portrait de Rose Liancourt, un moment, se dessina sous son front. Il se souvenait moins des traits de son visage que de son maintien et du charme qui se dégageait d'elle. Il aurait pu décrire la fillette, en revanche, sans omettre un seul détail.

Qui était-elle ? Une femme qui souffrait, en dépit de son aisance, d'être mal mariée ? Une femme frustrée ? Une femme qui cherchait, sous des dehors faussement pudiques, une aventure sans lendemain ? Une simple aguicheuse ? Probablement Marguerite aurait-elle pu répondre à toutes ces questions si elle l'avait vue. Les femmes se devinent entre elles bien mieux que les hommes.

La salle du Pharamond commençait à se vider peu à peu. Le calme revenait, avec des langueurs de début d'après-midi et de digestion laborieuse. Le mois de juin s'annonçait chaud et paresseux. Les deux hommes assis à la table voisine avaient fini par s'éclipser. Ils se dirigeaient vers le vestiaire, l'un d'une démarche pachydermique, l'autre en allongeant des jambes de héron qui contrastaient avec sa petite taille.

Jacques régla l'addition et aida Marguerite à s'extirper de sa banquette. À son oreille, elle murmura tout en défroissant sa robe :

— Tu ne réussiras pas seul, Jacques. Ne l'oublie pas.

— On est toujours seul, tu sais.

— Non, on est seul quand on le veut bien. Ta solitude à toi est le boulet que tu traînes depuis trop longtemps, Jacques Kerstaing…

12

Jeanne Lesarnoy jeta un coup d'œil à la pendule en bronze qui ronronnait sur la cheminée du salon. Onze heures et demie. L'homme qu'elle attendait était en retard.

Sur Nantes aussi, la chaleur s'attardait et, de son appartement de la place Royale, elle pouvait voir les promeneurs avancer d'un pas traînant, cherchant un peu de fraîcheur auprès de la fontaine, interrompant leurs conversations paresseuses pour échanger des regards où le bonheur d'être ensemble par une si belle journée le disputait à la torpeur dominicale. Les terrasses des cafés étaient bondées. La circulation, au contraire, était celle d'un jour férié. Deux ou trois automobiles traversaient malgré tout cet espace rendu à la quiétude et le vrombissement de leurs moteurs s'éteignait au loin, englué dans la moiteur de l'été.

Onze heures quarante-cinq. Elle avait horreur qu'on la fasse attendre. Pourtant, elle prenait son mal en patience. L'homme qui devait lui rendre visite, elle l'avait aperçu lors de la cérémonie funèbre à l'église de Bouzillé. Il avait attiré son attention par sa mise soignée, son élégance discrète et sa relative tristesse. Ce n'est que quelques jours plus tard qu'elle s'était souvenue de l'avoir déjà rencontré. C'était un jour d'hiver, trois ans plus tôt, peu après l'élection du

Président Félix Faure. Fait exceptionnel, elle avait accompagné Max à la gare d'Orléans où il devait prendre le train de Paris. Les deux hommes s'étaient croisés sur le quai. Ils se connaissaient visiblement de longue date. Max le lui avait présenté comme un négociant en vins. Sur le moment, elle n'avait pas mémorisé son nom ; il lui avait paru trop compliqué, trop exotique. Aussi avait-elle dû fouiller dans les papiers de Max pour le retrouver.

Il s'appelait Josef Galinski. Par chance, son adresse figurait également dans les dossiers de Max. Le reste avait été un jeu d'enfant. Pariant sur l'amitié qui unissait les deux hommes, elle lui avait écrit pour lui dire qu'elle souhaitait le rencontrer. Max, en mourant, lui avait légué un « souvenir » qu'elle tenait à lui remettre en main propre. Il n'en avait pas fallu davantage pour éveiller sa curiosité. Et maintenant, elle l'attendait ce Josef Galinski dont elle espérait la collaboration et, pourquoi pas, la complicité.

Elle se resservit un verre de citronnade. En passant à travers la carafe, les rayons du soleil formaient un faisceau de couleur paille dont la lumière se réfractait sur les meubles et les objets. Derrière elle, l'agenda de cuir noir de Max ressemblait à une grosse araignée embusquée. Jeanne s'en saisit, l'ouvrit au hasard et, comme chaque fois, reçut un coup au cœur.

Le « journal » de Max couvrait près de six années et chaque page ou presque lui renvoyait l'image sombre et délétère d'un frère qu'elle ne connaissait pas.

3 juin 1895 : Romane. Forcée dans sa chambre. Elle s'est bien débattue. Je lui ai donné un peu d'argent.

15 juillet : Paris, Le Chabanais. Josef. À quatre, deux fois. Soirée exceptionnelle !

6 septembre 1896 : rue des Moulins, deux filles, dont une négresse. Fouettées !

Et la litanie se poursuivait, sordide, intolérable. Chaque fois que Max quittait La Givanderie, c'était le même scénario : dîner somptueux, soirée folle dans un bordel huppé et filles faciles. Sans oublier la gueule de bois du petit matin et les souvenirs qui s'estompaient dans un maelström d'images confuses et salaces.

Ce que Jeanne Lesarnoy tenait dans ses mains n'était rien d'autre qu'une sorte de catalogue monstrueux, recensant les pires perversions auxquelles puisse se livrer un homme du monde. Elles s'étalaient complaisamment dans ces pages où l'on trouvait également d'autres confidences, tantôt amères tantôt pleines de morgue.

Les notes concernant la vie conjugale de Max avec Claire n'avaient pas apaisé sa douleur, même si elles ne faisaient que confirmer la mésentente du couple :

La petite handicapée s'est encore refusée à moi. Elle ne perd rien pour attendre…

Je l'ai forcée comme une biche. Elle a crié, sans se rendre compte que c'était encore meilleur pour moi…

Je ne mépriserai jamais assez son père de m'avoir fait cette proposition : une fille impossible à marier et frigide contre mon travail et mon talent…

Nous ne nous parlons presque plus. Heureusement, le vin me console de ses silences. Elle se tait et, lorsqu'elle ouvre la bouche, c'est pour me reprocher un tas d'inepties auxquelles je ne puis répondre parce qu'il n'y a rien à dire. J'ai fait un marché de dupes. Lorsqu'elle consent à se livrer à moi, elle dissimule son moignon sous les couvertures. Elle a honte et moi, j'ai l'impression de serrer une moitié de femme dans mes bras. Elle me hait... et je le lui rends bien.

Jeanne Lesarnoy referma le livre noir. On sonnait à la porte. La voix de Bernadette, la domestique, se mêlait confusément à une autre, inconnue celle-là. Elle entendit :

— Madame vous attend, monsieur...

— Galinski. Josef Galinski...

Claire essuya son front. Malgré la légèreté de sa robe blanche, elle avait un peu de mal à supporter, par cette chaleur, la veste dont elle avait dû couvrir ses épaules. Le chapeau vert pâle, trop large mais obéissant aux stricts canons de la mode, qu'elle avait assorti à sa tenue lui pesait presque autant qu'une toque de fourrure.

La mode ! La plupart des femmes portaient encore des robes amples et des chapeaux aux structures compliquées. Heureusement, l'année précédente, les manches gigot avaient disparu. Claire ne pouvait s'empêcher de penser que la mode était une contrainte de plus imposée par les hommes. Qu'y aurait-il eu de moins décent à porter une tenue plus pratique, sans s'imposer la torture d'un corset ou ces improbables édifices dont il fallait orner son chapeau et qui finissaient par ressembler à des nids de perdrix !

Les hommes, dans ce domaine, avaient encore l'avantage et c'était toujours pour la seule volonté de leur être agréables, au mépris de tout confort, que les femmes s'habillaient.

Tout en descendant de l'omnibus qui venait de la déposer devant l'église Notre-Dame-de-Lorette, Claire se promit d'en parler à Marguerite Durand. Une femme comme elle ne pouvait être insensible à cette violence quotidienne faite aux femmes.

Trop impatiente pour attendre la réception à laquelle la secrétaire du journal l'avait conviée, Claire avait décidé de prendre rendez-vous par téléphone. Par chance, la jeune Émilie Duquesnoy l'avait immédiatement reconnue et lui avait fixé la date du 17 juin, à quatre heures de l'après-midi. Marguerite Durand devait passer toute la journée à la rédaction et aurait probablement quelques minutes à lui consacrer. Pour appuyer sa demande, Claire avait argué d'une modeste expérience dans un journal de province.

En pénétrant pour la deuxième fois dans les locaux de *La Fronde*, rue Saint-Georges, elle ressentit une exaltation encore supérieure à celle éprouvée lors de sa première visite. Les bureaux, peints en vert et blanc, étaient accueillants, presque chaleureux grâce à la lumière qui entrait par les hautes fenêtres et inondait les couloirs en un flot continu d'or en fusion. Le cliquètement des machines à écrire, le bourdonnement des voix étouffées qui se répondaient d'une pièce à l'autre, le va-et-vient des pas précipités sur les parquets, tout contribuait à donner l'image d'une ruche où chacune s'affairait avec ardeur.

Émilie Duquesnoy parut sincèrement heureuse de la revoir et lui demanda de bien vouloir patienter quelques instants. Assise sur une chaise à deux pas de la porte d'entrée, Claire s'efforça, durant ces quelques minutes de répit, de se détendre, mais son ventre était agité de spasmes nerveux qu'elle ne parvenait pas à refréner. L'idée d'un accouchement lui vint à l'esprit. Était-ce de bon augure ? Sa rencontre avec Marguerite Durand pouvait se limiter à un échange de politesses sans conséquences ou au contraire déboucher sur une vie nouvelle. Mais quelle que soit l'issue de cette entrevue, elle était bien décidée à jeter toutes ses forces dans la bataille. Il ne serait pas dit qu'elle avait, au seuil d'une ère nouvelle, hésité à entrer.

Elle se répétait : « Entrer dans la danse… enfin… » Changer de vie, assumer une existence où le travail serait de son propre et unique ressort. Elle ne serait plus la simple gestionnaire d'un domaine créé et entretenu par d'autres, mais consacrerait à une activité qu'elle avait choisie sa propre énergie créatrice.

La Givanderie lui semblait si loin à présent qu'elle en oubliait presque cette partie de sa vie. Il allait pourtant lui falloir retourner en pays d'Ancenis. Le régisseur, Martin Leguérek, un ami de Gabriel, la tenait informée dans les moindres détails des affaires du domaine, mais il était temps, après plusieurs mois d'absence, d'affronter la réalité. Les nouvelles vendanges lui en offriraient l'opportunité.

— Mademoiselle Mataguez ?

Elle était si absorbée par ses pensées qu'elle n'avait pas entendu la voix d'Émilie Duquesnoy.

— Oui ?

— Mme Durand va vous recevoir.

Claire se leva. Un bref instant, elle demeura là, plantée devant sa chaise, son sac à main serré contre sa robe.

— Mademoiselle Mataguez ?

Cette fois, Claire pénétra résolument dans le bureau de la directrice.

Par la fenêtre entrouverte, on entendait un oiseau jeter des stridulations heureuses depuis le rebord d'un balcon.

13

Le dos appuyé contre le dossier du fauteuil, son chapeau melon sur les genoux, Josef Galinski paraissait si mal à l'aise que Jeanne Lesarnoy renonça à lui offrir un second verre de citronnade. Sans doute aurait-il préféré de l'alcool ou, à défaut, une tasse de café, mais elle ne l'avait pas fait venir pour entrer dans ses bonnes grâces. Son malaise lui procurait même une sorte de satisfaction qu'elle eût été bien en peine de définir.

Elle l'avait délibérément accueilli dans son salon le plus exigu et pouvait juger de son embarras à ses gestes courts, à ses mains nerveuses qui serraient les accoudoirs du fauteuil, à ses pieds chaussés de bottines de cuir fauve qui gigotaient sans cesse. Que pouvait-il bien penser d'elle ? Avait-il la moindre idée du piège dans lequel il était tombé ?

Galinski reposa son verre sur le guéridon et sortit un étui à cigarettes de sa poche. Il était aussi grand et mince que dans son souvenir, avec des yeux d'un bleu polaire, très slave, des moustaches soigneusement taillées et des lèvres sensuelles. Il devait être un peu plus jeune que Max, aux alentours de la cinquantaine. Il alluma une cigarette pour se donner une contenance, mais elle dit sèchement :

— Je préférerais que vous ne fumiez pas.

Surpris, il hésita, puis écrasa sa cigarette dans la soucoupe en porcelaine qu'elle lui tendait.

— Madame Lesarnoy…

— Jeanne.

À nouveau, il leva les yeux vers elle, déconcerté.

— Jeanne… Quel est cet objet que Max voulait me laisser et pour lequel vous m'avez fait venir ?

Il était pressé d'en arriver au but de sa visite. Jeanne Lesarnoy se pencha vers le guéridon et lui tendit le livre noir de Max.

— Ouvrez-le !

Les narines de Josef Galinski s'animèrent d'un imperceptible frémissement. Il ne devait pas être le genre d'homme à recevoir des ordres.

Il obtempéra malgré tout. Il ouvrit l'agenda à la première page, tourna la seconde, puis la troisième, avant de refermer le journal et de poser le carnet sur ses genoux. Il était devenu blême. Son visage mince parut se rétracter vers l'intérieur, ses joues se creusèrent avant de se gonfler dans un mouvement de soufflet.

— Je ne comprends pas, murmura-t-il.

— Qu'est-ce que vous ne comprenez pas, monsieur Galinski ?

— Pourquoi Max aurait-il voulu me laisser ce…

— Il ne le voulait pas. Je l'ai découvert par hasard, mais sans cela, auriez-vous accepté de me rendre visite ?

— Je ne savais pas de quoi il s'agissait.

— L'idée d'un cadeau de la part de Max a suffi à exciter votre curiosité.

Il gardait ses lèvres serrées, presque exsangues malgré la chaleur.

— À quoi pensiez-vous ? À des choses plus sordides encore ?

Galinski, à l'instar d'un cavalier momentanément désarçonné, finit par retrouver son aplomb.

— Écoutez, madame Lesarnoy, Max est mort et sa vie privée ne me regarde pas. Je n'ai pas à le juger et je trouve cette plaisanterie d'assez mauvais goût.

— Vous n'avez pas à le juger en effet, railla Jeanne. Et pour cause, vous l'accompagniez partout. Il l'a noté dans son journal. Les noms des bordels et ceux des catins que vous fréquentiez... Tout est inscrit, jusqu'au plus petit détail.

Josef Galinski ne comprenait toujours pas. Il l'observait à présent comme on épie les mouvements d'un reptile. La conscience du danger aiguisait son attention.

— Que voulez-vous de moi ? demanda-t-il.

— Que vous me parliez de ce Max que je ne connaissais pas.

Le fringant Polonais transpirait maintenant à grosses gouttes. Il reposa le « journal » sur le guéridon et essuya ses mains sur un pan de sa veste. De quelle saleté s'efforçait-il de se débarrasser ? De la moiteur de ses paumes ou de la honte qui exsudait de chacun des pores de sa peau ?

— Alors ?

Jeanne Lesarnoy était résolue à aller jusqu'au bout de son interrogatoire. S'il voulait se tirer de ce piège où l'avait conduit sa curiosité, il lui faudrait passer aux aveux.

— Écoutez, dit-il, Max était un homme qui aimait les divertissements : le jeu, l'alcool, les femmes... Nous avons fréquenté des filles dans certains établissements, c'est vrai, mais tous les hommes le font. Je ne vois pas en quoi...

— Tous les hommes, vraiment ? Voulez-vous que je vous lise certains passages ?

Galinski regardait dans le vague.

— Ce ne sera pas nécessaire.

— Tout cela est écœurant, dit Jeanne Lesarnoy. Je parie que c'est vous qui l'avez entraîné dans ces bouges immondes ?

— Le contraire serait plus proche de la vérité.

— Vous osez prétendre que…

— Max pouvait se montrer violent. Il lui arrivait même de frapper sa propre femme sans raison. Il me l'a avoué. Il aimait ça. Il avait le courage de s'accorder des plaisirs que d'autres se refusent tout en les désirant secrètement. C'est pour ça qu'il allait les chercher dans ces endroits.

— Vous appelez ça « plaisirs » ?

Josef Galinski ne sut quoi répondre. Que pouvait bien connaître Jeanne Lesarnoy de la violence du désir et des moyens de le satisfaire ? Il suffisait de la regarder pour comprendre à quel point elle était étrangère au monde dans lequel vivait Max.

— Moi, j'appelle ça de l'ignominie. Il n'y a que des malades qui soient capables de tels actes.

— Max était malade, laissa tomber Galinski.

— Que dites-vous ?

— Les médecins l'avaient condamné. Il n'avait plus que quelques mois à vivre. Il souffrait d'une grave maladie du foie. Et il était devenu également malade… mentalement. Il voulait tout essayer avant de mourir, aller jusqu'au bout de ses envies, aussi folles soient-elles…

— Vous insinuez que mon frère était un dégénéré ?

— Un déséquilibré, oui. Les médecins qu'il avait consultés vous le confirmeront.

— Ce ne sera pas la peine.

— Je tiens leurs noms à votre disposition, renchérit Galinski. Max s'était un peu confié à moi sur la fin. De toute façon, il n'était pas très difficile de voir que son comportement avait changé. Il perdait de plus en plus souvent le sens des réalités, il commençait à ne plus distinguer le bien du mal.

Jeanne Lesarnoy secouait lentement la tête comme un oiseau blessé.

— Je ne vous crois pas. Je l'ai vu la veille de sa mort. Il allait parfaitement bien.

Josef Galinski avait retrouvé toute son assurance.

— C'est pourtant la stricte vérité. Selon le vieil adage, Jupiter rend fou ceux qu'il veut perdre. Max n'avait plus toute sa raison dans les semaines qui ont précédé sa mort. Il lui arrivait même de parler de tuer sa femme, la « petite infirme », comme il l'appelait.

— Vous dites n'importe quoi.

— Il m'a même avoué avoir essayé à deux reprises. Ce n'est pas le genre d'aveu qu'il est facile de faire à sa sœur, vous vous en doutez. Même s'il m'a parlé de la haine que vous avez toujours vouée à Claire.

Lui aussi l'appelait Claire avec familiarité. L'avait-il seulement croisée ? Jeanne Lesarnoy était devenue blême et la chaleur qui régnait dans le salon ne parvenait pas à aviver sur sa figure la moindre coloration.

— Vous a-t-il dit quelque chose d'autre au sujet de Claire ?

— Rien que vous ne sachiez déjà.

— Laissez-moi en juger.

— Je n'ai rien à ajouter.

Jeanne Lesarnoy s'était de nouveau emparée du livre noir. Elle le feuilleta rapidement puis, ayant trouvé la page qu'elle cherchait, tendit l'agenda à Galinski.

— Et ça, auriez-vous une idée de ce que cela signifie ?

Josef Galinski lut à voix basse :

— Claire, trois mois. Téléphoner à ce salaud de Gerson.

Jeanne Lesarnoy ne lui laissa pas le temps d'inventer une explication.

— On trouve ce même genre d'annotations à trois reprises en moins de six ans. Vous savez quelque chose ?

— J'en ai assez dit. Je crois que vous devriez oublier tout ça, madame Lesarnoy. Max est mort. Ce qu'il faisait ne regardait que lui et sa conscience. Je me garderai bien de juger un homme que la folie gagnait. Je l'appréciais à ses heures, tel qu'il était. Faites de même !

— Et que faites-vous de ma conscience ?

— Je vous conseille de la garder en paix.

Josef Galinski s'était levé pour mettre fin à l'entretien.

Dans son regard de porcelaine, Jeanne Lesarnoy crut surprendre une ombre furtive. L'orgueil le tenait à nouveau droit dans ses bottes, aux frontières de la colère et du mépris.

— Je vous plains, madame, fit-il. Max avait raison de dire à votre sujet que vous n'étiez qu'une…

— Qu'une ?

Mais Galinski se garda bien de terminer sa phrase et, son chapeau serré contre lui, il ajouta d'une voix forte avant de quitter le salon d'un pas nerveux :

— Vous me permettrez de ne pas répéter des mots qu'une femme aussi pleine de décence que vous ne saurait entendre sans rougir, n'est-ce pas ?

14

— En somme, dit Marguerite Durand, vous êtes en train de me dire que vous n'avez aucune expérience.

— Aucune, admit Claire. J'ai dit cela pour pouvoir vous approcher, mais à vous, je ne veux pas mentir plus longtemps. Simplement, j'adore écrire et j'écris facilement.

— Eh bien, c'est déjà ça !

Depuis le début de l'entretien, Marguerite Durand ne cessait de la dévisager, choisissant ses sourires dans une gamme riche et variée. Penchée sur son bureau dans une attitude qui trahissait son habitude de la scène, elle n'en poursuivait pas moins un minutieux travail d'analyse.

Dès les premières paroles échangées, Claire s'était pourtant sentie à son aise dans ce bureau aux tentures vert pâle, aux meubles anglais d'une élégance raffinée, aux lampes électriques de cuivre qui, le jour baissant, devaient créer une intimité propice aux confidences. À l'image de cette pièce tout en nuances, il y avait, chez Marguerite Durand, une tournure d'esprit qui oscillait entre la franchise et la retenue, la familiarité et la distance, toutes qualités qui dénotaient chez elle une capacité à diriger sans humilier et à fraterniser sans tomber dans la privauté.

Pendant de longues minutes, Claire s'était donc épanchée pour prouver la sincérité de ses convictions féministes. Elle avait parlé à cœur ouvert et avec une ardeur croissante de la façon dont elle concevait le rôle des femmes dans la société. Elle avait évoqué l'usurpation dont les hommes s'étaient rendus coupables en confisquant aux femmes le pouvoir légitime qui leur appartenait depuis la nuit des temps: celui de régir l'existence quotidienne avec sagesse et dans l'intérêt de tous. L'homme était un prédateur. Lui appartenaient la force brutale, le jeu, la guerre, la compétition. Mais la vie intime ne relevait pas de sa compétence. C'était la femme, porteuse d'espoir, qui la protégeait, entretenait le feu sacré, préservait à chaque génération l'héritage des ancêtres tout en ouvrant les portes de l'avenir. Pour qu'il en soit ainsi à nouveau, les femmes devaient faire entendre leur voix dans le cercle des assemblées. Non pas une voix nouvelle ou révolutionnaire, mais une voix très ancienne au contraire, qui rappellerait à tous le bon sens nécessaire à la survie d'une humanité intelligente.

Elle avait parlé avec tant de naïveté que, brusquement à bout de souffle, elle s'était arrêtée et, considérant le visage impassible de Marguerite Durand, elle avait demandé:

— Vous me trouvez ridicule, n'est-ce pas?

— C'est une thèse intéressante, avait alors murmuré Marguerite Durand d'une voix neutre.

Avant d'éclater de rire.

Claire l'avait imitée avec un temps de retard, prise de panique. Mais la directrice de *La Fronde* avait ajouté précipitamment:

— Nous sommes toutes comme ça au début. C'est sans doute pour cela qu'on nous appelle les « chevaliers en jupons » ! Le feu et la foi ! Voilà ce qui fait une bonne journaliste.

Marguerite Durand, insensiblement, reprenait le contrôle de la situation. Longuement, elle évoqua ses collaboratrices et Claire eut le sentiment que ces signatures qu'elle avait lues au bas des articles du journal prenaient soudain vie. Elle parla de la critique d'art Jeanne Perrot, de la sociologue Clotilde Dissard, de la romancière Marcelle Tinayre, de l'anthropologue Clémence Royer, traductrice de Darwin, de son amie Séverine, l'ancienne secrétaire de Jules Vallès, et aussi de quelques anciennes féministes qui prêtaient leur concours au journal, telles que Pauline Kergomard, la puéricultrice qui avait œuvré pour la création des écoles maternelles, ou encore Hubertine Auclert, la suffragette. Toutes, connues ou inconnues, s'étaient lancées dans l'aventure avec enthousiasme.

— Je leur laisse toute liberté, précisa Marguerite. Je ne veux pas brider leur talent ni empiéter sur leurs compétences. Je leur fais confiance.

Claire écoutait sans oser l'interrompre. Mais l'esquisse que lui traçait Marguerite Durand prenait peu à peu la forme d'un système cohérent dans lequel elle rêvait maintenant de s'insérer.

— Aucun domaine ne nous est étranger : philosophie, littérature, politique, économie, justice, sport, problèmes de société et, naturellement, tout ce qui touche à la condition des femmes. À ceci près qu'il n'y a pas vraiment de ligne éditoriale. Notre unité tient davantage à un état d'esprit. Nous ne sommes pas une chapelle. Vous me comprenez ?

— Oui… enfin, je crois, balbutia Claire.

— Il y a ici des catholiques, des socialistes, des franc-maçonnes, des anarchistes, d'anciennes communardes, des nationalistes. Toutes les sensibilités sont représentées, et la liste que je viens de vous donner n'est pas exhaustive. *La Fronde* publierait un article signé par le Diable s'il nous paraissait judicieux. Je plaisante, certes, mais il n'est pas question pour moi de faire de *La Fronde* un journal sectaire. Il n'appartient à aucun parti, aucune religion, aucune race. Nous ne faisons de distinctions qu'entre ceux et celles qui rêvent, comme nous, d'un avenir meilleur où l'intelligence triomphera de la force brutale, de ces guerres qui jettent les familles dans la souffrance et le deuil… En réalité, nous sommes seulement là pour réaffirmer que les femmes, à l'égal des hommes, doivent jouer leur rôle dans la société. C'est pour cela que nous réclamons la reconnaissance de nos droits civils et politiques.

Elle ajouta :

— Une dernière chose. Pour être féministes, nous n'en sommes pas moins femmes. Comme vous pouvez le voir, je suis la mode d'assez près. J'aime les fanfreluches. À chacun son style. C'est aussi cela la liberté !

Marguerite Durand laissa fuser un petit rire sec qui résonna étrangement à travers la pièce.

— Ce que je veux dire, Claire, c'est que nous n'avons rien contre les hommes, comme certains s'obstinent à le penser. Nous ne sommes pas des revanchardes. Hommes et femmes sont complémentaires et non ennemis. Nous nous comprenons ?

Claire approuva d'un signe de tête.

— À la bonne heure !

Puis, se levant subitement :

— Alors, dites-moi, qu'allons-nous faire de vous ? Je pourrais commencer par vous confier des petits dossiers qui soulageraient quelques-unes de mes filles. Et si vous vous débrouillez bien... Il y a tant à faire.

Claire sentit son cœur se serrer, puis se dilater, puis se resserrer, mais dans ce mouvement, d'une violence maîtrisée, n'entrait aucune crainte, seulement une joie sauvage qui ne demandait qu'à s'exprimer.

— Alors, c'est vrai, dit-elle, je vais travailler avec vous ?

Marguerite Durand sourit avec douceur.

— Faites vos preuves. Mais si vous êtes aussi convaincue sur le papier que dans vos propos et si vous parvenez à faire passer cet enthousiasme dans vos articles, alors oui.

— Oui...

Claire, rencontrant son image dans un miroir, aperçut un visage qui lui était étranger, rayonnant. Elle se sentit prise de vertige. Une joie profonde occupait toute sa poitrine. Son être se fissurait de toutes parts. La vie lui devenait soudain légère. Elle ne pensait plus à son bras, ni à l'institution Saint-Paul, ni à Jeanne Lesarnoy. Un sang neuf circulait dans ses veines. Et c'était une sensation grisante que d'imaginer ce corps qu'elle avait si longtemps considéré comme une défroque honteuse plein de potentialités inexplorées.

Son horizon s'étendait tout à coup dans des directions nouvelles. Il ne se limitait plus à La Givanderie, ni même aux berges de la Seine. Elle le sentait reculer, reculer sans cesse, se dilater aux dimensions d'une nouvelle terre.

Elles sortirent du bureau. Au loin, des éclats de voix portaient jusqu'à elles l'écho d'une dispute.

— Ne vous effrayez pas. Ce doit être Néva, la responsable de la rubrique sportive. Elle aussi a de l'enthousiasme à revendre. Vous verrez, on trouvera bientôt des femmes dans toutes les compétitions, et sur tous les terrains du monde. C'est juste une question de temps. Venez, je vais vous présenter...

Elle posa sa main sur son épaule. À l'entrée du couloir principal qui desservait les différents bureaux de la rédaction, Marguerite Durand marqua un temps d'arrêt.

— À propos, vous viendrez à ma soirée samedi prochain ? Vous savez, nous donnons souvent des réceptions ici. Ça resserre les liens entre les journalistes. Et puis on y rencontre parfois des gens intéressants, des écrivains, des comédiennes, Sarah Bernhardt par exemple, ou mon ami Edmond de Rothschild... Je crois même pouvoir dire que le Tout-Paris nous fait la cour. C'est bon signe, n'est-ce pas ? Après l'avalanche d'insultes que nous avons dû subir... Émilie vous a donné une invitation ?

— Oui, bien sûr..., bredouilla Claire.

La tête lui tournait. Elle s'apprêtait à fouiller dans son sac pour retrouver le précieux carton, mais Marguerite Durand la saisit par le bras. Son regard s'était abaissé sur l'autre avec une compassion dénuée d'hypocrisie.

— Inutile de le cacher, vous savez. Je l'ai remarqué dès que vous êtes entrée dans mon bureau, à votre façon de vous tenir. J'avais une cousine qui souffrait du même handicap. Elle est devenue l'une des couturières les plus prisées de Londres. Oubliez votre honte,

Claire. Ici, ce n'est pas de bras que nous avons le plus besoin, mais de cervelle et surtout de cœur!

— Merci, madame, fit Claire avec un sourire confus.

— Alors, vous viendrez samedi, n'est-ce pas?

— C'est un ordre?

— C'en est un, dit Marguerite Durand, les yeux brillants sous ses courtes mèches blondes.

Si courtes qu'on l'aurait dit métamorphosée en un jeune garçon roublard et facétieux, impatient d'affronter un nouveau défi.

15

La soirée avait commencé vers huit heures par un vibrant discours de Marguerite. Lui avaient succédé les interventions du directeur du journal *Le Matin*, du rédacteur en chef du *Figaro*, Fernand de Rodays, et même d'un banquier londonien, Sir James Churchward, mécène de *La Fronde*. Puis les invités s'étaient rués sur le somptueux buffet que Marguerite avait payé de ses deniers avant de se disperser dans les deux salons mis à disposition au troisième étage de l'immeuble de la rue Saint-Georges.

Quelques coupes de champagne avaient suffi à délier les langues. Informelle, la soirée passa comme un rêve léger et délicieux.

Dans le plus grand des salons, un orchestre jouait des valses de Strauss et des danses hongroises de Brahms. Quelques couples dansaient.

Claire, intimidée, était demeurée en retrait des invités les plus en vue. Elle n'en avait pas moins admiré la robe bleu et blanc de Sarah Bernhardt, le brio du très féministe René Viviani, épié les silences ambigus du jeune député Joseph Caillaux ou encore détesté la morgue d'un jeune artiste que les galeries commençaient de s'arracher et dont elle avait oublié le nom. Plongée dans un monde inconnu, elle s'était efforcée d'en comprendre les rites sans trop y participer, de peur de commettre une erreur préjudiciable à la confiance que Marguerite Durand avait placée en elle.

La directrice de *La Fronde* avait tout de même fini par la rejoindre et la présenter à quelques-unes de ces « élégances parisiennes ». Claire se montra souriante et discrète. Jusqu'à sa brève rencontre avec Émilie Ledrillant, une jeune actrice un peu niaise qui rêvait de brûler les planches. Baissant son regard sur le châle qu'elle avait négligemment jeté sur son épaule, celle-ci observa d'une voix pointue :

— Oh, ça me rappelle un rôle de…

Avant de se confondre en excuses sous l'œil réprobateur de Marguerite.

— Ce n'est pas grave, fit Claire, ce rôle-là, moi, je le tiens depuis l'enfance.

Marguerite lui adressa un clin d'œil complice tandis que l'ingénue tournait les talons.

— Bien joué, murmura-t-elle. Surtout, ne vous laissez pas impressionner. Ici, il y a autant de requins que de jolis poissons exotiques. D'autant que cette petite carpe-là ne tiendra pas la scène très longtemps, croyez-en mon expérience.

Puis, penchant son visage radieux sur son épaule :

— Vous ne vous ennuyez pas, j'espère ?

— Pas du tout…

— Lui, par contre…

Marguerite Durand lui désignait un homme à l'allure élégante, mince et athlétique, mais dont le visage fatigué reflétait plus de lassitude que d'enthousiasme. Il se tenait debout près d'une cheminée de marbre que surmontait un buste de Marianne.

— Jacques Kerstaing, dit-elle, l'un des meilleurs médecins de la capitale et un ami très cher. Vous devriez vous faire les griffes sur lui. Il a besoin qu'on le sorte de son cocon. Sans quoi, il finira vieux garçon.

— C'est une mission que vous m'assignez ? demanda Claire en riant.

— Presque ! Et si vous parvenez à prendre cette forteresse-là, je vous promets que plus rien ne vous résistera. Mais ne vous y fiez pas, ce morceau de choix est plus coriace qu'il n'en a l'air.

— C'est un défi alors ?

— Bonne chance !

Marguerite Durand s'éloignait déjà vers le buffet où quelques femmes aux chapeaux fleuris et à l'humeur enjouée discutaient à l'écart des hommes en habit.

Un défi ?

Claire prit sa respiration et marcha droit vers l'homme triste que lui avait désigné Marguerite.

Jeanne Lesarnoy sentit son cœur se dilater. Elle se rejeta en arrière, le souffle court, un sourire figé sur ses grosses lèvres sèches. L'ivresse du triomphe avait laissé une douleur dans sa poitrine, mais cette douleur-là lui était un baume plutôt qu'une blessure.

Dans le silence de la chambre, son rire éclata comme un orage. Un rire bref et sonore qui s'éteignit dans le vide.

Elle avait tant espéré, tant cherché dans les archives de Max, les vestiges de sa correspondance, les livres de sa bibliothèque, un indice, une trace, si infime soit-elle, que les deux petites notes qu'elle tenait entre ses mains lui paraissaient un trésor d'une valeur inestimable.

Elle avait fini par les trouver, collées à l'intérieur de son agenda, entre la dernière feuille, plus épaisse, et la couverture de cuir noir. Un coin écorné avait attiré son attention. Comment avait-elle pu passer à côté pendant des semaines ? Josef Galinski les aurait-il découvertes si, dans un accès de dégoût, elle lui avait donné l'agenda ?

Le premier feuillet, sur papier pelure, portait un numéro : 80067. Le second n'était autre qu'une facture attestant de l'achat de quinquina dans une pharmacie nantaise.

Pourquoi Max avait-il dissimulé ces deux notes dans son Journal ? Max était volontiers secret, mais ces feuillets ne présentaient, à première vue, aucun intérêt particulier. Jeanne le connaissait trop bien cependant pour supposer qu'il ait agi à la légère, sans mobile précis.

Du moins cherchait-elle à s'en convaincre.

Elle avait besoin de cette certitude. Depuis la mort de Max et la découverte de son agenda, sa vie était devenue un enfer. Non pas l'enfer qu'elle avait imaginé depuis son enfance, rempli de cris et de flammes, mais un enfer silencieux et glacé, dans lequel elle errait de jour comme de nuit.

Du matin au soir, qu'elle fût seule ou en compagnie, elle évoluait dans un univers parallèle. Tout était devenu aussi flou dans son esprit qu'un matin d'automne en pays d'Ancenis, lorsque la lumière ne parvient pas à percer les nuages et qu'une brume sépulcrale monte de la terre détrempée.

Elle se perdait dans un brouillard de souvenirs, semblables à de fines particules, qu'elle ne parvenait pas à assembler. L'image de Max n'était plus ce portrait figé pour l'éternité. Ce n'était plus qu'un dessin imprécis, balbutiant.

Galinski avait-il dit la vérité en parlant de la maladie de Max ? Elle avait eu beau fouiller dans ses papiers, elle n'avait pas trouvé la moindre preuve tangible de sa « condamnation » par les médecins. Ni correspondances, ni ordonnances, ni médicaments. Aucun rendez-vous ne figurait sur son agenda. Pourtant, Galinski prétendait connaître les noms des praticiens qui avaient diagnostiqué son mal. Peut-être avait-elle refusé un peu vite d'écouter ses explications.

Serait-elle un jour atteinte de la même calamité ? Son cerveau torturé se donnait entièrement à ces suppositions. Leurs parents avaient terminé leurs vies âgés et lucides, mais rien ne permettait d'affirmer qu'il en serait de même à la génération suivante.

Sa volonté de détruire Claire Mataguez n'était-elle qu'un signe avant-coureur de cette dégénérescence ?

Jeanne Lesarnoy ferma les yeux. Dans cette chambre presque identique à celle qu'occupait Max à La Givanderie, elle aurait pu se croire au manoir de Bouzillé. Elle entendait encore son pas lourd dans l'escalier, ses raclements de gorge, l'écho de sa voix mâle pestant contre sa femme ou les domestiques.

Des larmes coulaient de ses yeux aux paupières gonflées. Max ne reviendrait jamais et cette idée lui était insupportable. Son absence était pire que la révélation de sa double vie. Apprendre qu'un être qu'on a aimé était différent de ce que l'on croyait ne constitue pas fatalement une trahison. La blessure est toujours moins douloureuse que la sensation de manque.

Entre ses doigts maigres, son mouchoir formait une petite boule humide et douce, comme de la peau mouillée. Dans l'autre main, les deux feuillets, secs et soyeux, se faisaient plus légers, à peine perceptibles. Ils glissèrent sur le sol.

Elle ne s'en aperçut que quelques minutes plus tard. Elle s'était assoupie. La souffrance trouve toujours, même dans le sommeil le plus superficiel, un exutoire.

Elle les ramassa et les replaça dans le cahier de cuir noir. Elle avait découvert une piste, elle en était convaincue. Elle ignorait encore où allait la mener cette « trouvaille », mais le visage pâle de Claire Mataguez, omniprésent, l'accompagnait jour et nuit. Il flottait à l'intérieur de son crâne, demeurait en surimpression, semblable à celui d'un démon suspendu dans un ciel livide. Elle ne pouvait se tromper. Tous les chemins la ramenaient à la petite infirme, cet ersatz de femme que la nature avait condamné, dès sa naissance, à l'obscurité.

Elle ignorait pourquoi, mais elle avait toujours imaginé Claire Mataguez sous les traits d'un enfant que la vie avait rejeté dans les limbes. À ses yeux, elle n'avait jamais été tout à fait vivante ni tout à fait morte. Elle n'était qu'une moitié d'être, un « raté de la Création » dont Dieu lui-même cherchait à se débarrasser. Quoi qu'il lui en coûtât, elle comprenait pourquoi Max avait voulu la tuer. Contrairement à ce qu'avait affirmé Josef Galinski, sans doute ne s'agissait-il que d'un vague désir. Vouloir se délivrer de cette chose immonde lui paraissait relever d'une démarche logique et rationnelle. Elle n'en ressentait aucune émotion. Max possédait un courage dont elle était dépourvue. La souffrance pouvait la conduire à la haine, mais sûrement pas au meurtre. Claire Mataguez, elle, ne partageait sans doute pas ces scrupules. Elle s'était vengée, à travers lui, de sa propre médiocrité.

À travers ce crime quasi rituel, elle avait triomphé, comme Caïn tuant Abel, de sa frustration de n'être pas agréée par Dieu.

Jeanne Lesarnoy se coucha tout habillée dans le grand lit où l'on avait installé le corps de Max à La Givanderie. Les bras le long du corps, elle se laissa sombrer. Elle eut l'impression de sortir de son corps et de flotter au-dessus du matelas, puis d'être aspirée dans un tunnel de lumière. En un instant, les souvenirs affluèrent. Le chagrin se rua alors en elle avec une force dévastatrice.

Le dernier effort qu'elle accomplit fut de s'emparer du cadre posé sur la table de nuit et de serrer le portrait de Max contre sa poitrine.

Sa main, glissant sous sa robe, retrouva un chemin familier, le chemin qu'empruntaient ses mauvais rêves lorsque la douleur la terrassait.

Sur ses lèvres, le nom tant chéri creva alors comme une bulle :

— Max…

16

À minuit, ils avaient épuisé tous les sujets de discussion à la mode. Claire avait été intarissable et Jacques Kerstaing courtois. Si elle s'était tenue à l'écart par timidité, il semblait n'être là que pour faire plaisir à Marguerite. Elle ne l'avait vu discuter avec aucun des invités. Cela dit, il n'avait pas cherché à la fuir. Il s'était contenté d'être un compagnon agréable et légèrement distant. Au fil de la conversation, parfois languissante, Claire avait compris pourquoi Marguerite Durand lui avait souhaité bonne chance. Jacques Kerstaing n'était pas seulement séduisant, il y avait en lui quelque chose d'énigmatique, d'impalpable. Il semblait impossible à cerner, et pourtant elle n'en ressentait aucun malaise. Au contraire, sa nonchalance, ce mystère qu'il ne cherchait visiblement pas à cultiver excitaient sa curiosité.

Ils s'étaient réfugiés dans un coin du petit salon, loin de l'orchestre qui jouait maintenant en sourdine.

Marguerite, avec une énergie toujours intacte en dépit de l'heure tardive, continuait à papillonner.

— Regardez-la, dit Claire, on dirait que même Paris ne sera jamais assez grand pour elle. C'est une mangeuse de vie… Vous la connaissez depuis longtemps ?

— Plusieurs années.

— Moi, depuis quelques jours seulement, mais j'ai l'impression de la connaître depuis toujours.

Jacques Kerstaing esquissa un sourire.

— Ne vous fiez pas aux apparences. Marguerite semble aussi claire que de l'eau de roche. En réalité, c'est un peu plus compliqué que ça.

— C'est amusant.

— Quoi donc ?

— Elle m'a dit la même chose de vous.

Le chirurgien eut l'air subitement intrigué.

— Et que vous a-t-elle dit encore ?

— Que vous étiez plus coriace que vous n'en avez l'air.

Loin de se sentir blessé, Jacques Kerstaing eut un geste vague qui se perdit dans le brouillard bleuté qu'émettait sa cigarette.

— Il lui arrive parfois de se tromper.

— Pas dans ses engagements en tout cas, répondit Claire.

Le seul sujet qu'elle n'avait pas encore osé aborder lui brûlait les lèvres.

— C'est drôle, dit-elle, nous avons discuté de tout sauf de ce dont la France parle depuis des mois.

— Ah, et pouvez-vous me dire de quoi parle toute la France depuis des mois ?

Claire en eut le souffle coupé. Jacques Kerstaing avait posé sur elle un regard noir, insondable. Il attendait une réponse. Jouait-il la comédie ou sa lassitude était-elle réelle ? Elle fut tentée de l'abandonner là, mais l'écho des dernières paroles de Marguerite Durand continuait de résonner en elle et elle décida de ne pas céder un pouce de terrain.

Volubile, elle se mit alors à évoquer la figure d'Alfred Dreyfus, condamné pour espionnage, ainsi que le cours tumultueux pris par cette sombre affaire. En quelques minutes, Claire passa en revue tous les aspects du drame : Dreyfus exilé à l'île du Diable, la France déchirée, monarchistes et nationalistes clamant sa culpabilité, les socialistes et la gauche radicale son innocence, Zola traîné pour diffamation devant la cour d'assises de la Seine, le pneumatique découvert par le colonel Henry prouvant la trahison de Dreyfus au profit de l'Allemagne.

Jacques Kerstaing l'avait écoutée patiemment. Lorsqu'elle s'était tue, il l'avait regardée droit dans les yeux et avait murmuré :

— C'est étonnant… Vous êtes comme ces femmes que l'amour embellit… Vous, c'est la colère qui vous rend belle.

Son regard ne cillait pas. Il n'exprimait ni arrogance ni tentative de séduction. Claire sentit un poids s'effondrer au creux de sa poitrine. Incapable de répondre, elle balbutia :

— Dreyfus est innocent, vous le savez, n'est-ce pas ?

— Non, je l'ignore. On dit tellement de choses.

— Dreyfus est juif et innocent.

Elle insistait avec la lourdeur de ceux qui s'obstinent ou veulent éviter de parler d'autre chose. Elle avait envie de convaincre aussi. Mais Jacques Kerstaing ne se laissait pas aisément rallier à une cause. Il s'était toujours méfié des rhéteurs et considérait que trop d'analyse paralyse le jugement. Il se souvenait des derniers mots de son père sur son lit de mort : « Et surtout, Jacques, ne pense pas trop… » Il préférait attendre et réserver son opinion.

— Si Dreyfus est innocent, dit-il pour entretenir la conversation, ce n'est pas parce qu'il est juif, mademoiselle. Il n'y a pas de juif innocent ou de chrétien innocent, il n'y a que des hommes innocents.

Claire secoua vivement la tête. Ses mèches brunes se remirent en place au-dessus de son front. Son regard vert brûlait sous l'arc délicat des sourcils et son menton volontaire disait toute sa volonté de l'entraîner dans son combat contre l'injustice. « Une pasionaria », pensa Jacques Kerstaing avec un mélange d'ironie et de défiance.

— Vous ne comprenez pas, fit-elle, c'est parce que Dreyfus est juif qu'il est inculpé. Il y a, dans ce pays, des gens pour qui le seul fait d'être israélite est déjà une présomption de culpabilité.

— Et d'autres pour lesquels il importe de laisser faire la justice.

— Quelle justice ? Celle qui est aux ordres de l'armée et du gouvernement ?

— Certains vous diront que cette affaire n'est qu'un prétexte pour saper les fondements de l'Église et de la République. Tout dépend du point de vue. Chacun y va de sa thèse et prétend détenir la vérité.

— Et vous ?

Jacques Kerstaing tourna vers elle un regard dubitatif.

— Quoi, moi ?

— La vérité ne vous intéresse pas ?

— Je me méfie des sujets sur lesquels tout le monde a un avis et dont les journaux font leurs choux gras. La plupart des Français ont d'autres préoccupations que l'affaire Dreyfus. Croyez bien qu'un malade qui franchit la porte de mon cabinet et à qui on annonce une paralysie évolutive se moque bien à ce moment-là de l'affaire Dreyfus, du succès de la mission Marchand au Soudan ou du conflit entre l'Espagne et les États-Unis au sujet de Cuba.

Incapable d'estimer son degré de franchise, Claire Mataguez le dévisageait. L'apparente neutralité du médecin la déconcertait. Elle avait quitté La Givanderie pour échapper à cette inertie, à cet engourdissement de la pensée qui lui faisait accepter son sort. Alors que Jacques Kerstaing – peut-être parce qu'il avait acquis suffisamment d'aisance et de liberté – paraissait s'en moquer. Pour un peu, elle aurait oublié qu'elle aussi disposait des moyens matériels de renoncer à sa révolte.

— Vous ne croyez pas à l'existence du mal ? demanda-t-elle.

— Si, mais pourquoi voir le mal partout ?

— Parce qu'il est partout.

— Vous avez une bien piètre opinion de vos contemporains. Lorsque je soigne un patient, je ne m'occupe pas de ses antécédents judiciaires, ni de ses opinions philosophiques ou politiques. Je le soigne, c'est tout.

Claire esquissa un sourire, incapable de décider s'il l'avait déçue ou si elle devait s'en prendre à elle-même et à son désir outré de persuasion.

Elle avait l'impression malgré tout d'avoir franchi une ligne rouge. Elle l'avait inutilement blessé sans doute. Elle songea à s'excuser mais, ne parvenant pas à trouver une formule convaincante, elle s'abstint. Jacques Kerstaing regardait ailleurs, parmi la foule de plus en plus clairsemée des invités. Il était minuit passé et chacun rentrait chez soi.

Les pieds rivés au sol, le chirurgien effectuait de petites rotations discrètes du bassin. Souffrait-il du dos ? C'est la première idée qui lui vint à l'esprit. Tout à coup, elle eut honte de son impudence. Son attitude avait été ridicule. Elle le rencontrait pour la première fois et elle se comportait envers lui avec cette sorte de goujaterie qu'elle reprochait aux hommes.

— Je suis désolée, dit-elle enfin, je me suis laissée emporter tout à l'heure. Je n'aurais pas dû…

Jacques Kerstaing mit fin à sa danse.

— Ça ne fait rien… Vous me rappelez quelqu'un…

— Une femme, je suppose…

— Oui. Elle était comme vous, fougueuse, entière, intransigeante et pourtant…

Il hésita, à la manière d'un chien d'arrêt penché au-dessus d'un précipice.

— Pourtant ?

— On ne pouvait s'empêcher de…

Claire attendait, le cœur serré. Jacques Kerstaing finit par battre en retraite et déposer son verre vide sur le plateau d'un serveur.

C'était la deuxième fois qu'il se trahissait. Elle avait eu tort de lui parler sur ce ton. Elle avait manqué de psychologie et même de bon sens. Il ne s'était montré ni agressif ni entreprenant. Elle l'avait traité ainsi parce qu'il était un homme. Elle s'en voulait et crispa les poings pour museler la colère qui montait en elle. Elle avait encore beaucoup à apprendre des hommes, songea-t-elle avec un rien d'amertume. Tous n'étaient pas de la même trempe que Max et elle allait devoir réviser ses jugements si elle ne voulait pas écrire des articles plus partiaux qu'honnêtes.

Jacques Kerstaing ne paraissait pourtant pas lui en vouloir. Il conservait la même placidité qui l'avait irritée au début de leur conversation et qui, à présent, la rassurait.

— Ça fait longtemps ? demanda-t-il soudain, sortant de son mutisme.

— Longtemps ?

— Votre bras…

Claire eut un sursaut.

— Vous êtes très observateur…

— Je suis médecin.

La tension de Claire retomba.

— Je suis née avec cet… inconvénient.

Il parut apprécier le choix du terme. Il hocha la tête.

— Je suis persuadé qu'on trouvera un jour une solution pour ceux qui, comme vous, doivent faire face à cet inconvénient. Nous finirons par fabriquer des prothèses qui permettront de vivre à peu près normalement. Ce n'est peut-être pas pour demain, mais…

Il n'acheva pas sa phrase. Depuis le début de la soirée, ils n'avaient guère évoqué son travail. Les hommes, pourtant, pensait Claire, adoraient parler de leur métier. Pas Jacques Kerstaing. Elle haussa les épaules.

— Je vis avec, dit-elle.

— Alors pourquoi passez-vous votre temps à cacher cette atrophie ?

— Je ne la cache pas, protesta-t-elle.

— Mais si, et les gens finiraient par l'oublier si vous n'étiez pas tout le temps en train de la leur rappeler par votre comportement. Vous me semblez pourtant assez forte pour éviter ce piège.

— Vous l'avez bien remarqué, vous.

— Je vous l'ai dit, je suis médecin.

— Ce n'est pas une raison suffisante.

— Non, mais sans doute est-ce parce que je vous porte assez d'intérêt pour…

« Troisième trahison », songea-t-elle avant de voir, dans ses yeux soudain fuyants, une sorte d'effroi qui le fit se rétracter.

— Je disais cela, bien sûr, dans votre intérêt.

— Je veille très bien sur mes intérêts.

Elle se défendait, toutes griffes dehors. Elle le fixa, provocante, mais ne rencontra qu'un regard rempli de compassion muette. Tout à coup, elle sentit ses forces l'abandonner et sa colère s'évanouir avec elles. Jacques Kerstaing regardait ailleurs à présent. Ses yeux légèrement plissés inspectaient l'espace enfumé du salon, se posant par petites touches sur les femmes en robes légères, les messieurs en costumes impeccables. Il lui sembla qu'il portait sur eux un regard objectif, presque scientifique, comme s'il les avait glissés, entre deux lamelles, sous l'objectif d'un microscope.

Il devait cependant avoir le sentiment d'en avoir trop dit, car il prit subitement congé, au grand désarroi de la jeune femme.

— Je dois partir, dit-il, mais puisque vous êtes une amie de Marguerite…

— Une collaboratrice, rectifia Claire.

— Je suppose que nous nous reverrons.

Déjà, il s'inclinait, un rien cérémonieux. Claire se demandait encore ce qu'elle pourrait faire pour le retenir lorsqu'elle vit sa silhouette disparaître dans l'embrasure de la porte, entre deux femmes caquetantes et fardées.

« Quelle imbécile je fais ! » songea-t-elle en s'élançant à son tour vers la porte.

Elle s'arrêta presque aussitôt, consciente de l'inutilité de son geste. Son poing se resserra sur une proie imaginaire. Elle devait avoir l'air parfaitement ridicule, seule au milieu du salon. Elle se tourna vers le buffet, mais Marguerite Durand l'avait déjà rejointe.

— Je vous avais prévenue, c'est un oiseau difficile à apprivoiser.

— Tout est de ma faute, fit Claire d'une voix altérée. Je suis désolée.

— Ce n'est pas à moi qu'il faut dire ça.

— Comment pourrais-je rattraper cette sottise ?

— Quelle sottise avez-vous bien pu commettre ?

— Je lui ai parlé comme à…

— À un ennemi ?

Marguerite lui adressa un sourire de consolation.

— C'est un travers dans lequel il est facile de tomber, reprit-elle. Les hommes ne sont pas nos ennemis. La fougue nous le fait parfois oublier, mais par chance, ils sont moins rancuniers que nous.

— Vous croyez ?

— Vous aurez l'occasion de vous revoir. À propos, Jacques, je vous l'ai dit, je crois, est un excellent médecin. Si vous aviez besoin de l'adresse de son cabinet… pour écrire un article peut-être.

Claire hocha la tête. Le regard perdu au loin, les nerfs à fleur de peau, elle ne vit pas le mince sourire qui se pavanait sur les lèvres de Marguerite.

17

Claire ne revit pas Jacques Kerstaing cet été-là. Marguerite Durand la fit quitter Paris pour l'Angleterre. La jeune femme en ramènerait une série de reportages qui paraîtraient en feuilleton hebdomadaire à l'automne.

Pour répondre à la confiance que Marguerite avait placée en elle, Claire dut lui confier des bribes de son passé en pays d'Ancenis et reconnaître qu'elle pouvait assurer le financement de son voyage. Elle n'aurait besoin d'aucune aide de la part du journal.

Marguerite l'avait écoutée avec un sourire amusé. Puis elle avait conclu sur ce ton mi-familier mi-théâtral qui faisait son charme :

— Décidément, Claire, vous faites un drôle de chevalier en jupons ! Vous avez encore d'autres armes comme celle-là en réserve ?

Lorsque Claire lui avait fait le récit – édulcoré – de la mort de Max, la directrice de *La Fronde*, en revanche, n'avait fait aucun commentaire, comme si elle devinait, derrière ce décès, un drame plus profond.

Le 18 juillet, le jour même où Émile Zola, condamné par la cour d'assises de Versailles, s'enfuyait pour Londres, Claire découvrait la capitale anglaise avec un mélange de ravissement et d'effroi. Londres lui parut une ville plus impressionnante encore que Paris, plus populeuse, à la fois captivante et déconcertante, vouée à la finance et à l'affairisme autant qu'aux luttes sociales et syndicales, débordante de vitalité, de richesse et dévoilant, derrière les façades de ses bâtiments officiels ou des hôtels particuliers de Kensington, l'étendue grise de ses plaies purulentes, de sa misère, de ses cloaques.

Londres était une ville où beauté et laideur se livraient un combat sans merci. Pourtant, Claire y éprouva un sentiment de liberté qu'elle n'avait jamais connu à Paris. Elle n'aurait su dire pourquoi. L'air qu'on y respirait, en dépit des fabriques toutes proches, des fumées qui, certains soirs, flottaient en couche épaisse au-dessus de la Tamise, était plus léger. L'ambiance générale y était moins conventionnelle. Les femmes de Belgrave ou Mayfair avaient beau porter des robes somptueuses et un peu trop voyantes, les hommes des hauts-de-forme, Claire se sentait plus à l'aise au milieu de ces élégances-là que dans les beaux quartiers de Paris. Les Anglais, moins « révolutionnaires » et turbulents que les Français, semblaient prendre la vie avec davantage de philosophie et d'optimisme. Fiers de leurs traditions, ils n'en étaient pas pour autant partisans de l'immobilisme. Ils évoluaient avec lenteur et sagesse. Même les rapports entre hommes et femmes lui parurent différents. Les premiers faisaient la part belle aux secondes sans craindre de perdre leur virilité. Les rôles étaient respectés, mais sans ostentation. Certes, les femmes ne jouissaient pas de droits beaucoup plus étendus qu'à Paris mais, de toute évidence, l'air du temps était plus favorable à leur émancipation qu'il ne l'était de l'autre côté de la Manche.

La circulation était à l'image de ce bouillonnement souterrain. Dans les rues encombrées, des omnibus bariolés se mêlaient à des centaines de voitures particulières, de calèches et de cabs. Sur la Tamise, une nuée de petits bateaux et de barques sillonnait le fleuve au milieu des vapeurs. Et dans les entrailles de Londres, les grondements du métro rythmaient eux aussi la vie trépidante de la capitale.

Londres ne dormait jamais. En la visitant, on traversait une série de villes successives qui, emboîtées les unes dans les autres, finissaient par composer un tableau aussi magnifique que hideux, d'une surprenante cohérence.

Quelques incursions dans les quartiers pauvres de la ville tempérèrent néanmoins son enthousiasme. Après trois semaines d'errances confortables entre la City, le British Museum, Covent Garden, Trafalgar Square, Regent's Park et les magasins de nouveautés de Bond Street, Claire s'aventura dans l'East End. Elle découvrit ainsi Whitechapel, où avait sévi Jack l'Éventreur dix ans plus tôt, Stepney, ou encore la ville des docks. Partout, ce n'étaient que ruelles encombrées de piétons et de charrettes, longues rues humides et noires, enchevêtrement de bicoques toutes identiques, aux murs aveugles, sans fenêtres ni persiennes, interminables murailles de briques rouges pareilles à celles d'une prison. Aux carrefours, des ouvriers aux casquettes noires de suie étaient rassemblés dans l'attente d'un travail journalier, prêts à disparaître à tout moment dans quelque venelle obscure où flottaient des odeurs de crasse et de harengs. Des mendiants portant des pancartes suspendues à leur cou, des femmes en cheveux, sales et hâves, allaitant leurs enfants et tendant la main, prenaient alors leur suite, comme si une misère ne faisait que succéder à une autre misère. Parmi eux se trouvaient quelques prostituées en loques pour lesquelles on avait peine à croire qu'un homme pût éprouver le moindre désir.

Claire avait traversé ces espaces désolés en s'efforçant de ne pas attirer l'attention. La sobriété de ses vêtements et cet « inconvénient », qui avait tant ému l'impavide Jacques Kerstaing, l'avaient aidée à se fondre dans la foule triste et bruyante. Après deux ou trois jours passés dans l'East End, Claire s'était d'ailleurs persuadée qu'elle aurait pu ressembler à l'une de ces femmes. Son imagination l'avait alors entraînée plus loin encore dans ces taudis, ces boyaux sordides où se blottissaient des âmes perdues que rien ni personne ne sauverait jamais. Comment une femme ayant charge d'enfants et quelques shillings par jour pour les nourrir eût-elle pu songer à se révolter, à conquérir le droit de vote ou à réclamer la propriété de son propre corps ? Ce dernier droit avait été reconnu en Angleterre quinze ans plus tôt, en 1884. La femme était enfin devenue un individu à part entière. Mais que pouvait bien signifier ce droit, ici, derrière les murs délabrés de ces masures où l'alcool et les coups avaient force de loi ?

L'impression qu'elle en conserva fut si forte qu'elle ne put s'empêcher de l'évoquer avec les féministes qu'elle était venue rencontrer à Londres.

La fondatrice de l'Union nationale des sociétés pour le suffrage des femmes, la très célèbre Millicent Garrett Fawcett, la reçut dans les bureaux de l'association.

Par chance, ce jour-là, elle fit également la connaissance de Selina Cooper, une militante venue de son Lancashire natal pour apporter à Londres une pétition destinée au Parlement. Les deux femmes avaient entendu parler de *La Fronde* et de Marguerite Durand. Elles se montrèrent prêtes à lui ouvrir toutes les portes et l'invitèrent à déjeuner près de Piccadilly.

Selina Cooper lui raconta combien elle avait souffert l'année précédente de la perte de son fils de quatre mois. Elle attribuait ce décès aux difficiles conditions de travail qui étaient les siennes. Bien que le but des « suffragistes », comme on les nommait, fût avant tout d'obtenir l'égalité des droits civiques, on ne pouvait guère dissocier ce combat de revendications plus générales sur la législation du travail, la santé ou l'éducation. La misère était une plaie endémique qu'il importait de cicatriser au plus vite si l'on voulait que les femmes tiennent la place qui leur revenait au sein de la société de classes.

Millicent Fawcett tempéra ce discours révolutionnaire en arguant qu'« avant de courir, il fallait savoir marcher ». Elle ne tenait pas à s'engager dans la voie dangereuse qu'Emeline Pankhurst s'apprêtait, disait-on, à suivre au sein de sa Women's Social and Political Union, en menant des actions plus radicales.

Pour détendre l'atmosphère, elle raconta ensuite l'événement déclencheur qui l'avait décidée, un quart de siècle plus tôt, à militer pour le droit des femmes. Comme on lui avait dérobé un jour son sac à main, elle s'était rendue au poste de police le plus proche. Mais, loin de prendre sa plainte en considération, le sergent de ville qui l'avait reçue lui avait signifié qu'il ne pouvait rien faire pour elle, le sac étant la propriété de son mari.

— Ce jour-là, conclut Millicent Fawcett, je me suis demandé quelle était ma place. À mi-chemin, je suppose, entre le paillasson et la prostituée.

Grâce à la présidente de l'Union, Claire avait pu assister à plusieurs réunions d'associations féministes londoniennes et interviewer des militantes de toutes conditions.

Une autre question semblait également torturer les esprits : celle du malthusianisme. Hormis quelques mouvements radicaux, ceux qui prônaient la limitation des naissances et la possibilité pour les femmes de disposer librement de leur corps étaient enclins à agir avec bon sens. Mais ni Selina Cooper ni Millicent Fawcett ne lui parurent attacher d'importance à cette question. À leurs yeux, il s'agissait d'abord de conquérir l'égalité des droits.

— Chaque chose en son temps, avait observé Selina Cooper, nous devons avancer pas à pas. Trop exiger d'un coup risquerait de braquer l'opinion contre nous, et pas seulement celle des hommes. Bien des femmes jugent encore que nos revendications menacent la société. Pensez donc, quelques femmes faisant vaciller le trône de Sa Gracieuse Majesté en réclamant le droit de vote ! De quoi renverser l'Angleterre et l'Empire des Indes !

Elles avaient éclaté de rire.

— Et vous, Claire, avait alors demandé Millicent Fawcett, vous ne songez pas à avoir d'enfants ?

Claire, confuse, avait alors balbutié qu'elle avait encore le temps d'y songer, puis son visage s'était refermé comme un éventail, ne laissant plus transparaître qu'une tristesse désemparée.

La veille de son départ, Claire longeait Victoria Station lorsqu'il se produisit un incident qui ternit quelque peu la joie que lui avait procurée son séjour.

Une femme l'aborda en anglais, puis répéta sa question dans un français presque parfait.

Elle était vêtue d'une robe noire aussi stricte que si elle avait fait partie de quelque secte protestante ou d'une société de charité. Elle portait même des lorgnons un peu ridicules qui lui donnaient des airs de punaise de sacristie.

— Mademoiselle, je peux vous aider?

La femme lui souriait, découvrant une dentition en mauvais état, et Claire n'aima pas ce sourire un peu forcé de gargouille mélancolique.

— Non, je vous remercie.

— Ne me dites pas que vous avez fait tout ce chemin seule pour voir les magasins de nouveautés?

Claire commençait à se sentir mal à l'aise.

— Et pourquoi pas?

Elle continuait d'avancer, mais la femme lui avait emboîté le pas.

— Je peux vous aider. J'en ai déjà aidé d'autres, vous savez…

Claire ralentit. Tout à coup, une image qui l'avait frappée à son arrivée à Paris, lui revint en mémoire: celle de ces femmes discrètes qui rôdaient autour des gares, guettant les jeunes filles fraîchement débarquées de leur province. Des intermédiaires ou des « faiseuses d'anges » professionnelles qui proposaient leurs services à celles qu'on avait chassées de leur emploi pour « délit de grossesse ».

— Laissez-moi tranquille ou j'appelle la police.

Justement, un policeman en uniforme à la carrure impressionnante débouchait de Wilton Road. Mais la femme l'avait saisie par l'épaule et ne semblait pas décidée à lâcher prise.

— Qu'est-ce que tu caches, ton ventre ?

Claire se dégagea sans ménagement.

— Alors quoi ?

— Laissez-moi ! cria-t-elle.

Elle la bouscula. Mais la femme revenait déjà à l'assaut :

— Allons, tu vois bien que tu as besoin de moi.

— Je n'ai besoin de personne.

— Les filles comme toi, j'en ai aidé des centaines. Vous êtes toutes les mêmes. On se fait faire un gosse et puis on s'aperçoit qu'on va gâcher sa vie.

Elle était beaucoup plus vulgaire que ne le laissait supposer son apparence. Sa voix était grasse, désagréable, du sirop coulant dans une gorge ravinée.

Le cri de Claire avait cependant attiré l'attention du policier qui avait pressé le pas dans leur direction. Comme elle lui tournait le dos, la femme ne le vit pas approcher.

— Quelque chose ne va pas ? Cette femme vous importune ? demanda-t-il.

— Oui, répondit Claire d'une voix résolue.

Le policeman, un homme de haute taille, au visage sec et aux grands yeux de rapace ébahi, se tourna vers la femme aux airs de bigote.

— Ça fait longtemps que je vous vois traîner par ici... Vous ne seriez pas l'une de ces femmes qui cherchent à contrevenir à la loi, j'espère ?

— Non, Monsieur l'agent. On discutait, c'est tout.

— C'est vrai, madame ?

— Oui, enfin...

L'agent attendait une confirmation.

— Non... En réalité, cette femme m'importunait.

Puis, d'une voix sépulcrale, elle prononça :

— *Abortion*[1]...

Le policeman demeura impassible.

— Très bien, je vais vous demander de me suivre au poste.

La femme en noir était devenue aussi pâle qu'une morte. Ses lèvres se mirent à balbutier des mots sans suite, puis elle répéta :

— Je n'ai rien fait... C'est elle... C'est elle, la garce !

Elle avait jeté ses lorgnons sur le sol dans un geste théâtral. Ses lèvres tremblaient et Claire crut qu'elle allait lui cracher au visage. Mais elle se contenta de dire tout bas :

— Sale infirme, tu me le paieras... Pas étonnant que personne n'ait eu envie de te faire un môme !

Claire était ressortie du poste de police deux heures plus tard. La femme avait été mise en cellule en attendant son interrogatoire. Claire avait dû expliquer qu'elle connaissait ce genre de « professionnelles ». Elles sévissaient également dans Paris, aux abords des gares ou dans les « mauvais quartiers ». Celle-là devait

1. Avortement.

d'ailleurs être française ou avoir longuement séjourné en France car elle parlait sans accent ou presque.

Le sergent de police s'était montré affable et complaisant. Lorsqu'elle avait dit être journaliste, Claire avait cru cependant deviner un léger haussement de sourcils. Ici aussi, il n'était pas encore tout à fait admis que des femmes exercent des métiers d'ordinaire réservés aux hommes. Claire faillit préciser, par ironie, qu'il s'agissait d'un magazine de santé pour jeunes mères de famille, mais le policier avait été trop courtois pour qu'elle eût envie de le contrarier.

Lorsqu'elle avait quitté le poste de police, elle avait entendu la femme l'insulter derrière ses barreaux.

—Sale infirme, sale petite infirme... Le diable t'aura avant moi!

Sur le même timbre de voix dont usait Max dans ses moments d'hystérie.

Et les cris de la femme en noir la poursuivirent encore longtemps, tout le long de Vauxhall. Jusqu'à déchirer ses tympans.

18

Jacques Kerstaing s'étira et contempla, dans la lumière de l'aube naissante, le visage apaisé de Rose Liancourt. Elle dormait profondément, la respiration régulière, insensible à la vie qui bruissait autour d'elle : le chant des oiseaux sur le balcon, le tic-tac de la pendule, les craquements du lit.

Il observa sa bouche entrouverte et cette légère sueur qui moirait son front bombé. Elle était belle et vulnérable, attendrissante. Toutes les femmes étaient attendrissantes lorsqu'elles dormaient, aussi peu gracieuses qu'elles fussent une fois éveillées. Le sommeil posait sur elles comme un film protecteur qui les rendait, pour quelques heures au moins, inaccessibles à la laideur. En était-il de même pour les hommes ? Il eût aimé s'en persuader. L'envie de vérifier ne lui était jamais venue. Même à l'armée, il avait évité de regarder ses camarades dormir. Il ne se plaisait qu'en la compagnie des femmes ou alors dans la solitude la plus complète.

Une réunion, un dîner sans présence féminine lui paraissaient aussi insignifiants qu'un repas sans vin, un automne sans lectures au coin du feu ou une nuit d'amour sans jeux érotiques. La proximité d'une femme lui était tout aussi nécessaire que l'air qu'il respirait. S'il avait pu se passer de femmes depuis le départ de Sylvaine, c'est parce qu'il en côtoyait chaque jour dans son cabinet ou à l'hôpital. Il s'était fait plusieurs fois mettre gentiment à l'index par des amis parce qu'il ne faisait aucun effort pour s'intégrer au clan des hommes. La politique l'ennuyait, tout comme les dernières innovations en matière d'automobile et d'aviation. Le sport, sous sa forme compétitive, le laissait indifférent. S'il lui arrivait par malheur de croiser des confrères, il les fuyait comme la peste de peur d'avoir à parler « boutique » toute la soirée. Chacun y allait fatalement de son hypothèse pour guérir les troubles cardio-vasculaires ou dissertait sur les dangers de la cocaïne dans l'anesthésie dentaire.

La cuisine, les voyages et la littérature l'intéressaient bien davantage. Sur ce terrain, il était sûr de trouver une interlocutrice avec laquelle lier conversation. La plupart des femmes finissaient d'ailleurs par faire cercle autour de lui. Ainsi s'attirait-il la jalousie de ses congénères. À leurs yeux, il se comportait avec goujaterie. Il ne respectait pas les codes. Il se glissait parmi les femmes comme un renard pénètre dans un poulailler. Il cherchait quelque chose, à les séduire, à les corrompre même. Car, si de toute évidence il n'avait rien d'efféminé, les raisons qui le poussaient vers elles et celles qui les poussaient vers lui ne pouvaient être que de la nature la plus suspecte.

Jacques Kerstaing eût été bien en peine de leur expliquer qu'il n'avait nul besoin de savoir en détail comment fonctionnait un moteur à explosion ou que Charles Robert venait de remporter le cent mètres en onze secondes deux dixièmes pour affirmer sa virilité. Ses succès féminins, néanmoins, agaçaient. À l'exception de quelques rares amis proches, les autres hommes ne pouvaient imaginer que la délicatesse l'emportât sur les ardeurs guerrières ou les exploits de taverne. Qu'un homme se plût davantage en compagnie d'une vieille dame capable de lui dévoiler les mystères du point de croix plutôt qu'auprès d'un général valétudinaire racontant pour la énième fois la charge des cuirassiers de Reichshoffen leur paraissait le comble de l'aberration. À un financier qui le traitait un soir d'« inverti » pour se faire valoir aux yeux de sa dernière conquête, Jacques avait été contraint de demander réparation. Mais plutôt que de le provoquer en duel singulier, il avait préféré donner, sans plus attendre, une leçon de boxe française à son offenseur. Depuis, les regards qui se posaient sur lui avaient changé. Ceux-là mêmes qui le dénigraient encore quelques jours plus tôt le priaient d'assister à leurs soirées. Il ne répondait généralement ni aux provocations ni à leurs prières.

Il avait préféré une chambre d'hôtel discrète du quartier d'Auteuil à son appartement. Une grande chambre au mobilier luxueux, avec des fauteuils crapaud et des tentures d'un rouge grenat.

Ils n'avaient échangé aucun mot avant de se glisser entre les draps.

Elle s'était donnée à lui avec fièvre et il avait répondu à cette fièvre, mais dc façon plus mécanique et courtoise que spontanée. En faisant l'amour avec une femme mariée, il avait eu l'impression désagréable de commettre un délit. Si elle n'était pas sa patiente, Rose était la mère de Mélanie. Il avait eu aussi le sentiment de se trahir lui-même en trahissant la règle qu'il s'était toujours imposée : pas de femme mariée, et encore moins de femme mariée avec enfant. Il se refusait à briser un couple. Bien qu'il ne fût pas totalement sans convictions religieuses, cet interdit ne relevait pas d'une quelconque morale bourgeoise, ni même du seul confort personnel. Il avait vu trop de drames engendrés par l'adultère.

Et voilà qu'il était à son tour tombé dans le piège qu'il voulait éviter à tout prix. Sa seule consolation était qu'il ne ressentait pas les choses avec l'intensité qu'il avait imaginée lors de la première visite de Rose à son cabinet.

Au petit matin, elle avait tout de même soulagé un peu sa conscience en lui avouant qu'elle avait déjà eu quelques aventures sans lendemain, tout en se croyant obligée d'ajouter qu'avec lui « c'était différent ». Il avait alors redouté qu'elle ne s'engageât dans un labyrinthe de fausses promesses. Mais elle s'était contentée, plus banalement, d'invoquer les raisons classiques de la trahison : différence d'âge, absences répétées, manque de tendresse, lassitude de la vie de province... Toute cette cohorte de prétextes auxquels on a recours pour justifier ses actes afin d'en dissimuler la seule cause efficiente : une inaptitude viscérale à la fidélité.

Jacques se leva sans bruit et gagna la salle de bains. Ses yeux pâles étaient cernés, son teint blême et ses lèvres encadrées de petits plis amers et timides. Il referma la porte et se lava le plus discrètement possible, puis ressortit dans la chambre en caleçon.

— Jacques, qu'est-ce que tu fais ?

Il détestait être surpris dans le plus simple appareil. Il enfila son pantalon au plus vite en évitant de la regarder. Mais elle, appuyée sur un coude, ses seins lourds aux pointes durcies caressant le rebord du drap, le contemplait avec une sorte de tendresse émerveillée qui ne fit qu'accroître son malaise.

— Tu comptais partir sans m'embrasser?

— Je ne voulais pas te réveiller.

Il mentait de façon si évidente qu'il dut mentir à nouveau :

— J'ai un rendez-vous très important à l'Hôtel-Dieu.

Rose Liancourt fit une petite moue charmante, qui aurait été plus séduisante encore si elle avait porté un chapeau.

— Je dois rentrer après-demain. On se voit ce soir, mon chéri ?

Il avait l'impression de répéter un dialogue entendu cent fois. Il répondit lâchement :

— Bien sûr. Téléphone-moi en fin d'après-midi.

Il acheva de s'habiller, noua sa cravate. Bien qu'on fût au début du mois de septembre, la chaleur de l'été n'était pas retombée. Il avait besoin de marcher à l'air libre, de croiser d'autres visages que celui de Rose Liancourt qui, pourtant, exprimait encore dans un demi-sourire toute la volupté qu'elle avait éprouvée aux plaisirs de la nuit.

Lorsqu'il claqua la porte de la chambre, un couple passait dans le couloir. L'homme esquissa un salut. La femme, entre deux âges, avait le regard dur des gens que rien, pas même la jouissance, ne parvient plus à émouvoir.

En les regardant s'éloigner, Jacques Kerstaing se dit qu'il ne voulait pas finir comme elle.

En arrivant à son bureau, il demanda à sa secrétaire, Mlle Chapman, de faire patienter son premier rendez-vous. Puis il s'accorda quelques minutes pour se débarrasser des sensations qui, tout comme le parfum de Rose Liancourt, lui collaient encore à la peau. Il n'avait pas déjeuné et ne ressentait ni faim ni frustration. La nuit ne lui avait laissé qu'une vague impression de fatigue au creux des reins, un petit noyau dur au niveau des vertèbres.

Contrairement à ses habitudes, il se servit un petit verre d'eau-de-vie pour effacer les traces de son malaise. L'alcool lui brûla l'estomac. Il se leva et sortit sur le balcon. La Seine coulait, lente et majestueuse, entre ses berges. Une péniche passait, tel un long hanneton grisâtre.

Et c'est en s'absorbant dans cette contemplation banale que le songe lui revint.

Dans le sommeil agité qui avait suivi ses ébats avec Rose Liancourt, il avait rêvé de Claire Mataguez. Il n'avait pourtant pas cherché à la revoir ni spécialement songé à elle depuis la soirée donnée par Marguerite. Mais il avait bien rêvé qu'ils marchaient ensemble le long de la Seine. C'était par une journée d'hiver. Une journée froide et ensoleillée. Claire portait un manteau de fourrure, une toque de renard bleu. Ils se tenaient par le bras et…

Par le bras… Jacques Kerstaing sursauta. Claire n'était plus invalide. Elle souriait aux anges, elle était guérie.

Son cœur s'accéléra. Une soudaine suée l'obligea à essuyer son front. C'était vraiment ridicule. Il essaya de chasser cette pensée de son esprit, mais l'image était si forte qu'il sut qu'elle allait le hanter toute la matinée, peut-être même davantage.

Il revint à son bureau et ouvrit le dossier de sa première patiente : une femme de cinquante-quatre ans qui souffrait d'arthrose. Tous les traitements avaient échoué. Il l'avait déjà aperçue lorsqu'elle était venue prendre rendez-vous. C'était une femme blonde et maigre, au visage fané, aux yeux immenses d'un gris soutenu. Elle avait dû être belle autrefois, mais la douleur avait posé un masque sur son visage et il fallait désormais faire un effort d'imagination pour deviner sous cette chape terreuse et sale la femme qu'elle avait dû être dix ans plus tôt.

Une fois de plus, il se demanda s'il trouverait un remède à la souffrance. Il n'avait jamais vraiment ressenti d'autre vocation que celle-là : soigner, réparer les corps comme d'autres rafistolent les âmes, apporter du moins un soulagement dans une vie que la douleur brisait.

Était-ce de l'amour, de la compassion ? Albert Kerstaing lui-même eût sans doute été bien en peine de répondre à cette question, lui qui s'efforçait de ne jamais trop penser.

Était-ce cela qui l'attirait également chez Claire Mataguez ? L'espoir chimérique de lui faire oublier son handicap ?

Son rêve n'avait rien d'anodin. Il ne faisait que traduire ce qu'il portait au plus profond de lui et faussait parfois les relations qu'il entretenait avec les autres. Trop souvent, l'homme, chez lui, s'effaçait derrière le médecin. Sa vocation le dévorait de l'intérieur, réduisait son ego à la taille d'un grain de sénevé. Au point de le rendre indifférent à toute autre chose, à l'affaire Dreyfus par exemple, de l'éloigner de ses semblables dès qu'il n'était plus « en situation » de les prendre en charge.

Plusieurs fois, il s'était demandé s'il aurait pu tomber amoureux d'une femme souffrant d'un handicap. À son cabinet, à l'hôpital, dans la rue, il lui arrivait d'observer celles qui boitaient ou à qui il manquait un membre, celles qui souffraient de tics compulsifs, qui avaient été défigurées par la variole ou dont une épaule contrefaite enlaidissait la silhouette. Pouvait-on passer, avec autant d'aisance qu'on l'aurait souhaité, au-delà des apparences?

Claire, elle, souffrant plus qu'elle ne le laissait paraître de son atrophie, continuait malgré tout de rayonner d'une beauté singulière. Le regard des hommes ne pouvait ignorer cette ambivalence. Et ce devait être terrible pour elle de se sentir rejetée et désirée à la fois.

Un bref instant, il éprouva pour elle un sentiment de pitié. Mais les images de son rêve eurent tôt fait de balayer cet ersatz de charité. La charité était le dernier recours contre l'impuissance. Il avait d'ailleurs eu le temps de lire dans son regard qu'elle n'en réclamait pas. Claire Mataguez n'était pas le genre de femme à se plaindre ni à afficher sa souffrance. Son visage n'en portait pas même la trace.

Jacques Kerstaing dut se faire violence pour s'arracher à son fauteuil et franchir les quelques mètres qui le séparaient de la porte.

La femme blonde entra quelques instants plus tard et s'assit en face de lui avec une lenteur qui n'avait rien de calculé. Elle souffrait et s'efforçait de maintenir sur ses lèvres à peine maquillées un fade sourire de malade.

— Votre nom, madame, dit Jacques, est bien Claire Lejoncour?

— Gilberte, docteur, répondit alors la femme d'une voix épuisée. Gilberte Lejoncour…

19

Jeanne Lesarnoy n'avait guère eu à réfléchir très longtemps avant de se persuader que les documents trouvés dans l'agenda de Max la mèneraient tout droit à Claire Mataguez. Immédiatement, elle s'était mise en quête d'autres indices, mais sa chasse s'était révélée infructueuse. Peut-être d'autres éléments subsistaient-ils à La Givanderie, mais elle n'y avait plus accès et ne pouvait espérer corrompre les gens du manoir. Le nouveau régisseur, de toute évidence, lui était hostile. Suite au départ de nombreux domestiques, il avait préféré renouveler l'ensemble du personnel. Leguérek avait dû leur faire la leçon. Le Château de La Givanderie devait maintenant lui appartenir bien plus qu'à Claire qui, d'après ses informations, n'y était jamais revenue depuis son installation à Paris.

Car Jeanne Lesarnoy n'avait eu de cesse de la poursuivre, tel un gibier d'eau, jusque dans son appartement montmartrois. Un cabinet de Nantes, spécialisé dans les enquêtes privées, avait retrouvé sa trace au bout de quelques semaines seulement. Il lui avait été beaucoup plus difficile, en revanche, de déterminer la nature de ses activités.

Mais Jeanne ne désarmait pas. La facture lui avait déjà livré une première piste. Vers la fin du mois de juillet, elle s'était rendue à la pharmacie nantaise

Verdier et fils, située quai de la Fosse, non loin de la station de la Bourse.

Le propriétaire s'était montré coopératif. Elle avait su l'émouvoir en évoquant la mort de Max ainsi que le désarroi de sa belle-sœur. Elle ne cherchait qu'à mettre de l'ordre dans ses papiers suite à son décès. Elle avait besoin de quelques précisions. Joseph Verdier avait examiné la facture avec circonspection, puis consulté ses registres. Avant de faire appel à sa mémoire :

— Une femme jeune, assez belle…, dit-il enfin, comme s'il cherchait à visualiser la scène. Je m'en souviens parce qu'il lui manquait un bras et qu'elle avait l'air souffrante. Il m'a semblé qu'elle portait des traces de coups sur le visage.

— Des traces de coups ?

— À moins qu'elle n'ait fait une chute…

Jeanne Lesarnoy avait crispé les mâchoires. Les paroles de Joseph Galinski sur la violence de Max étaient restées gravées dans sa mémoire.

Elle avait néanmoins joué l'étonnement.

— Et pourquoi du quinquina ? On m'a appris récemment que mon frère était malade, mais je ne vois pas en quoi…

Elle espérait forcer ainsi le pharmacien à sortir de sa réserve.

— Le quinquina peut servir à beaucoup de choses. Mais il est très utile en cas de fièvre ou pour certaines maladies tropicales.

— Mon frère n'a jamais servi aux colonies ni fait de voyages dans des pays exotiques.

Le pharmacien avait paru mal à l'aise. Il avait balbutié :

— Pourtant, elle en a acheté des quantités importantes.

Le cœur de Jeanne Lesarnoy s'était mis à battre en cadence avec le tremblement spasmodique qui agitait ses mains.

— Et ce remède peut avoir des effets secondaires néfastes pour le malade ?

— Tout dépend de ce que vous appelez « néfaste ».

— Sur l'état mental, par exemple ?

Le pharmacien avait retrouvé un calme purement professionnel. Il avait ôté ses lunettes et essuyé la sueur qui coulait sur son front exposé aux rayons du soleil transperçant la vitrine de l'officine.

— Tout médicament comporte des effets secondaires. Le quinquina comme les autres. Mais c'est surtout aux femmes qu'on l'interdit d'ordinaire.

— Dans quelles circonstances ?

— En cas de grossesse.

Il avait ajouté :

— Une prise massive de quinquina pourrait entraîner des complications pour l'enfant, voire même un avortement.

Jeanne avait senti le sol trembler sous ses pieds. À ce moment-là, une femme était entrée dans la pharmacie et, à cause de la lumière éblouissante de l'été, elle avait cru un bref instant reconnaître, sous le chapeau bleu à liseré rouge, le visage fantomatique de Claire Mataguez.

— Vous connaissez le nom du médecin qui lui avait fait cette prescription ?

Le pharmacien avait soupiré. Il était tenu par le secret professionnel et il avait déjà beaucoup parlé. Bien plus en tout cas que ne l'y autorisait son éthique.

— Le docteur Philippe Gerson…

Aujourd'hui, Jeanne attendait les résultats de l'enquête du cabinet privé Lemascurier. Après s'être demandé ce que pouvait bien signifier le numéro 800 67 inscrit sur le second feuillet, elle avait songé qu'il pouvait s'agir d'un numéro de téléphone parisien. Si tel était le cas, il correspondait forcément au 5e arrondissement, celui de Port-Royal. Le cabinet le lui avait confirmé en ajoutant qu'il s'agissait du numéro d'une pharmacie.

Claire Mataguez y avait-elle acheté du quinquina? Pourtant, l'écriture sur le feuillet était celle de Max. Savoir ce qu'elle s'était procuré dans cette pharmacie serait plus délicat que chez Verdier et fils. Elle avait préféré laisser agir les frères Lemascurier.

Et maintenant, elle attendait, cloîtrée dans son appartement, incapable de penser à autre chose. Elle espérait établir un lien entre les deux officines, un lien qui lui permettrait enfin de voir clair dans le jeu de sa belle-sœur. Car l'état de santé de Max ne pouvait avoir le moindre rapport avec ces achats de quinquina. Contrairement aux allégations de Josef Galinski, Max n'avait jamais été malade. Elle se souvenait encore de leur dernière conversation à La Givanderie, de leurs fous rires, de leurs apartés. Seule Claire avait quelque chose à cacher.

Ainsi s'éclaircirait peut-être le mystère de l'absence de grossesses chez la « petite infirme ».

En ce début du mois de septembre, Jeanne Lesarnoy reprenait donc espoir. Son intuition ne l'avait pas trompée. Le comportement de Claire Mataguez, depuis tant d'années, dissimulait un lourd secret: le secret qui avait rongé Max durant les derniers mois de son existence.

Max, sain de corps et d'esprit, était la victime expiatoire de la folie qui, lentement, avait gagné sa femme. Ne pouvant qu'engendrer un monstre à son image, elle avait préféré mettre fin à ses grossesses. Elle avait supprimé une vie, ou plusieurs, pour préserver la sienne, sa pauvre petite vie d'handicapée. Elle avait sacrifié le bonheur de Max à son égoïsme. « La garce ! songeait-elle. Elle a tout prévu, tout manigancé pour le priver de ce qu'il désirait le plus. »

Le pire était encore qu'elle eût trouvé des âmes compatissantes pour la plaindre.

Jeanne comprenait mieux à présent l'attitude de Philippe Gerson. Il était son complice. Il avait cherché à la persuader de sa bonne foi et de la malhonnêteté de Max. Elle se souvenait encore de ses paroles : « Un homme violent et dénué de scrupules. Vous l'idéalisez… Vous chargez sa femme de tous les péchés. À vous entendre, on croirait que c'est vous, la veuve. Arrêtez de geindre, faites votre deuil… »

Il avait dû s'en donner à cœur joie. Mais tout allait changer. La situation allait tourner à son avantage. Gerson serait bien obligé d'admettre qu'il avait trahi Max et, une fois admis son mensonge, sa complicité ne faisant plus aucun doute, il lui livrerait Claire Mataguez.

Jeanne Lesarnoy se représentait sa belle-sœur sous les traits d'une sorcière dans les flammes du bûcher. Et c'était bien de cela qu'il s'agissait. Claire Mataguez allait périr dans un gigantesque autodafé. La petite infirme disparaîtrait une fois pour toutes, balayée comme un fétu de la surface de la terre, une terre où elle n'aurait jamais dû naître. Son agonie serait longue et douloureuse.

Max serait vengé.

20

De retour de Londres, Claire remit à Marguerite Durand la série d'articles qu'elle lui avait commandés. D'une plume alerte, elle y retranscrivait fidèlement les propos que lui avaient tenus les féministes, célèbres ou anonymes, qu'elle avait rencontrées, de même que ses propres impressions sur la société anglaise.

Au fil des pages publiées dans *La Fronde*, lectrices et lecteurs avaient pu noter la violence dont se teintaient parfois ses prises de position. Sa description de la misère des femmes de Whitechapel avait ému bien des abonnées et suscité un abondant courrier. Encouragée par Marguerite, Claire s'était laissée aller à sa verve naturelle autant qu'à sa rage en croquant les mendiantes aux regards vides, les enfants à la mamelle endormis dans leurs bras et les prostituées-esclaves en guenilles, tombées dans le caniveau pour satisfaire toutes les perversions d'une société qui se plaisait à les ignorer. Le portrait qu'elle dressait d'elles était si sombre que beaucoup crurent à une charge héroïque contre le système capitaliste de la City.

Ses articles, au sein de la rédaction, ne firent d'ailleurs pas l'unanimité. Le dernier, évoquant les thèses malthusiennes alors en vogue dans certains milieux outre-Manche, fit même polémique au point que

Marguerite éprouva le besoin de la convoquer dans son bureau de la rue Saint-Georges.

Claire ne l'avait jamais vue si fébrile. Assise derrière son grand bureau de bois précieux, sur lequel traînaient des épreuves dont l'encre était encore humide, Marguerite Durand paraissait plus embarrassée que ne le laissait supposer le sourire avec lequel elle l'avait accueillie. Ses mains blanches et un peu grasses virevoltaient au-dessus de l'océan de papier comme des papillons affolés.

— Écoutez, Claire, dit-elle enfin, vous savez que je laisse mes journalistes entièrement libres. Mais cet article, je vous l'avoue, me gêne un peu.

Marguerite s'était emparée de la pile de feuillets dactylographiés qu'elle avait annotés en marge. D'une voix posée, elle lut en détachant les syllabes :

— « Il suffit de voir ces malheureuses errer dans les ruelles sordides de Whitechapel ou dans le quartier des docks pour s'interroger sur notre condition à toutes. Quand les hommes nous rendront-ils le droit de disposer de notre propre corps, soi-disant reconnu à toute femme en Angleterre depuis 1884 ? Quand deviendrons-nous propriétaires de nos ventres ? Les quatre, cinq ou six enfants que traînent derrière elles ces femmes finiront, pour la plupart, mendiants, voleurs ou propriétaires d'autres filles qui travailleront pour eux, reproduisant pour les générations suivantes la chaîne infernale qui les retient dans les fers. Que vaut une société qui entretient cette misère physique et morale ? Les beaux discours tenus dans Hyde Park ne changeront rien à cet état de fait. Parce qu'ils y sont poussés par la nature, l'orgueil ou l'intérêt, les hommes continueront de faire des enfants, quoi qu'il advienne. Ne faut-il pas dès lors s'interroger sur les moyens qui pourraient empêcher ces grossesses non désirées ? Réclamer le droit, pour les femmes, de pouvoir enfanter quand elles le veulent vraiment, et non quand l'homme seul l'exige, n'est-ce pas tout aussi légitime que de se battre pour le droit de vote ? Ne faut-il pas les éduquer pour qu'elles comprennent que, dans certaines conditions imposées par l'hypocrisie de nos sociétés, il est préférable de ne pas donner la vie plutôt que de "condamner à naître" ? »

Marguerite Durand avait reposé les feuillets sulfureux sur le bureau. Le regard qu'elle posa sur Claire trahissait autant de compréhension que d'embarras.

— Comme je vous l'ai dit, je ne me mêle pas des opinions de mes journalistes. Néanmoins…

— Néanmoins ?

— Une question m'est venue à l'esprit en lisant votre article.

— Laquelle ?

— Claire… détestez-vous les enfants autant que les hommes ?

Prise au dépourvu, Claire balbutia :

— Non… Bien sûr que non. Pourquoi me demandez-vous ça ?

— J'ai un fils que j'ai prénommé Jacques, vous savez pourquoi ?

Il n'était guère difficile de le deviner.

— Par amitié pour Jacques Kerstaing.

— Exactement.

Marguerite Durand arborait de nouveau un sourire amical.

— Parce que Jacques est un homme bien. Non seulement, c'est un excellent médecin, un ami fidèle, mais c'est aussi un homme bien. J'entends par là un homme qui ne nous prend ni pour des paillassons ni pour des prostituées. À vrai dire, je lui confierais ma vie et celle de mon fils sans hésiter.

— Je ne vois pas où vous voulez en venir…

— Au fait que ce n'est pas toujours en forçant le trait que l'on obtient les meilleurs dessins. Il y a en vous une sorte de violence que je ne m'explique pas, comme si vous aviez une revanche à prendre sur le monde entier. Je ne sais pas si de tels propos servent la cause des femmes ou s'ils ne les ravalent pas, au contraire, au rang d'animaux de laboratoire.

Claire écoutait sans mot dire. Une soudaine vague de chaleur s'était mise à déferler sur son corps qui ressemblait davantage à une brûlure qu'à une caresse.

— Je ne l'avais pas envisagé de cette manière, dit-elle en maîtrisant sa colère. Je peux vous assurer que je ne cherchais pas à…

— Je sais, l'interrompit la directrice. Mais, alors, pourquoi faire l'apologie de l'avortement ?

— Je n'ai jamais parlé d'avortement.

— C'est tout comme. Il suffit de lire entre les lignes, elles sont assez explicites comme ça. Vous n'ignorez pas qu'il s'agit, ici comme en Angleterre, d'un crime puni par la loi ?

Claire parut soudain frappée de mutisme. Elle ne trouvait rien à répondre à cette argumentation ambiguë.

— Vous n'avez jamais eu envie d'avoir des enfants ?

— La question ne s'est pas posée jusqu'à présent, fit Claire en pinçant légèrement les lèvres.

—Alors?

—Je n'ai fait qu'évoquer les conditions lamentables dans lesquelles vivent ces femmes de l'East End. Croyez-vous qu'il soit nécessaire de faire cinq ou six enfants pour les jeter à la rue?

Marguerite Durand soupira, puis se leva et contourna le bureau pour venir s'asseoir en face d'elle, écartant les pans de son ample robe mauve. À ses pieds brillait une paire de bottines aux lacets semblables à de minuscules serpents.

—Claire, je vous demande de relire cet article et d'y réfléchir encore un jour ou deux. Je suis sûre que cela vous sera profitable. Et si vous décidez de n'y rien changer, je vous donne ma parole que je le publierai en l'état...

Puis, d'une voix apaisante:

—Vous me paraissez fatiguée. Vous devriez prendre rendez-vous avec Jacques.

—Je vais très bien, vous savez...

—Je n'ai pas dit le contraire. En fait, ma proposition n'était pas vraiment désintéressée. J'aimerais beaucoup que vous écriviez un article sur son métier. C'est un domaine dans lequel on peut s'attendre à de grandes innovations. *La Fronde* n'est pas seulement faite pour lancer des pierres. Nous devons informer nos lectrices des avancées de la science. Vous n'êtes pas de cet avis?

Claire avait décidé de marcher jusqu'à Montmartre. Durant tout le trajet qui la conduisait à son appartement, elle s'efforça de ne pas ruminer la conversation qu'elle venait d'avoir avec Marguerite. Elle n'avait jamais imaginé que la directrice de *La Fronde* pût lui tenir un discours aussi petit-bourgeois. Où étaient passés ses idéaux révolutionnaires, si elle en avait jamais eu ?

Mais peut-être était-ce elle qui ne discernait plus l'acceptable de l'inacceptable. Marguerite avait raison de vouloir tempérer sa violence. À tout exiger trop rapidement, on risquait de s'aliéner beaucoup de sympathies. « Tout vouloir d'un coup, lui avait dit Selina Cooper, risquerait de braquer l'opinion contre nous, et pas seulement celle des hommes. Bien des femmes jugent encore que nos revendications menacent la société ! »

Mais que savaient Selina Cooper et Marguerite Durand de la rage qui l'habitait ? Que savaient-elles des souffrances qu'elle avait endurées à La Givanderie ? Personne ne savait. Non, personne.

À part Philippe Gerson, peut-être...

Jusqu'à neuf heures et demie, ce matin du 15 septembre 1898, Philippe Gerson avait été un homme heureux. Par la fenêtre de son cabinet donnant sur les jardins de sa propriété de Bouzillé, un petit air frais, auquel se mêlaient des parfums de rose musqué, venait chatouiller agréablement ses narines. Il avait eu le temps de prendre un solide petit déjeuner et *Le Figaro* n'annonçait aucune catastrophe. Il y avait des jours bénis comme celui-là où la vie semblait facile et où les heures coulaient, paisibles, comme une rivière serpente entre deux berges moussues.

Mais à présent que Jeanne Lesarnoy se tenait devant lui, il savait que ce répit serait de courte durée.

Toujours vêtue de noir – elle n'avait pas quitté le deuil de son frère –, elle s'était présentée anonymement à la première heure pour une consultation.

« Un animal à sang froid », avait-il songé une fois de plus en déglutissant devant le visage mou et pâle, plus mou et plus pâle encore que lors de leur dernière rencontre.

— Madame Lesarnoy, que puis-je faire pour vous ? soupira-t-il avec courtoisie.

— Je vous avais dit, docteur, que nous nous reverrions.

Il ne répondit rien, laissa passer un bref silence.

— Je présume donc que ce n'est pas pour une raison d'ordre médical que vous êtes venue me voir de Nantes.

— En effet…

Elle sortit la note de la pharmacie Verdier et la lui tendit par-dessus le bureau où un cendrier exhalait des relents de cigare éteint.

Philippe Gerson s'en saisit et n'y jeta qu'un rapide coup d'œil.

— Et alors ?

— Alors, je me suis rendue dans cette pharmacie et on m'a dit que vous aviez prescrit ce quinquina.

— C'est possible, je ne me rappelle pas toutes mes prescriptions. Et à qui aurais-je fait cette ordonnance ?

— À Max… ou à sa femme.

— Je ne comprends toujours pas.

— Pourquoi Max aurait-il pris du quinquina ? Il n'est jamais allé dans un pays tropical et ne souffrait pas de fièvres, à ma connaissance. Ce ne peut donc être qu'à Claire que vous l'avez recommandé…

— Et alors ?

— Alors, quand je vous ai demandé pourquoi mon frère n'avait jamais eu d'enfant, vous avez répondu qu'il était peut-être stérile. Pourtant, vous savez à quoi peut également servir le quinquina administré à hautes doses chez une femme enceinte.

Philippe Gerson avait légèrement pâli. Ses mains se mirent à jouer nerveusement avec un coupe-papier.

— Vous voulez dire que...

— Il y avait un numéro de téléphone dans l'agenda de mon frère. Ce numéro était celui d'une autre pharmacie, une herboristerie plus exactement, mais à Paris celle-là. Or, renseignement pris, elle aussi a expédié à plusieurs reprises à La Givanderie des mélanges de plantes, parmi lesquelles de l'hysope et de l'armoise. Vous pouvez m'expliquer pourquoi Max en aurait eu besoin?

Philippe Gerson lâcha son coupe-papier et ses grandes mains impatientes restèrent suspendues au-dessus de son bureau.

— J'ai donné effectivement du quinquina à votre frère, avoua-t-il enfin. Pour soigner ses fièvres.

— Des fièvres?

Le médecin semblait de plus en plus mal à l'aise.

— Vous ne comprenez pas?

— Expliquez-vous!

Gerson retint sa respiration, grimaça:

— Parce que Max était malade, très malade. Le quinquina le soulageait.

— De quoi était-il malade?

Il repoussait l'instant fatidique.

— L'un de ses amis m'a déjà raconté la même histoire, dit Jeanne Lesarnoy, je n'en crois pas un mot. De quelle maladie souffrait-il?

— Max avait la syphilis…

— La…

Le visage mou de Jeanne Lesarnoy parut s'effondrer, glisser vers le bas, comme une falaise de craie rongée par la mer.

— Votre frère l'avait contractée dans l'un de ces bordels qu'il fréquentait. Au stade où il était, on ne pouvait plus rien faire pour lui. La syphilis lui rongeait le cerveau, il perdait peu à peu la raison. Encore quelques semaines et ses lésions de la rétine l'auraient rendu aveugle.

— Mais l'armoise, l'hysope… ce sont des plantes qui peuvent provoquer des avortements, n'est-ce pas ? Tout comme le quinquina !

Elle avait haussé la voix. Elle continuait de nier l'évidence.

— Je vous parle de la maladie de Max, s'emporta Philippe Gerson, et vous me parlez, toujours et encore, de sa femme. Claire n'a rien à voir là-dedans. Du moins a-t-elle eu la chance de ne pas contracter la maladie. C'est même moi qui lui ai conseillé de cesser tout rapport avec son mari. Max ne voulait rien dire, à personne. Il l'aurait tuée si je n'étais pas intervenu !

— Vous l'avez donc trahi ? murmura Jeanne Lesarnoy.

— Vous êtes folle !

— Que dites-vous ?

— Que vous feriez bien de voir un médecin, ou un prêtre, je ne sais pas ce qui conviendrait le mieux…

Il paraissait à bout de nerfs, mais Jeanne Lesarnoy, perdue dans les brumes de son cerveau meurtri, s'obstinait contre vents et marées.

— C'est elle, je sais que c'est elle… C'est cette garce qui l'a contaminé ! Je ne sais pas comment elle s'y est prise, mais ce ne peut être qu'elle qui a fait ça à mon Max. Et vous l'y avez aidée, n'est-ce pas ?

Philippe Gerson s'empourpra sous l'accusation. D'un bond, il se dressa sur ses longues jambes d'échassier. Il en avait assez entendu pour cette journée.

— Partez maintenant !

Mais Jeanne Lesarnoy demeurait prostrée sur sa chaise, levant vers lui des yeux brillants de larmes.

— C'est elle, n'est-ce pas ?

— Mais vous ne comprenez donc rien ! rugit le médecin. Max voyait des putains depuis des années ! Il n'aimait que ça, des filles bien grasses et bien délurées !

Il dut se maîtriser pour ne pas la secouer par les épaules et l'extirper de sa chaise.

— Je ne vous crois pas…

— Fichez le camp !

— Comment ?

— Fichez le camp ! Vous êtes aussi malade que lui, peut-être même davantage. Mais je ne peux rien pour vous.

Puis, perdant toute mesure et dans un cri libérateur, qui sembla monter du sol, traverser ses talons pour jaillir de sa gorge :

— J'ai dit dehors !

Pendant quelques instants, Philippe Gerson observa Jeanne Lesarnoy traverser le petit jardin donnant sur la route de Bouzillé. Il la vit franchir la grille, puis s'éloigner lentement, son sac à la main, l'autre bras pendant le long de sa cuisse. Elle marchait à petits pas, la nuque basse, l'air hagard. Il aurait juré que ses lèvres murmuraient quelque chose.

Il dénoua sa cravate, desserra son col de chemise et alla se servir un verre de cognac. Puis il alluma une cigarette et revint glisser ses longues jambes sous son bureau d'acajou.

Jeanne Lesarnoy, il en était maintenant persuadé, irait jusqu'au bout de sa folie. Sa visite chez Verdier, les renseignements qu'elle avait pris chez Gatien Lemarchand à Paris, tout indiquait qu'elle cherchait une explication à ses malheurs, dût-elle en inventer plusieurs pourvu qu'elles mettent en cause Claire Mataguez.

Il ouvrit son agenda. Il avait commencé ses consultations bien plus tardivement qu'à l'ordinaire. Il avait rendez-vous avec la femme du notaire, Marceline Corbin. Au moins était-elle sensée. C'était même une femme agréable.

Avant de la faire entrer dans son cabinet, il appela malgré tout sa secrétaire, Isabelle Villain, une petite brune au regard espiègle. Elle se présenta avec son éternel carnet de notes, prête à prendre un courrier en sténo.

— Ce ne sera pas la peine, dit Gerson, tâchez seulement de m'obtenir le 800 67 à Paris, s'il vous plaît.

21

Marguerite Durand avait tenu sa promesse. Bien qu'elle ne partageât pas certaines idées avancées par Claire dans son article, elle n'avait pas cru devoir exercer son droit de veto. Le dernier papier concernant ses impressions de voyage en Angleterre avait été publié intégralement par *La Fronde*. Et, comme on pouvait s'y attendre, il avait suscité des réactions contrastées. Le très conservateur *Petit Journal* avait crié au scandale et même *Le Figaro* avait émis de sérieuses réserves quant à l'analyse de la « jeune pasionaria ». D'autres, au contraire, avaient salué le courage de Claire. Elle avait osé aborder un problème « douloureux qui hantait l'âme des sociétés modernes ».

Pour éviter de trop attirer l'opprobre sur son journal, et bien que le tirage fût en hausse, Marguerite Durand avait demandé à Claire d'effectuer toute une série de reportages sur les vieux métiers parisiens. *La Fronde* se devait d'être un journal éclectique, pas seulement un instrument de combat destiné à embraser l'opinion.

Claire s'y prêta de bonne grâce, tout en regrettant de ne pas se voir confier des sujets d'actualité plus brûlants.

Au mois de janvier 1899, elle fut ainsi chargée de rédiger une série d'articles sur les écrivains et les artistes qui incarnaient le mieux le génie français. Puis, en février, d'un dossier sur la Ligue des droits de l'homme et du citoyen, fondée au lendemain du procès d'Émile Zola.

Mais Claire dissimulait de plus en plus mal son impatience. Rêvant de reprendre la plume pour défendre la cause des femmes, elle se mit à harceler Marguerite.

Marguerite Durand s'en amusait, ne cédant rien mais continuant d'encourager une femme dont elle admirait le talent et la détermination.

— Tu es comme une petite fille, Claire (elles se tutoyaient désormais). Tu attends ton cadeau de Noël !

Au début d'avril, moins de deux mois après la mort du Président Félix Faure, Marguerite lui demanda de passer au journal en début de soirée. Claire nota que Marguerite avait troqué son habituelle fantaisie contre une attitude plus solennelle.

— J'ai pris une décision, lui annonça-t-elle.

Claire sentit sa poitrine se serrer. Marguerite semblait soucieuse. Elle évitait de la regarder en face. Ses yeux, plus mobiles qu'à l'accoutumée, cherchaient un point fixe dans la lumière blonde du flambeau-bouillotte posé sur son bureau. Derrière les carreaux, la nuit étendait son voile impénétrable au-dessus de la rue Saint-Georges.

— Ça va faire grincer quelques dents au sein de la rédaction, reprit-elle, mais j'ai décidé de te confier l'affaire Dreyfus.

Claire ne sut quoi répondre. Elle en rêvait depuis qu'elle avait commencé à s'intéresser au sort du prisonnier le plus célèbre de France. Elle avait toujours pensé que le sujet échoirait à une journaliste plus expérimentée.

— Tout ce que tu écriras sera relu avec la plus grande attention, tu t'en doutes. Il ne s'agit pas de commettre un impair. L'affaire Dreyfus divise l'opinion. Elle touche aux fondements de la République et du régime. La majorité d'entre nous, au journal, le soutient. Moi-même, je parierais ma tête sur son innocence. Mais ce que je te demande, ce n'est pas un billet d'humeur, Claire. Je veux une véritable enquête et, s'il y a révision du procès, un compte rendu fidèle de ce qui se dira.

Claire hocha la tête. Elle n'avait pas l'intention de faire cavalier seul. Il n'en allait pas seulement de la vie et de l'honneur d'un homme mais, comme l'avait suggéré Marguerite, d'un drame qui remettait en cause la légitimité des institutions.

— Nous sommes d'accord ?

— J'ai compris, fit Claire.

— D'autres que toi seront libres d'écrire dans nos pages, mais je veux que tu coordonnes tout ce que nous publierons sur le sujet. Pour une fois, je voudrais qu'on respecte une ligne éditoriale.

Claire hocha à nouveau la tête. Elle était trop heureuse pour émettre la moindre réserve.

— Bien, conclut Marguerite, voyons ensemble ce qui s'est dit récemment. *Le Figaro* vient de publier les pièces de l'enquête de la Cour de cassation. Selon nos confrères, le jugement de 1894 qui a condamné Dreyfus n'était fondé que sur la diffusion illégale d'un dossier secret qui ne contient aucune preuve établissant sa culpabilité. En résumé, dans ce dossier, il n'y a rien ! Et pourtant, la France tout entière se déchire à son sujet. Les socialistes ont créé un Comité d'entente pour la défense de la République, les nationalistes harcèlent le gouvernement Dupuy, la Ligue des patriotes organise des manifestations pour conspuer les magistrats... Encore quelques mois et c'est tout le pays qui va s'embraser. Je veux que tu expliques à nos lecteurs quels sont les enjeux de cette affaire, pourquoi on s'acharne contre Dreyfus, les intentions cachées derrière les belles paroles, les coups tordus. Mais je veux que tu le fasses sereinement.

Claire sentit sa respiration s'accélérer. Sereinement...

— Est-il vrai que Dreyfus va bientôt devoir quitter sa prison de l'île du Diable[1] ? demanda-t-elle.

— Si j'en crois mes informations, oui, durant l'été.

— Il y aura donc révision du procès?

— Je ne vois pas comment il pourrait en être autrement. L'affaire devrait se juger à Rennes. Une occasion, pour toi, de retourner aux sources.

Jacques Kerstaing avait traversé la moitié de Paris à pied et regagnait son appartement quai Voltaire. La journée avait été épuisante. Il avait dû pratiquer successivement trois opérations à l'Hôtel-Dieu, puis rejoindre son cabinet pour des consultations avant de repartir assister à une conférence à l'hôpital Claude-Bernard qui allait bientôt rouvrir ses portes.

Il avait préféré marcher. L'air était encore frais en ce début de printemps, mais la lumière était d'une transparence calme, apaisante.

1. L'une des trois îles du Salut, au large de la Guyane.

Il longea la Seine sur laquelle le soleil couchant mettait des lueurs roses. Quelques promeneurs s'attardaient sur les berges. Un vapeur se laissait glisser au fil de l'eau, descendant vers Rouen. C'était une journée à paresser sans éprouver de sentiment de culpabilité. Il ralentit le pas.

Quand il pénétra dans le hall de son immeuble du quai Voltaire, le soir tombait. Étrangement, Mme Delplante, la concierge, aspergeait le sol à grande eau.

— Attention où vous mettez les pieds, docteur ! lança-t-elle en guise d'avertissement.

— Que se passe-t-il ?

— Un ivrogne est venu jusque-là pour faire ses cochonneries... Ah, je vous jure, quelle époque ! Il y a encore dix ans, jamais on n'aurait vu une chose pareille. Les gens ne respectent plus rien...

Il l'interrompit pour se garder d'une logorrhée dont elle était coutumière.

— Rien de spécial, aujourd'hui ?

— Si, il y a une femme qui est montée chez vous, il y a bien deux heures. Elle n'est toujours pas redescendue.

— Vous lui avez dit que le cabinet était fermé cet après-midi ?

— Oui, mais elle a dit qu'elle attendrait le temps qu'il faudrait. Je suis allée voir il y a quelques minutes, elle était encore devant votre porte.

Jacques Kerstaing hocha la tête.

— Merci, madame Delplante.

Il grimpa jusqu'au quatrième étage.

Rose Liancourt était assise, en effet, juste devant sa porte. Elle s'était endormie dans les vagues frissonnantes de sa robe prune, celle qu'elle portait lorsqu'il l'avait vue la première fois. Depuis combien de temps se tenait-elle là, au mépris du qu'en-dira-t-on ?

Il s'agenouilla.

— Rose…

Elle ouvrit les yeux.

Il l'aida à se relever et la fit entrer. Sur le bureau de Mme Chapman trônait un bouquet de fleurs champêtres. Un admirateur, sans doute.

Il la poussa jusque dans le salon de son appartement. Rose Liancourt se laissa tomber dans un fauteuil, accepta le verre d'eau qu'il lui tendait et se mit à s'excuser. Sa voix était hésitante, comme si elle sortait d'un cauchemar ou venait de se réveiller d'une anesthésie.

— Je ne voulais pas… J'ai lutté, mais c'était plus fort que moi. J'ai attendu plusieurs semaines, tu sais. Mon mari… je crois qu'il se doute de quelque chose.

Jacques l'écoutait, penché au-dessus d'elle, à la fois agacé et compatissant.

— Je te remercie pour Mélanie, elle va beaucoup mieux.

Il ne répondait pas. Il attendait, tout en le redoutant, qu'elle lui expose la véritable raison de sa visite.

— Jacques, je vais quitter mon mari. Je vais quitter Georges, je n'en peux plus… Je ne peux plus vivre sans toi. Je…

— Il ne faut pas, dit-il un peu sèchement.

Elle leva les yeux vers lui. Son visage s'était fané d'un seul coup. Ses yeux s'emplirent d'une glaire épaisse.

— Pourquoi ?

— Parce que je ne peux pas te donner ce que tu attends.

— Oh, si, je le sais ! Tu peux tout me donner.

Mais lui secoua la tête sans rien ajouter. Rose Liancourt le regardait avec douleur. Des larmes s'étaient mises à couler le long de ses narines étroites et agitées d'un léger frémissement.

Jacques s'éloigna. Le soir qui envahissait la pièce lui faisait penser à un baisser de rideau sur une scène de théâtre. Il alluma la lumière. Rose était d'une pâleur effrayante. À sa beauté enfuie avait succédé une tristesse insoutenable. Il détourna les yeux et alla préparer deux verres d'eau-de-vie à la cuisine.

Lorsqu'il revint, elle avait remis de l'ordre dans ses cheveux et essuyé ses joues.

— Tiens, cela te fera du bien.

— Tu ne m'écoutes pas.

— Mais si…

Elle s'empara du verre malgré tout, y trempa ses lèvres.

Ce fut lui qui reprit :

— Tu aimes ta fille, et ton mari aussi, même si tu affirmes le contraire. Une séparation briserait Mélanie et compromettrait ses chances de guérison. Tu es simplement fatiguée, Rose. Ça nous arrive à tous. Il faut te reposer.

— Comment peux-tu dire ça, après ce que nous avons vécu ?

Il ne reniait rien. Mais il ne trouva rien à répondre, sinon :

— Je te l'ai dit, tu es fatiguée…

— Fatiguée…, murmura-t-elle en écho.

Elle l'écoutait à peine. Puis, brusquement, elle se leva et dit d'une voix frémissante de colère :

— Je vais te montrer ce que c'est que d'être fatiguée.

En un tournemain, elle se dévêtit, laissant tomber au sol sa robe, son corset et ses jupons. Elle se retrouva nue, fière et sans pudeur aucune. À ses pieds, le petit tas de vêtements évoquait la mue d'un serpent.

— Regarde !

Jacques Kerstaing sentit son cœur se serrer. Des hématomes semblables à des soleils noirs parsemaient son corps au niveau des seins, du ventre, des cuisses.

Elle lui tourna le dos. Elle portait les mêmes traces violacées à hauteur des épaules et des reins.

— Je ne suis pas tombée, dit-elle, pas plus que Mélanie. Je t'ai menti.

Jacques contemplait les hématomes avec un dégoût mêlé de rage. Comment un homme pouvait-il infliger un tel traitement à sa femme ? À sa fille, peut-être...

Il restait sans voix, incapable de prononcer une parole de consolation. Ses yeux ne pouvaient se détacher de la chair nue et sans défense.

Il réagit enfin en allant chercher un peignoir dans la salle de bains. Rose s'en couvrit tandis qu'il ramassait ses vêtements.

Pendant quelques minutes encore, ils ne parlèrent pas. Puis Rose Liancourt se mit à raconter son histoire. Un mariage riche et heureux qui finit, après quelques années, par dégénérer. Le comportement de son mari avait changé peu à peu, ses exigences sexuelles étaient devenues de plus en plus compliquées. Elle évoqua sa colère devant son absence de désir, les coups, l'enfant qui devient le souffre-douleur, l'exutoire de toutes les frustrations.

— Il y a peu, j'ai appris qu'il fréquentait d'autres femmes. Ici, lors de ses voyages à Paris, dans un bordel. Il paraît que c'est courant. Il y avait ses amis, des gens comme lui. Il m'a même parlé d'un certain Max qui devenait fou et voulait tuer sa femme... D'un médecin, d'un notaire... Certains venaient là pour jouer ou seulement pour voir des femmes.

Jacques l'écoutait sans l'interrompre. Il connaissait bien ce genre d'hommes. Il ne les côtoyait pas. Avoir des maîtresses, ses « entrées » dans les bordels les plus renommés, jouer aux cartes en buvant du champagne, partager les mêmes filles et les mêmes adresses, se réjouir de faire partie d'une caste de noceurs, tout cela relevait de ce que les Anglais appelaient un certain « standing ». En être exclu signifiait fatalement l'exclusion du groupe auquel on cherchait à appartenir.

Rose avait également parlé d'un certain Max. Où avait-il entendu ce prénom, somme toute banal, et qui n'avait pu frapper sa mémoire que parce qu'il avait été prononcé dans des circonstances qui, elles, n'avaient rien de fortuit ?

Max...

— Elle avait un prénom, cette femme ?

— Laquelle ?

— Celle de Max...

Rose Liancourt lui jeta un regard déconcerté.

— En quoi cela peut-il t'intéresser ? Je ne me souviens plus... Clarisse... Claire, peut-être.

Il dut se maîtriser pour ne pas demander de détails.

Rose ne le quittait plus des yeux. Elle vint se blottir contre lui.

— Garde-moi auprès de toi, Jacques… Au moins pour cette nuit, je t'en prie.

Il se tenait debout contre elle, un peu raide, ne sachant que faire de ses mains. Il finit par l'enlacer en évitant de heurter les soleils noirs. Son parfum était doux et agréable. S'y mêlait un vague relent de sueur. Elle chercha ses lèvres et chuchota à son oreille :

— Tu feras attention, s'il te plaît…

Jacques Kerstaing s'éveilla, la bouche pâteuse et les reins endoloris. La minuscule pendule en argent posée sur la table de nuit indiquait quatre heures et demie. Rose dormait d'un sommeil agité, peuplé de cauchemars et de murmures indistincts. Il se leva et gagna la cuisine pour y boire un verre d'eau fraîche.

Son esprit ne cessait de tourner et de retourner autour de l'image de Rose, nue et marbrée d'hématomes au milieu de son salon. De toute évidence, la jeune femme se raccrochait à lui, par désespoir. L'aimait-elle vraiment ? Il repoussait cette idée tant cet amour proclamé l'encombrait. Le nom de « Max » avait d'ailleurs suffi à superposer une autre image à celle de Rose.

Un tel détail n'était pas innocent. Il n'avait pas oublié sa rencontre avec Claire, ni son visage lumineux, ni son bras atrophié qu'elle cherchait à dissimuler. Il n'avait pas oublié non plus la façon dont Marguerite Durand l'avait sermonné lors d'un déjeuner au Pharamond. Sa rencontre avec Claire Mataguez ne pouvait être un hasard. Marguerite l'avait invité pour qu'ils fassent connaissance.

Ce n'était pas le genre de situation qu'il appréciait d'ordinaire. Pourtant, il n'en voulait pas à la directrice de *La Fronde*. Peut-être, au fond, le connaissait-elle mieux qu'il ne se connaissait lui-même.

Il revint vers le salon. Le petit tas de vêtements gisait toujours sur le canapé. Il s'assit à côté et le contempla de la manière dont on observe une dépouille. Le parfum de Rose, entêtant, ne se dissipait pas. Il étala robe, jupons et corset pour éviter qu'ils ne se froissent davantage. Il ne tenait pas à ce qu'elle utilise cet argument pour prolonger son séjour.

Durant quelques minutes, il erra dans l'appartement, alluma un cigare, ouvrit la fenêtre, feuilleta un livre, puis le reposa. Il avait beau tourner et retourner le problème dans sa tête, il ne lui trouvait pas d'issue. Il ne pouvait rien pour Rose Liancourt, à part rosser éventuellement son mari pour le dissuader de recommencer. Mais ce ne serait qu'un répit avant des ennuis plus accablants : un duel, un procès, le divorce de Rose pour adultère ? Il eût aimé être amoureux d'elle et voler à son secours, mais son instinct ne cessait de lui répéter qu'il se mentirait à lui-même s'il agissait ainsi.

Les nerfs à vif, il passa dans le bureau de Mme Chapman et consulta son carnet de rendez-vous. C'est alors qu'il aperçut une petite enveloppe à côté du bouquet de fleurs qui trônait toujours sur le bureau de sa secrétaire. Elle était libellée à son nom.

Pour me faire pardonner mon enthousiasme, peut-être même mon sans-gêne. Pourriez-vous me consacrer un peu de votre temps ? Marguerite m'a confié une série d'articles sur des professions novatrices…

Bien à vous,

Claire Mataguez.

Une femme expédiant des fleurs à un homme, le geste n'avait rien de banal.

Jacques Kerstaing reposa la carte. Du fond de la chambre, la voix de Rose Liancourt l'appelait. Il savait désormais qu'il ne répondrait pas à ses attentes.

22

L'enquête du cabinet Lemascurier avait permis de retrouver la trace de plusieurs domestiques ayant travaillé à La Givanderie, mais pas celle de Romane Trouvère. Les détectives engagés par Jeanne Lesarnoy avaient suivi sa piste jusqu'à Mézilles, un petit village de l'Yonne. Elle y avait travaillé pour un avocat parisien qui y disposait d'une résidence secondaire. Puis, un matin, elle avait donné son congé sans explication, de même que le jardinier espagnol embauché en même temps qu'elle. On ne les avait plus jamais revus.

Un par un, Jeanne Lesarnoy avait alors questionné ceux qu'on appelait à Bouzillé les « gens du Château », mais aucun n'avait souhaité lui parler de Claire Mataguez. L'argent ne leur avait pas davantage délié la langue. Même mort, Max leur faisait encore peur. Leurs années de service au domaine ne comptaient visiblement pas parmi les meilleures de leur vie. Tout ce que Jeanne Lesarnoy avait pu en tirer se résumait à un plaidoyer en faveur de la « pauvre madame qui avait eu bien du mérite à supporter une vie aussi pénible ». Mais ce n'était pas ce que leur demandait Jeanne. Inflexible, elle n'exigeait que des témoignages à charge et non de la compassion à l'égard de la femme qui avait tué Max.

Restait un dernier espoir en la personne de Marguerite Malicorne, la cuisinière. Comme elle le lui avait affirmé, elle était partie rejoindre son frère au village de Saint-Florent-le-Vieil.

En ce matin d'avril, Jeanne Lesarnoy avait donc pris le chemin du village. André Malicorne vivait sur une petite ferme de quelques hectares à la sortie de Saint-Florent.

Il était en train d'atteler un cheval à une vieille carriole lorsqu'elle se présenta à lui dans sa longue robe noire, aussi noire, se dit-il, que des ailes de corbeau. C'était un homme robuste, au teint mat, aux cheveux grisonnants et à l'allure encore juvénile, et Jeanne ne put s'empêcher de songer que, contrairement à elle, le veuvage lui allait bien.

Elle lui expliqua la raison de sa venue. Le fermier la regarda d'un œil suspicieux tout en brossant son cheval avec une lenteur exaspérante.

— Vous êtes la sœur de Max Lesarnoy ?

— Oui.

Un silence, puis :

— Ma sœur n'est pas là.

— Elle rentrera bientôt ?

— Je ne sais pas.

— Comment, vous ne savez pas ?

— Elle est partie en Haute-Savoie pour enterrer une cousine qui lui a laissé un petit héritage. Alors, elle rentrera quand elle rentrera.

Il y mettait de la mauvaise volonté et ne s'en défendait pas, au contraire. Jeanne Lesarnoy grimaça. Ses derniers espoirs s'envolaient. Du moins lui faudrait-il patienter quelques jours, quelques semaines peut-être.

Elle s'apprêtait à faire demi-tour lorsqu'elle demanda brusquement:

— Vous connaissiez mon frère?

— Comme tout le monde.

— Et sa femme?

La main d'André Malicorne cessa son va-et-vient sur la robe grisonnante du cheval de trait.

— Qu'est-ce que vous lui voulez réellement, à ma sœur?

— Qu'elle me parle des rapports que Max entretenait avec ma belle-sœur.

— Qu'est-ce que ça peut bien vous faire maintenant qu'il est mort?

— Cela me regarde, monsieur Malicorne.

— Ma sœur ne vous en dira pas davantage que moi.

— C'est-à-dire?

— Que c'était une bête malfaisante et que, si je l'avais eu au bout de mon fusil...

Jeanne Lesarnoy crut défaillir, foudroyée par l'injure. Bête malfaisante...

— Je vous interdis de parler comme ça de mon frère, monsieur Malicorne.

— Personne ne vous en parlera mieux que moi. Votre frère traitait les autres comme du bétail, à part ceux qui avaient de l'argent et pouvaient servir ses intérêts. Quant à sa femme, je préfère ne pas en parler. Et si j'étais vous, je ne reviendrais pas. Ma pauvre sœur, comme les autres, a assez souffert de ses saloperies.

— Vous le haïssiez, dit Jeanne Lesarnoy, parce qu'il avait de l'argent.

— De l'argent? Tout le monde savait que c'était la « petite infirme » qui possédait le domaine.

— La petite infirme, murmura Jeanne.

— C'est comme ça qu'il l'appelait. Tant que le vieux Mataguez était encore en vie, il s'est tenu à peu près correctement. Mais après…

Il avait repris sa besogne et semblait se concentrer sur elle pour éviter de se laisser emporter par la colère.

— Je reviendrai quand même.

— Je ne vous le conseille pas.

— Je me moque de vos conseils, dit Jeanne.

Et elle faillit ajouter : « De tous les conseils ! »

Claire contemplait le bouquet qui trônait sur son bureau : onze roses d'un rouge éclatant dont les pétales paraissaient flamber dans la lumière de juin.

Pourquoi Jacques Kerstaing avait-il mis si longtemps à lui répondre ? Avait-il décidé de la faire attendre parce qu'il avait conservé un mauvais souvenir de cette soirée donnée par Marguerite ? Avait-elle, de son côté, commis un nouvel impair en lui envoyant des fleurs ? Comment avait-il interprété son geste ? Marguerite avait beau lui répéter que c'était un homme « bien », il avait pu être choqué par sa démarche.

Pourtant, le mot qu'il avait joint à son envoi était explicite. Non seulement il acceptait de la rencontrer pour son article, mais il l'invitait à déjeuner de façon à ce que leur entretien soit moins formel.

Que pouvait-elle souhaiter de mieux ?

Lorsqu'elle s'en était ouverte à Marguerite Durand, celle-ci avait cligné de l'œil d'un air roublard.

— Ma belle, je crois que tu as repris l'avantage, comme on dit au tennis.

— Tu dis ça pour m'encourager, avait répondu Claire.

— N'oublie pas ce que je t'ai dit : le morceau est coriace. Tu viens de l'attendrir, profites-en !

Claire avait ri.

— Il y a bien longtemps qu'il ne s'est pas vraiment intéressé à une femme…, avait repris Marguerite.

Puis elle avait ajouté :

— Il est temps qu'il oublie son passé, et toi aussi.

Claire soupira. De son bureau, elle percevait, atténué, le brouhaha léger mais continu qui animait les bureaux de la rue Saint-Georges : la sonnerie du téléphone, le cliquetis des machines à écrire, les voix qui se répondaient, les phrases lancées à l'emporte-pièce et que ponctuaient parfois des rires communicatifs.

Elle avait beau se raisonner, elle avait peur de ce rendez-vous. Depuis la mort de Max, elle avait étouffé en elle toute velléité de renouer avec une vie sensuelle ordinaire. Elle s'était lancée à cœur perdu dans son nouveau travail dans l'espoir d'oublier toutes ces années de souffrances. Mais son constat, aujourd'hui, était amer : elle défendait la cause des femmes pour oublier qu'elle était une femme. Depuis quelques mois, elle avait d'ailleurs noté que les regards des hommes s'attardaient moins sur son bras que sur son sourire étincelant ou ses yeux verts. Mais elle avait également fini par s'apercevoir que, chaque fois, elle repoussait jusqu'à l'idée d'apprécier un compliment ou d'accepter une invitation.

Pourquoi, dans le cas de Jacques Kerstaing, avait-elle fait le premier pas ?

Pour éviter d'y penser, Claire se replongea dans la presse et les revues qui évoquaient l'affaire Dreyfus.

Le 3 juin précédent, la Cour de cassation avait annulé le jugement condamnant Alfred Dreyfus. Deux jours plus tard, un télégramme du gouvernement avait signifié cette décision à l'administration pénitentiaire.

Tout allait être remis en question. On attendait désormais le capitaine à la prison militaire de Rennes pour la révision de son procès.

Tous les espoirs étaient donc permis. Waldeck-Rousseau, ami de Gambetta, venait de former un ministère relativement progressiste. En outre, le nouveau ministre de la Guerre, le général de Galliffet, impitoyable au moment de la répression de la Commune de Paris en 1871, se montrait favorable à la révision. Il avait même réorganisé le Conseil supérieur de la Guerre et éloigné plusieurs généraux antidreyfusards. Quelque chose était en train de changer dans le paysage politique français. D'une plume alerte, et évitant toute polémique facile, Claire s'efforçait de traduire, dans ses articles, les revirements d'opinion qui ébranlaient la société au sujet de ce qu'on appelait désormais « l'Affaire » sans même lui accoler le nom de son principal protagoniste.

Qu'en pensait Jacques Kerstaing ? Avait-il eu le temps de se faire une opinion personnelle, lui qui semblait si hostile à toute prise de position hasardeuse ?

Elle relut la carte qu'il avait jointe à ses roses :

... et vous invite à déjeuner en espérant que vous savez aussi parler de choses légères...

Elle relut plusieurs fois la phrase, comme si elle cherchait un écho au plus profond d'elle-même. Jacques Kerstaing avait vu juste. Elle ne savait plus parler de choses légères. Max avait tué toute spontanéité en elle. Max l'avait mise à mort bien avant de passer lui-même de vie à trépas.

23

Jeanne Lesarnoy avait patienté jusqu'à la fin du mois de juin, puis elle avait écrit à Marguerite Malicorne. Elle évoquait la visite rendue à son frère et l'accueil glacial qu'il lui avait réservé. Elle la priait de bien vouloir lui parler des années qu'elle avait passées à La Givanderie. Elle en avait besoin pour la tranquillité de son âme. Bien des mystères subsistaient qui la hantaient et, tant que ces questions demeureraient irrésolues, elle ne pourrait faire le deuil de son frère.

La cuisinière, de retour de Haute-Savoie, lui répondit presque aussitôt. Elle acceptait de la rencontrer, mais en dehors de la ferme. Elle lui donnait rendez-vous, le dimanche 9 juillet, à la sortie de l'église de Bouzillé.

Pour qu'on ne jugeât pas sa présence incongrue, Jeanne commanda une messe à la mémoire de Max.

Sur le parvis de l'église Saint-Pierre, elle ne put cependant éviter Martin Leguérek et Philippe Gerson qui conversaient avec le notaire, Jean Corbin. Tous trois la regardèrent passer, comme on observe avec indifférence un corbillard que l'on ne suivra pas. Jeanne nota seulement l'expression hostile de Philippe Gerson. Perché en équilibre sur ses longues jambes maigres, il la suivit de ses yeux fatigués jusqu'à ce qu'elle disparaisse dans l'ombre de Marguerite Malicorne.

Avant de s'éloigner vers la sortie du village, Jeanne eut le temps d'entendre une voix de femme qui disait derrière elle.

— Du diable ce qu'elle fait là, celle-là ! On croyait pourtant être débarrassés des Lesarnoy.

Marguerite Malicorne lui parut vieillie. Elle trottinait à côté d'elle, plus lourde encore que lorsqu'elle servait derrière les fourneaux de La Givanderie, petite barque oscillant sur des jambes courtes et ahanant sous un fardeau imaginaire.

Elles s'arrêtèrent d'ailleurs pour s'asseoir sur un banc, à l'ombre d'un lavoir.

— Mon frère m'a parlé de votre visite.

— Pourquoi avoir accepté de me voir ?

— Dites-moi d'abord ce que vous voulez savoir.

Jeanne Lesarnoy évita de se perdre dans les détails. Elle rapporta sa conversation avec le docteur Gerson, évoqua les plantes achetées à Nantes et son étonnement au sujet de l'absence de grossesses de Claire. La cuisinière sourit dans le vague.

— Gerson, dit-elle, un drôle de médecin, vous pouvez me croire…

— Pourquoi, drôle ?

Marguerite Malicorne, tout en frottant ses petites mains grasses l'une contre l'autre, soupira bruyamment.

— Mon frère a une petite ferme. En fait, nous avons du mal à nous en sortir et puis je ne serai bientôt plus bonne à rien. La cuisine… J'ai été engagée pour la première fois à l'âge de treize ans comme bonne à tout faire. Alors, vous comprenez... Les médecins appellent ça rhumatismes ou arthrite.

Elle ménageait ses effets, faisait traîner chaque phrase en longueur.

— Pour couronner le tout, ma cousine ne m'a rien laissé, à part quelques vieux meubles tout juste bons à mettre au clou.

Jeanne Lesarnoy eut un mouvement d'impatience.

— C'est de l'argent que vous voulez ?

— Je vous l'ai dit, je me fais vieille et la vie est dure.

— Combien ?

— Cinq mille francs.

Il y eut un bref silence.

— C'est entendu. Vous les aurez, vous avez ma parole. D'ailleurs, j'avais déjà prévu de vous offrir deux mille francs. Les voici.

Elle avait tiré les billets de son sac et les tendait à Marguerite Malicorne dont les yeux bleus délavés retrouvèrent soudain leur éclat.

— C'est arrivé deux fois, dit-elle. Une première fois, il y a quatre ans, au mois d'avril, une autre il y a deux ans, en septembre. J'avais remarqué que Madame n'allait pas bien. Elle avait eu des nausées, elle s'était même évanouie. Les domestiques m'ont dit qu'elles avaient trouvé du sang dans ses draps. Madame m'avait aussi demandé de lui préparer des plats moins riches. Tout le monde avait noté qu'elle avait un peu grossi. Elle allait mal. Avec Monsieur, c'étaient des scènes à n'en plus finir. Elle est allée consulter le docteur Gerson. Les deux fois, il est venu un soir et a accompagné Madame à son cabinet.

— Max était là ?

— Monsieur était avec eux.

— Et ensuite ?

— Tout est rentré dans l'ordre.

— C'est tout ?

— J'ai toujours pensé qu'elle avait fait passer l'enfant.

Jeanne Lesarnoy jubilait intérieurement. Les plantes n'avaient sans doute pas eu l'effet escompté et Gerson s'était chargé de l'avortement à son cabinet pour des raisons de sécurité. L'échassier en savait plus qu'il ne le disait, elle en avait toujours été convaincue.

— Il n'y a que le docteur Gerson qui pourrait vous en dire plus, mais cet homme-là, c'est une tombe.

— Vous ne savez rien d'autre ?

— Il y a sans doute eu une troisième fois, mais je n'étais pas là à ce moment-là. J'étais très malade. J'ai dû m'arrêter pendant plusieurs mois. Une chance que Madame ait accepté de me reprendre. Mais…

— Mais ?

— Cette fois-ci, la grossesse aurait été jusqu'à terme.

Jeanne Lesarnoy eut un haut-le-corps si violent que la cuisinière crut qu'elle allait se trouver mal.

— Elle aurait donc eu un enfant ?

— Je ne peux pas dire. C'est Romane, une fois, qui m'en a parlé. On avait un peu bu. Peut-être racontait-elle n'importe quoi. Elle seule pourrait vous le confirmer.

— Je l'ai fait rechercher, mais elle a disparu.

— Je sais. On a parlé d'un jardinier avec lequel elle se serait mariée à la sauvette. Romane a toujours été une drôle de fille. J'ignore où elle peut bien être à présent. Je crois me souvenir qu'elle avait une demi-sœur du côté de Saint-Nazaire, mais elles n'entretenaient pas de relations.

Jeanne Lesarnoy, totalement désemparée, s'efforçait de mettre de l'ordre dans ses pensées. Hormis cette naissance qui, si elle était avérée, bouleverserait ses plans, l'implication de Philippe Gerson dans les « crimes » de Claire Mataguez était la seule information neuve qui lui fût d'une quelconque utilité. Elle allait débourser cinq mille francs pour ça. Mais son combat méritait bien quelques sacrifices.

— Vous seriez prête à m'écrire tout cela, à témoigner ?

— Témoigner..., répéta la cuisinière, affolée.

— Je vous paierai pour ça.

— Mais comment ?

— Devant un huissier. D'ici là, soyez sans crainte, une lettre me suffira.

— C'est que...

— Je vous l'ai dit, je paierai.

Marguerite Malicorne serrait toujours les billets froissés dans sa main.

— Vous la détestez, n'est-ce pas ? observa-t-elle. Ce n'était pas une mauvaise patronne, vous savez. Elle n'a pas eu vraiment de chance. Son père était un homme bon, mais Monsieur, parfois...

— Quoi ?

— Je l'ai entendu lui dire qu'elle aurait mieux fait de mourir à la naissance plutôt que de l'encombrer. Ce n'est pas des choses qu'on dit à sa femme.

— Oubliez-le ! trancha Jeanne Lesarnoy. Et ne répétez jamais ça à qui que ce soit si vous voulez vos trois mille francs.

Rose Liancourt marchait à petits pas le long de la Seine. À deux reprises – peut-être parce que l'été réveillait les instincts en sommeil –, des hommes l'avaient abordée, la prenant pour une prostituée. Mais son visage triste et sa voix mourante avaient suffi à les décourager. Elle n'avait même pas songé à les insulter. Elle avait poursuivi son chemin, les yeux dans le vague, son sac battant sa jambe, et c'était cet air hagard qui avait dû leur faire croire à une « Vénus de trottoir » exerçant son commerce en dehors des lieux de racolage habituels.

Elle marchait droit devant elle, sans voir les autres promeneurs, les péniches sur la Seine ou les riches façades des immeubles en surplomb que venaient frapper de longs rayons de soleil.

C'était une belle journée pour paresser sur les bords de Marne, jouer au tennis ou faire un pique-nique champêtre. Une belle journée pour retrouver l'homme qu'on aime et poser sa tête sur son épaule en faisant des projets d'avenir. Une belle journée pour mourir aussi.

Elle n'avait pas de regrets. Elle avait épuisé ses réserves d'espérance. Ses rêves ne se réaliseraient jamais. Elle ne reverrait jamais Jacques Kerstaing. Ni Georges ni Mélanie. Elle n'en éprouvait aucune culpabilité. Elle était arrivée au bout du chemin ; toute bifurcation lui était interdite. Sa fille se construirait sans elle au côté d'un père violent qui continuerait de se venger sur elle. Elle serait envoyée à l'orphelinat. Elle connaîtrait la solitude et la honte, y gagnerait la force et le goût de la revanche. Peut-être retomberait-elle malade. Mais Rose Liancourt ne pouvait plus rien pour elle. Elle la voyait déjà s'éloigner, comme une belle image que la nuit emporterait. Avait-elle jamais été sa mère ? Avait-elle seulement mérité ce nom ? Elle n'avait pas su la protéger et Jacques Kerstaing leur avait refusé son aide. Elle ne servait plus à rien ni à personne.

Le laudanum qu'elle avait absorbé commençait à faire son effet. Un moment, elle s'arrêta sur le quai et sentit ses jambes vaciller. Sa vue se brouillait. Les formes tout autour d'elle devenaient floues et perdaient de leurs couleurs. Rose Liancourt reprit sa marche. L'image de Jacques Kerstaing dansait sous son front en sueur. Elle avait eu le temps de lui écrire une lettre qu'elle avait postée en quittant l'hôtel. Elle avait soulagé sa conscience tout en refusant de l'accabler. Il fallait être deux pour jouer à ce jeu terrible et vain de la passion. Or, homme et femme, dans un lit, ne faisaient pas les mêmes rêves. Ceux de Jacques ne rencontraient pas les siens. Ils s'étaient croisés avant de reprendre leur route respective. Leurs rêves étaient tragiquement imperméables.

Une heure plus tard, quand elle fut à bout de résistance et que le soir amorçait sa descente sur la Seine, elle chercha un endroit moins fréquenté. Heureusement, la foule des dimanches était encore à la campagne, dans les parcs ou aux terrasses des cafés. Elle trouva un escalier menant jusqu'à l'eau noire et s'y enfonça avec délice.

Le fleuve l'accueillit avec sa peur.

24

Ils avaient gagné Nogent en calèche et avaient déjeuné sur les bords de Marne dans une guinguette. Ils avaient même dansé au son d'un accordéon. Ils avaient bu du vin de Loire et ri aux éclats en oubliant les convenances. Il avait parlé de son métier. Elle n'avait pas évoqué l'affaire Dreyfus.

En milieu d'après-midi, il lui avait proposé une promenade en canot. Elle avait accepté malgré sa peur de l'eau. Il avait ramé pour elle, puis, comme elle protestait au nom de l'égalité des sexes, il lui avait laissé les rames. Elle en avait été fière parce qu'elle n'avait utilisé que son seul bras valide. Finalement, comme ils commençaient à tourner en rond, elle avait abdiqué, mais en riant et sans lui en faire le reproche. Elle l'avait même regardé à ce moment-là d'un air tendre. Il ne voyait plus que ses yeux verts auxquels la lumière de l'été donnait des reflets d'or.

Ils ne rentrèrent qu'à la nuit tombée. Le long de la route, les arbres, caressés par un vent chaud et paresseux, prenaient des formes inquiétantes de nains facétieux ou de géants désarticulés. Claire s'endormit sur son épaule. Elle ne se réveilla pas avant qu'ils aient atteint le cœur de Paris.

Lorsqu'il proposa de la reconduire place Saint-Pierre, elle dit simplement :

— Je n'ai toujours pas vu votre cabinet.
— Demain ? répondit Jacques.
— Pourquoi demain ?
— C'est aussi mon appartement.
Elle avait souri.
— Vous avez peur ?
— Non.
— Moi non plus.

Ils firent l'amour jusqu'à l'aube. La nuit avait été chaude et le petit matin les trouva enlacés par-dessus les draps.

Claire ne se souvenait pas d'avoir jamais dormi entièrement nue avec Max. Elle conservait toujours quelque chose sur elle. Elle s'accrochait à un morceau d'intimité qu'il ne pourrait lui voler. D'ailleurs, elle ne dormait presque jamais avec lui. Ils faisaient chambre à part. Il venait la voir, s'emparait d'elle comme d'un tribut, puis repartait aussitôt ou, trop ivre pour regagner son lit, il sombrait dans un sommeil lourd et bruyant tandis qu'elle peinait à trouver le sien. Le lendemain matin, elle se levait avant lui. Elle ne voulait pas qu'il la voie dévêtue, ni entendre ses reproches ni même le son de sa voix éraillée, encore pâteuse de l'alcool ingurgité la veille. Elle ne lui refusait pas seulement la vue d'un corps qu'elle détestait, elle lui refusait son âme. Elle lui imposait, chaque jour, une tâche aussi épuisante et absurde que celle de Sisyphe poussant son rocher jusqu'au sommet pour le voir immanquablement redescendre : celle de parvenir à la séduire, sachant qu'elle ne le laisserait jamais approcher de la femme qu'elle était vraiment. Il en était incapable de toute façon. Ses jeux amoureux relevaient de la domination la plus brutale. Il se servait d'elle comme d'un objet. Telle il la voulait dans le lit conjugal, telle il la voulait dans la vie : soumise, muette, transparente.

Jacques Kerstaing, lui, était l'antithèse de Max. Et si elle n'avait pas ressenti ce plaisir fulgurant dont elle avait si souvent entendu parler, du moins avait-elle été capable de s'abandonner pour la première fois de sa vie. Jacques s'était montré doux et attentif, puis fougueux, puis doux à nouveau. Il n'avait rien précipité. Il n'avait manifesté aucun malaise devant son corps imparfait. Il ne l'avait pas traitée comme une chair à pétrir, une proie à conquérir. Il n'avait pas arboré ce sourire de triomphe après l'amour qu'elle avait surpris sur les lèvres de Max. Il n'avait pas allumé de cigarette non plus. Il l'avait gardée contre lui avec une sorte de fièvre précautionneuse. Elle ne s'était pas sentie soulagée lorsqu'il s'était écarté d'elle.

Il lui avait dit qu'il devrait partir tôt le lendemain pour l'hôpital. Elle hésitait à se lever malgré tout. Elle n'avait pas envie de quitter sa chaleur ni le bruit de sa respiration.

Elle attendit le lever du soleil. Une lumière délicate entrait par les carreaux, révélant la sobriété de la chambre. Ici, pas de meubles rustiques ou laids comme à La Givanderie, mais un espace désencombré de tout objet inutile. Quelques peintures chinoises aux murs, un fauteuil, une petite bibliothèque aux reliures chaudes. Et le sentiment d'un lieu habité, rempli d'énergie, où les murs eux-mêmes semblaient s'accorder à la vie de ses occupants.

Claire avait tout de suite aimé l'appartement de Jacques Kerstaing. Il était à son image, sans fioritures mais confortable.

Jacques reposait, les yeux clos, son visage animé d'imperceptibles frémissements. Rêvait-il ? Quand allait-il se réveiller ? Quels mots allait-il prononcer ? Et comment les femmes « normales » se comportaient-elles dans ces moments-là ?

Elle avait tant à apprendre encore. Elle enviait l'expérience de Marguerite qui savait être femme tout en se tenant prête à combattre avec la virilité d'un homme. Cette nuit, Jacques lui avait surtout fait toucher du doigt sa fragilité et ses rêves enfouis de petite fille.

Quelle impression allait-elle lui laisser ? Soudain, elle eut honte et se leva précipitamment pour gagner la salle de bains. Cette nuit n'avait été qu'un répit. L'insupportable réalité allait reprendre le dessus. Au réveil de Jacques Kerstaing, elle redeviendrait celle qu'elle n'avait jamais cessé d'être : la petite infirme de Bouzillé. Il ne la regarderait plus comme la jeune rameuse de Nogent, insolente et drôle, mais comme une femme ordinaire à qui la vie avait inoculé le virus de la défaite. Personne ne pouvait réellement l'aimer. Le combat qu'elle livrait contre sa nature était perdu d'avance. Elle l'avait toujours su au fond de son ventre, là où se terraient les peurs ancestrales, là où se tenait tapie sa propre peur. On ne se vainc pas soi-même.

Tout en se lavant à l'eau froide, Claire songea qu'elle en éprouvait moins de tristesse que de résignation. Sa souffrance lui était une amie, aussi rassurante que pénible à supporter. Elle devinait les chemins qu'elle allait prendre, les pièges qu'elle lui tendait. Elle connaissait tous ses sortilèges.

Elle s'habilla et revint dans la chambre. Jacques Kerstaing avait ouvert les yeux et s'arrachait à la tiédeur des draps en grimaçant.

— Quelle heure est-il ?

— Presque huit heures…

— Je suis en retard.

Il se leva. Nu, il se comportait de façon presque aussi naturelle qu'habillé. Il fila vers la salle de bains pour en ressortir un quart d'heure plus tard vêtu d'un complet veston bleu marine. Il chercha ses chaussures au pied du lit.

— Je dois assister à une réunion à l'hôpital avant de rentrer pour mes consultations, dit-il. Si tu veux connaître mon emploi du temps, jette un coup d'œil à mon agenda !

Il l'embrassa longuement. Il sentait le parfum et non le genre d'eau de Cologne écœurante dont s'aspergeait Max. Elle répondit à son baiser avec la même fougue.

— Je vais partir directement au journal. Je peux t'accompagner ?

— Pas le temps de prendre un petit déjeuner alors ?

— J'ai bien peur que non.

Il avait l'air heureux, calme et plein d'énergie à la fois. Il ne ressemblait pas à l'homme un peu triste qu'elle avait rencontré dans les bureaux de la rue Saint-Georges et Claire se demanda si elle était pour quelque chose dans cette métamorphose. Elle aussi se sentait plus légère. Ses angoisses avaient subitement disparu.

Elle en eut confirmation lorsqu'il lui demanda :

— On se voit quand ? Ce soir, si tu veux. Je ne t'ai toujours pas donné de quoi écrire ton article.

Elle se mit à rire.

— Et dire que Marguerite m'affirmait que tu étais une forteresse imprenable !

— Elle a raison, répondit-il. C'est toi qui es une assaillante hors pair !

Il la serra à nouveau contre lui et effleura ses lèvres à peine maquillées.

Ils passaient dans le bureau de Mme Chapman lorsque celle-ci fit son entrée. Discrète, elle ne parut pas attacher d'importance à la présence de Claire et se contenta d'un salut protocolaire. Elle tenait une lettre à la main.

— Bonjour, docteur. Mme Delplante m'a remis ceci pour vous. C'est une femme qui l'a déposé hier après-midi.

Jacques Kerstaing se saisit de l'enveloppe, parut reconnaître l'écriture. Puis, soudain, il blêmit et l'ombre de sourire sur ses lèvres disparut subitement.

— Que se passe-t-il ? demanda Claire.

La lettre pendait maintenant au bout de son bras, agitée de soubresauts. Son visage avait pris l'expression un peu grotesque d'un homme qui hésite entre le rire nerveux et les larmes.

— Une patiente, dit-il à voix basse. J'ai soigné sa fille. Elle me dit vouloir se suicider. J'ai peur que...

— Elle ne l'a peut-être pas fait.

Jacques hocha la tête, passa une main sur sa nuque, comme s'il voulait apaiser une douleur déjà ancienne. Puis il sortit un mouchoir de sa poche pour essuyer la sueur qui perlait à son front.

Claire gardait le silence, mais l'angoisse qui l'avait saisie dans la salle de bains revenait en force, effaçant les dernières traces heureuses de la nuit.

— Tu la connaissais bien ? fit-elle enfin.

— Depuis quelques mois.

— Ce n'est pas ce que je te demandais.

Elle avait spontanément retrouvé ce ton acerbe qui déroutait parfois ses interlocuteurs.

— Tu ne réponds pas ?

— Je te l'ai dit. Elle venait me voir pour sa fille. Je sais seulement qu'elle avait des problèmes avec son mari. Mais de là à…

Elle n'en saurait pas davantage. Son sang, tout à coup, se figea en une moelle épaisse et gélatineuse. Comment avait-elle pu croire qu'elle était autre chose qu'une passade dans la vie de Jacques Kerstaing ? Cette femme, de toute évidence, comptait pour lui. Il l'avait aimée. Il souffrait. Cela se manifestait par mille petits signaux plus ou moins identifiables. Il reposa la lettre sur le bureau.

— Si elle est morte, que va devenir Mélanie ? Elle était tout pour elle. Je lui avais dit de ne pas l'oublier, de ne pas quitter son mari, de bien réfléchir aux conséquences… Sa fille pourrait faire une rechute. Tout est de ma faute…

Il ne la regardait plus. À présent, c'était Claire qui souffrait. Il ne restait plus rien de la nuit passée ensemble, rien qu'un souvenir inconsistant, à peine un isthme entre deux mers de douleur. Elle nageait à contre-courant et, tout au loin, dans la brume qui envahissait le regard de Jacques Kerstaing, se profilait un visage de femme inconnue, celui d'une petite fille aussi.

Alors, Claire, sans réfléchir, dit sèchement :

— Tu comprends maintenant pourquoi je n'aurai jamais d'enfant.

Jacques, désorienté, l'observa soudain avec une attention douloureuse. D'une voix éteinte, il bredouilla :

— Pourtant... Ne me mens pas, Claire, pas à moi ! Tu en as déjà eu, n'est-ce pas ?

Le visage de la jeune femme se referma comme un caveau.

— Les enfants, ce ne sont pas des sacs à malices, Jacques, juste des sacs à malheurs...

25

Le procès d'Alfred Dreyfus s'était ouvert le 7 août. Le tribunal militaire siégeait dans la salle des fêtes du lycée. Claire était arrivée deux jours plus tôt à Rennes et Marguerite Durand, accompagnée par Séverine, l'y avait rejointe au commencement des débats. La présence de la directrice de *La Fronde*, pour irriter quelques confrères malveillants, n'en avait pas moins contribué à positionner définitivement le journal dans le camp des dreyfusards.

Du 8 au 10 août, le général Chamoin, délégué du ministère de la Guerre, avait présenté le fameux dossier secret à huis clos. Puis, le 12, le général Mercier, ancien ministre de la Guerre, avait confirmé sa version des faits selon laquelle Dreyfus était coupable de trahison.

Le 14, maître Labori, l'un des principaux avocats de la défense, avait été atteint d'une balle dans le dos en venant au tribunal, enflammant les esprits et les discussions qui se prolongeaient, hors procès, au Café de la Paix ou au restaurant Les Trois Marches.

Le long défilé des témoins s'était poursuivi. L'affaire était redevenue le centre de toutes les attentions et remplissait les colonnes des journaux. Les partisans de l'acquittement comme ceux de la condamnation s'étaient regroupés par affinités dans les hôtels de la ville. Rennes était ainsi devenue l'épicentre du tremblement de terre qui secouait la société française.

Chaque jour, Claire prenait des notes dans le but de rédiger plus tard une synthèse « à froid » de toute l'affaire, tandis que Marguerite et Séverine alimentaient *La Fronde* en articles et croquis « pris sur le vif ». Après un mois de débats houleux, épuisée, elle accueillit avec soulagement la fin du procès. Elle allait pouvoir rentrer à Paris. Peut-être revoir Jacques Kerstaing...

Durant ces dernières semaines, elle n'avait guère eu le temps d'y penser et lui-même n'avait pas cherché à la contacter. Son silence après la mort de Rose Liancourt lui avait paru le plus criant des aveux.

Ses doutes n'avaient fait que grandir au fil des semaines. Elle avait déjà commis une erreur lors de leur première rencontre. La seconde fois, c'était sa remarque au sujet de Mélanie, puis de ses éventuelles maternités, qui avait tout déclenché. Une fois de plus, elle avait réagi avec une violence inutile. Elle l'avait probablement blessé et il avait battu en retraite, se terrant au fond de sa tanière comme un animal.

Elle ne pouvait rester sur un échec. Tout en terminant son compte rendu de la séance du 6 septembre dans sa chambre de l'Hôtel de Bretagne, elle se promit de revoir Jacques Kerstaing à son retour à Paris. Elle avait encore en mémoire le son de sa voix lorsqu'ils faisaient l'amour, ce murmure tranquille dont il accompagnait parfois ses gestes pour lui montrer un chemin jamais emprunté. Elle avait encore, sous la pulpe de ses doigts, le grain de sa peau. Pourquoi avait-il fallu qu'une morte vienne briser cette beauté entre eux ? Elle en voulait à Rose Liancourt sans l'avoir jamais connue. Elle en voulait à tant d'êtres qu'elle avait croisés sur sa route ces dernières années…

Elle reposa sa plume et regarda par la fenêtre le ciel d'orage. Elle ne voulait pas vivre dans la rancœur. Elle ne voulait pas ressembler à Jeanne Lesarnoy.

Le 7 septembre, tandis que le commandant Carrière s'apprêtait à prononcer son réquisitoire, Claire, assise à une petite table dans la cour du lycée, s'aperçut qu'un homme l'observait à la dérobée. Il conversait avec d'autres journalistes, qui parlaient d'une voix forte et sur un ton goguenard de l'attitude des magistrats. Claire reconnut l'un d'entre eux. C'était un journaliste de *La Libre Parole* qui passait épisodiquement voir Marguerite rue Saint-Georges.

Un brouhaha singulier régnait dans la cour. Éparpillés par petits groupes, des militaires en uniformes, des avocats en habits, des journalistes et de belles femmes endimanchées portant des chapeaux à aigrette se côtoyaient avec insouciance et Claire songea qu'on aurait pu se croire à une garden-party estivale ou à l'arrivée d'une course à Auteuil alors que se décidaient l'avenir et l'honneur d'un homme.

Le journaliste la fixait, affichant un sourire pâle et narquois. Il était de petite taille, avec un visage allongé parachevé par une courte barbe, un front dégarni et de minuscules lorgnons qui le faisaient ressembler à un placide clerc de notaire. Il tenait un carnet de cuir noir à la main. Ses lèvres s'entrouvraient à peine lorsqu'il parlait à ses collègues. Il y avait quelque chose de figé et de désagréable dans sa physionomie.

Soudain, Claire le vit se détacher du groupe et s'avancer vers elle.

— Vous permettez ? Jean Raverdi, de *La Libre Parole*.

— Claire Mataguez.

— Vous écrivez pour cette chère Marguerite, n'est-ce pas ?

Claire sourit à bouche fermée.

— Une bien belle initiative que *La Fronde*, mais pourquoi diable vous occupez-vous de politique ?

— Parce que nous sommes concernées.

— Et pouvez-vous me dire en quoi ?

— Cette affaire nous touche tout autant que vous, monsieur Raverdi.

Le petit homme embrassa du regard la cour du lycée.

— Pourtant, je ne vois ici que des militaires, des magistrats, des avocats... Vous ne vous sentez pas un peu déplacée ?

Il la toisait derrière ses lorgnons. Ses petits yeux vifs et mobiles trahissaient une hostilité que son visage se montrait incapable d'exprimer.

— Je ne me sens nulle part déplacée, répliqua Claire. C'est ce que vous venez de dire, en revanche, qui est déplacé.

— Vous croyez à l'innocence de Dreyfus, n'est-ce pas ? Ne protestez pas ! J'ai lu vos articles... y compris entre les lignes.

— Eh bien, puisque vous êtes si doué pour lire entre les lignes, sans doute avez-vous compris que nous sommes nombreuses à penser de même.

Cette fois, le visage de Jean Raverdi parut s'animer. Une tache rose se dessina sur chacune de ses pommettes.

— Vous plaisantez ! La culpabilité de Dreyfus ne fait pas le moindre doute et vous devriez vous faire oublier, ma petite !

Elle n'aima pas le « ma petite », mais fit semblant de l'ignorer.

— Nous verrons, dit-elle.

Mais le petit homme à lorgnons insistait avec une sorte de fébrilité ombrageuse.

— C'est tout vu ! Tous ces juifs apatrides et cupides… Ce sont eux qui sapent les fondements du régime, lequel est déjà mal en point par ailleurs. Ce sont eux qui, avec les francs-maçons, nous sucent le sang, détruisent nos valeurs et cherchent à imposer leur loi partout où ils sont. Comment être aveugle au point de ne pas voir qu'il faut nous débarrasser de cette gangrène ? Dreyfus sera condamné, j'en suis sûr. Si cela ne tenait qu'à moi, le peloton d'exécution s'en serait déjà chargé !

— Alors, pourquoi êtes-vous là ?

Raverdi parut ne pas comprendre.

— Puisque vous préférez une exécution sommaire à la justice, reprit alors Claire.

Le journaliste se mit à ricaner.

— Fichtre, vous ne manquez pas de tempérament…

Claire sentit son sang ruer dans ses veines, irriguant son corps d'une colère froide.

— Vous allez finir par me faire aimer les femmes qui se mêlent de journalisme. L'une d'entre elles, en tout cas…

Il avait retrouvé son expression première, sèche et indéchiffrable.

— Vous devriez quitter cette enceinte, vous savez. Quel plaisir pouvez-vous prendre à tous ces débats insipides ? N'avez-vous pas mieux à faire ?

— Et quoi donc, je vous prie ?

— Vous n'avez pas de mari, c'est ça… Vous vivez seule, sans homme à vos côtés. Pas même un amant, je suppose…

Persuadé que personne ne leur prêtait attention, il avait avancé la main jusqu'à toucher son bras. Mais cette main ne rencontra que le vide et il eut un mouvement de recul.

Cette fois, ce fut Claire qui afficha un sourire aussi cruel que le lui permettaient les circonstances.

— Vous voyez, monsieur Raverdi, les femmes sont pleines de surprises… *La Fronde* existe justement pour dénoncer le comportement d'hommes tels que vous. Des moitiés d'homme, comme vous pensez sans doute que je suis une moitié de femme, arrogants et cyniques, mais sans autres ressources que la volonté de nous humilier pour mieux se grandir.

Raverdi s'était levé et serrait son calepin d'une main ferme comme on presse un fruit.

— Sale petite garce ! Tu ferais mieux de ravauder des frusques au lieu de te mêler de politique.

La gifle que lui assena Claire Mataguez parut éteindre les conversations autour d'eux. Les lorgnons de Raverdi se brisèrent sur le sol. Le petit homme, une main plaquée sur sa joue, encore muet de stupeur, finit par pousser un juron. Tous les regards convergèrent alors dans leur direction. Puis fleurirent ici et là quelques sourires amusés.

— Nous en avons fini, je crois, cher confrère, dit Claire d'une voix forte.

La nouvelle de la gifle assenée par Claire à Jean Raverdi avait fait le tour des rédactions et suscité quelques articles indignés. Les uns pour défendre l'honneur d'un homme honorablement connu dans la profession, les autres pour brocarder les antidreyfusards qui, non contents de défendre l'indéfendable, osaient s'attaquer à une femme venue exercer son métier. Loin de partager l'avis des premiers, Marguerite Durand avait ri de l'audace de Claire.

— Tu as bien fait, l'avait-elle félicitée. L'honneur d'une femme vaut bien celle d'un Raverdi. Je savais que c'était un imbécile, j'ignorais que c'était aussi un salaud.

Puis elle avait ajouté :

— À propos de quelqu'un qui n'est ni un imbécile ni un salaud, tu as revu Jacques avant de quitter Paris ?

Claire avait baissé ses yeux verts et bredouillé :

— Non... C'est trop tôt, je crois.

Marguerite avait soupiré sans insister. Claire avait changé de conversation.

— Je vais partir quelques jours. J'ai besoin de rentrer chez moi, à Bouzillé. Des affaires à régler. Je ne vais pas m'absenter longtemps.

— Je l'espère bien ! Tu n'as toujours pas fini la série d'articles que je t'ai demandée, pas même celui sur Jacques. Et puis, après cette gifle retentissante, je me garderai bien de t'enlever l'affaire Dreyfus. Je veux que tu suives tout cela de près et que tu reprennes tout depuis le début. Prends le temps qu'il te faut. D'autant que rien n'est terminé. Il est reconnu coupable avec circonstances atténuantes et condamné à dix ans de détention. Autant dire qu'il n'est ni coupable ni innocent. Ce n'est pas un jugement, c'est le manteau de saint Martin coupé en deux !

26

Au mois de septembre 1899, Claire Mataguez partit pour La Givanderie. Les vendanges venaient de commencer. Martin Leguérek l'accueillit comme si elle n'avait jamais quitté les lieux et mit à sa disposition tous les documents comptables. Le domaine, en son absence, avait prospéré. Leguérek avait notamment accru la production et trouvé de nouveaux débouchés à l'étranger, en Allemagne et en Europe du Nord. Il attendait également une réponse d'acheteurs venus d'Amérique du Sud. Le château de La Givanderie se vendait bien et sa notoriété avait dépassé les frontières françaises. Claire, pour le remercier de son travail, lui accorda une gratification substantielle ainsi qu'à la plupart des employés et des domestiques.

Le premier soir, elle dîna avec l'intendant dans la grande salle du manoir, là où avaient retenti si souvent les rires grasseyants de Max et ceux, plus secs, de Jeanne. Rien n'avait changé depuis son départ.

— Il faudra remplacer tous ces meubles, dit-elle. Je veux que tout redevienne comme au temps de mon père.

— Comme vous voudrez.

— Je m'en occuperai avant de regagner Paris.

— Vous ne comptez pas rester?

— Quelques jours, tout au plus.

Martin Leguérek esquissa un sourire de connivence.

— Elle vous plaît, Claire, votre nouvelle vie ? demanda-t-il.

Mais Claire, malgré toute la sympathie qu'elle éprouvait pour l'homme de confiance de Gabriel Mataguez, s'abstint de répondre.

Lorsque vint l'heure du coucher, elle évita de pousser la porte de son ancienne chambre. Elle passa devant sans s'arrêter et monta sous les combles où elle s'installa dans celle de Romane, demeurée inoccupée. Romane Trouvère avait été la seule à la soutenir lors de la mort de Max. Elle s'endormit en se demandant si elle avait disparu elle aussi.

C'est trois jours plus tard que Philippe Gerson débarqua à l'improviste à La Givanderie. Il demanda de façon très protocolaire à être reçu par Mme Mataguez. Par chance, Claire était en train de remplir des bordereaux dans le petit bureau que Martin Leguérek s'était aménagé au rez-de-chaussée.

Claire l'accueillit sans chaleur ni hostilité. Il n'avait pas changé. Il ressemblait toujours à un échassier hautain et maladroit, mais sûr de lui. Il portait maintenant de petites lunettes rondes qui lui donnaient des airs d'oiseau de nuit impatient et scrutateur. Il semblait si mal à l'aise avec ce nouvel appendice nasal qu'il les ôta en s'asseyant.

— Cela fait deux ans à présent, n'est-ce pas ?

— En effet.

— Vous savez que ma femme est abonnée à *La Fronde* ? Florence adore vos articles. Elle a beaucoup d'admiration pour vous.

Claire sourit, étonnée et amusée.

— Vraiment… Votre femme, la fille d'un avocat antidreyfusard ? J'ai d'ailleurs aperçu votre beau-père au procès. C'est un homme qui sait se montrer… véhément.

Philippe Gerson remua sur son siège, décroisa ses longues jambes avec impatience, avant de les recroiser dans un geste brusque qui lui était familier.

— Elle n'est pas obligée de partager toutes ses convictions.

Il s'efforçait, sans y parvenir, de dissimuler son embarras et Claire se demandait ce qui pouvait bien le tourmenter.

— Docteur Gerson, dit-elle enfin, vous n'êtes pas venu jusqu'ici simplement pour me complimenter. Allez droit au but !

Un silence, puis :

— Je… enfin… Nous avons un problème, Claire.

Elle ne se souvenait plus qu'il l'appelait Claire et, dans sa bouche, son prénom lui parut à nouveau aussi désagréable qu'insolite.

— Nous ?

— C'est au sujet de Jeanne, votre belle-sœur.

Claire sentit son ventre se ramasser en une petite boule compacte et douloureuse. Lui revint en mémoire la fameuse phrase de l'Évangile de Jean : « Peut-il venir quelque chose de bon de Nazareth ? »

— Depuis qu'elle a quitté la Givanderie, expliquait le docteur Gerson, elle n'a cessé de chercher à vous nuire. Elle fouine partout. Elle a posé des questions à beaucoup de gens qui connaissaient Max, à d'anciens domestiques. J'ai même appris par Joseph Verdier qu'elle lui avait rendu visite à Nantes.

Claire l'écoutait avec attention.

— J'ai également vu André Malicorne récemment. Je le soigne depuis plusieurs années pour des maux d'estomac. Il m'a appris que Jeanne Lesarnoy était passée chez lui. Elle voulait rencontrer Marguerite. Depuis, je les ai vues ensemble à la sortie de l'église de Bouzillé.

— Et alors ?

— André m'a dit que sa sœur, quelques jours plus tard, lui avait remis trois mille francs pour sa ferme. Elle a prétendu qu'elle avait hérité d'une cousine de Haute-Savoie, mais il ne l'a pas crue. Pour lui, Jeanne et sa sœur ont conclu un marché.

Claire, la poitrine oppressée, inspira profondément. Son cœur tambourinait entre ses côtes.

— Elle est au courant, j'en suis sûr.

Elle comprenait mieux pourquoi Jeanne Lesarnoy la haïssait autant. Max ne lui avait jamais rien dit. Il ne lui avait même pas menti. Il avait gardé le secret jusqu'au bout.

— Elle sait, insista Philippe Gerson.

— C'est à ce sujet que vous vouliez me parler ? Elle a appris que j'avais perdu deux enfants, mais sait-elle dans quelles circonstances ?

— Elle dira que vous êtes coupable.

— Vous savez bien que c'est faux. Vous le savez même mieux que personne.

Gerson semblait avoir repris un peu d'assurance.

— La haine de Jeanne Lesarnoy ne s'arrêtera jamais. Elle veut vous détruire. André Malicorne vient de m'apprendre que sa sœur avait rédigé une lettre qu'elle a remise à Jeanne dans laquelle elle vous accuse ni plus ni moins d'infanticide. Jeanne lui a même demandé si elle accepterait de témoigner devant un huissier. Vous imaginez la suite…

Claire déglutit et passa une main sur son front brûlant.

— Pourquoi venir me raconter tout ça, docteur Gerson ?

— Parce que j'aimerais vous aider au cas où l'affaire prendrait une tournure… plus sérieuse. Mon beau-père est un grand avocat et mon témoignage pèserait lourd dans la balance.

Claire, cette fois, sentit le sang lui monter au visage.

— Que voulez-vous ? cria-t-elle. De l'argent ?

Puis, un ton plus bas :

— Je sais que vous avez de grosses dettes de jeu, docteur. J'ai surpris un jour une conversation entre Max et Jean Corbin. Vous aviez l'habitude de jouer dans des cercles de Rennes et même parfois à Paris. Vous n'osez pas vous adresser à votre femme, elle ne comprendrait pas. Votre beau-père non plus ne l'accepterait pas. Vous êtes piégé et vous voulez sauver votre honneur, fût-ce en vous abaissant, n'est-ce pas ?

— Il s'agirait d'une simple compensation.

— Une compensation ?

Claire sentit son corps glisser le long du fauteuil. Elle secoua longuement la tête. Sa main frémissait légèrement et, pour calmer ces tremblements, elle ferma son poing avant de le poser sur le bureau.

— Vous comprenez ce que vous me demandez ? Vous me demandez de vous donner de l'argent pour me défendre d'un crime que VOUS avez commis.

— C'était la volonté de Max, répliqua Gerson, mais je suis le seul à le savoir. Je n'ai besoin que de trente mille francs. Je suis persuadé que vous les avez. Le domaine vous rapporte de gros bénéfices. Jeanne Lesarnoy, en tout cas…

Claire ne retint même pas le montant de la somme exigée. Des images se bousculaient dans son esprit, sanglantes et muettes. La douleur, puis cette sensation de vide, de retrait d'une partie de soi-même. Elle avait pourtant pris toutes ses précautions pour ne pas tomber enceinte. Elle avait même acheté des plantes censées lui éviter cette extrémité. Max, de toute façon, ne lui avait laissé ni le temps ni le choix. Deux fois, à la nuit tombée, il était venu la chercher avec Gerson et ils l'avaient emmenée de force au cabinet du médecin. Les deux soirs, Florence Gerson était absente. Il n'y avait eu aucun témoin. Aujourd'hui, c'était sa parole contre celle de Philippe Gerson. Le marché était simple : en cas d'accusation et de procédure judiciaire pour avortement volontaire, il témoignerait en sa faveur ou se rangerait du côté de Jeanne Lesarnoy.

— Vous risquez les assises, souligna Gerson.

Claire eut un pauvre sourire.

— Il y a tant d'avortements aujourd'hui que les tribunaux les considèrent moins comme un crime que comme un délit. Vous ne lisez pas la presse ? Les faiseuses d'anges y passent des annonces toutes les semaines !

— Même si vous n'êtes pas condamnée faute de preuves suffisantes, votre vie sera brisée et vous devrez abandonner votre carrière de journaliste.

Il avait énoncé cela avec un cynisme et un calme parfaits. Il devait s'imaginer avoir déjà gagné la partie.

— Vous ne voulez pas comprendre… Jeanne n'abandonnera jamais parce que vous avez été la femme de Max et que vous avez pris sa place.

— Moi, prendre sa place ? Quelle place ? Vous êtes fou…

— Elle avait quinze ans… C'est arrivé une seule fois, mais elle ne l'a jamais oublié. Elle a été la première…

Claire comprit à demi-mot. La haine de Jeanne Lesarnoy venait de prendre un nouveau visage, plus sombre encore qu'elle ne l'avait imaginé. Gerson avait raison. Jeanne ne trouverait jamais le repos et mènerait jusqu'au bout sa croisade pathétique.

Elle se leva pour mettre fin à l'entretien. Gerson l'imita avec une lenteur cérémonielle.

— Alors, que décidez-vous ? Je ne suis là que pour vous venir en aide. Je connaissais Max. Je sais ce dont cet homme était capable. C'était une âme noire, une âme en perdition. Vous pouvez compter sur moi pour en témoigner au tribunal si besoin était.

— Vous voulez me venir en aide…, répéta Claire. Et trente mille francs de compensation… Vous êtes tout aussi abject que Max. Sortez !

Elle avait haussé la voix. Mais Philippe Gerson, serrant son chapeau contre lui, conservait tout son flegme.

— Très bien, je vous aurai prévenue.

Sur le pas de la porte, la lumière l'enveloppa d'un linceul orangé comparable à un sari éblouissant.

— Ah, une dernière chose… Peut-être nous aurait-il fallu parler de Gabriel aussi…

Claire, hors d'elle, se mit alors à hurler :

— Allez-vous-en !

Mais Philippe Gerson demeurait immobile, son chapeau à la main, tel un ange de la mort en visite.

27

Jeanne Lesarnoy avait fourbi ses armes durant l'été. Les déclarations de Marguerite Malicorne avaient été dûment enregistrées devant huissier. En échange de trois mille francs supplémentaires, la cuisinière avait promis de venir témoigner contre Claire en cas de procès. Mais c'était surtout la visite de Philippe Gerson qui avait tout changé.

Gerson lui avait rendu visite à Nantes à la fin septembre et lui avait raconté cette sordide histoire d'avortements. Les plantes n'avaient pas suffi. Claire en était venue au crime médicalement assisté. C'était elle qui, contre l'avis de Max, avait sollicité son aide. Elle avait rejeté, par deux fois, l'enfant qu'elle portait par haine de la maternité, par dégoût aussi d'un mari qui lui avait apporté un bonheur immérité, au point que celui-ci avait dû chercher du réconfort dans les bras de putains syphilitiques.

Pourquoi Claire Mataguez n'avait-elle pas contracté la maladie à son tour? Pourquoi Dieu ne l'avait-il pas punie au moins de cette façon?

La vie de la petite infirme était l'incarnation de l'injustice. Frappée à sa naissance par une tare qui faisait d'elle une femme inachevée, elle échappait malgré tout à un sort cruel après avoir semé la mort autour d'elle. Elle triomphait de tous les obstacles. Elle était riche. Elle n'aimait rien ni personne. Elle allait son chemin sans se retourner sur les cadavres qu'elle laissait derrière elle et personne ne s'était montré capable de mettre un terme à sa course funèbre.

Mais, à présent, elle, la sœur de Max, la seule femme qu'il ait réellement aimée, détenait les cartes qui allaient lui permettre de la battre à son propre jeu. Elle allait se jeter en travers de sa route. L'heure de payer ses dettes était venue.

Elle s'en réjouissait par avance. Max serait bientôt vengé, sa mort n'aurait pas été tout à fait inutile.

Une dernière question subsistait : la haine avait-elle poussé Claire à tuer Max ou, du moins, à le laisser mourir ? Romane, présente ce soir-là, aurait peut-être pu répondre à cette question. Romane Trouvère était la pièce manquante du puzzle qu'elle s'efforçait de reconstruire depuis des mois. Mais nul n'avait retrouvé sa trace. Même le cabinet Lemascurier avait échoué dans sa quête et Jeanne Lesarnoy ne pouvait s'empêcher de redouter, dans un recoin de son cerveau torturé, cette menace qui pesait sur le fragile château de cartes qu'elle avait édifié.

Claire Mataguez l'avait-elle retrouvée, payée pour qu'elle se taise ou aidée à fuir à l'étranger ? La disparition de la domestique la rongeait comme un acide. Cette carte échappait à son jeu et la pensée qu'elle pût resurgir à tout instant corrodait son esprit.

Philippe Gerson lui-même n'avait pu lui fournir d'éclaircissements sur la nuit où Max était mort. Il avait simplement constaté son décès et jugé qu'il s'agissait d'une mort accidentelle. Il n'avait pas l'intention de revenir sur cette déclaration-là. Il n'avait d'ailleurs accepté de l'aider que parce qu'elle lui avait promis trente mille francs. Il la détestait trop pour multiplier les faux témoignages.

Il n'avait pas été en mesure non plus de la renseigner sur cet enfant qu'avait évoqué Marguerite Malicorne. Peut-être ne savait-il rien, en effet. À moins qu'il n'ait refusé de crainte de se voir condamné pour complicité dans un crime d'infanticide. Selon ses calculs, l'enfant de Claire Mataguez ne pouvait avoir vu le jour moins de douze ou treize mois après le premier avortement dont lui avait parlé la cuisinière, soit vers avril ou mai 1896. Il avait donc approximativement trois ans et demi aujourd'hui, s'il était toujours en vie.

Qu'avait donc fait de lui Claire Mataguez ? S'en était-elle débarrassée ? L'avait-elle confié à quelqu'un ? Et, surtout, comment avait-elle pu mener sa grossesse à terme sans que Max en soit informé ?

Elle ne pouvait imaginer que Max ait accepté la mort de son fils ou de sa fille. Il n'était pas le monstre que chacun se plaisait à dépeindre. Elle seule, de toute façon, le connaissait réellement. Son double visage n'avait été que temporaire, le fruit de ses déboires avec Claire. Or, elle ne se souvenait pas de l'avoir vu changer de manière significative à cette époque. Pourtant…

Le souvenir avait rejailli de sa mémoire. Janvier 1896 ! Max n'était pas à La Givanderie. Il était en voyage aux États-Unis avec son ami Josef Galinski. Il avait dû y séjourner tout l'hiver. Peut-être n'avait-il appris la naissance de son fils ou de sa fille qu'à son retour en France, trois ou quatre mois plus tard.

Comment dès lors avait-il réagi ?

Tel un bateau ivre, Jeanne s'arrimait si passionnément à l'innocence de son frère qu'elle se refusait à imaginer une réaction brutale de sa part. Pas envers son propre enfant ! Elle pouvait concevoir qu'il eût battu sa femme, mais rien de plus. C'était d'ailleurs toujours la petite infirme qui créait des problèmes. Elle aimait vivre dans une atmosphère de drame. Elle avait besoin d'un souffre-douleur. Elle avait toujours un mot blessant à son égard, un regard en coin, une façon de le tenir à distance qui eût découragé n'importe quel homme de l'approcher.

Il est vrai que les altercations entre Max et sa femme s'étaient multipliées cette année-là. Max s'en plaignait auprès d'elle. Il disait qu'en épousant la fille Mataguez, il avait fait un marché de dupes.

Quoi qu'il en soit, cet enfant n'était peut-être pas une chimère et le secret de sa naissance n'était qu'un péché de plus à mettre à l'actif de Claire Mataguez.

Un tribunal, en toute logique, ne retiendrait que la faute commise par une mère pressée de se délivrer de son fardeau.

Au mois d'octobre, Jeanne Lesarnoy décida de quitter Nantes pour Paris. Elle se sentait prête à agir. Elle avait déjà trop attendu. Mais cette attente avait sans doute permis d'endormir la méfiance de la petite infirme.

Elle s'installa dans un petit hôtel proche de la place Saint-Augustin. On parlait alors beaucoup moins de l'affaire Dreyfus. Comme l'avait souligné le ministre de la Guerre avec légèreté, « l'incident était clos ».

28

Rentrée à Paris, Claire Mataguez avait patienté une quinzaine de jours avant de se résoudre à appeler Jacques Kerstaing. Sa voix, à l'autre bout du fil, lui avait paru légèrement voilée, puis vibrante d'émotion. Il espérait son appel, sa visite ou – pourquoi pas ? – un autre bouquet. Il s'était montré impatient. Il avait suivi ses articles sur l'affaire Dreyfus dans *La Fronde*. Il avait éclaté de rire pour rien, simplement parce qu'il était heureux d'entendre sa voix.

Ils s'étaient donné rendez-vous place de la Concorde et, pendant six longues journées, ils avaient passé leur temps à sillonner Paris, à dénicher des restaurants, aller au théâtre, au café-concert et faire l'amour dans l'appartement du quai Voltaire ou chez Claire, à Montmartre. Claire avait donné sa semaine à Lucienne et Jacques avait fermé son cabinet, renvoyant Mme Chapman à ses bonnes œuvres et à Sylvie, la nièce dont elle s'occupait depuis la mort de sa sœur dans l'incendie du Bazar de la Charité.

Et aujourd'hui, à peine sortie de la rédaction du journal, Claire courait à perdre haleine pour retrouver Jacques Kerstaing.

Il était sept heures du soir et la nuit d'octobre était déjà là, pluvieuse et froide. Sous les réverbères, les trottoirs luisaient d'une lumière sale. C'était une nuit sans étoiles, dure, plus pesante qu'un couvercle en fonte. Une légère brume montait des quais de la Seine et les promeneurs étaient rares. Mais Claire s'en moquait. Elle courait vers Jacques Kerstaing. Elle courait comme elle n'avait plus jamais couru vers un homme depuis la mort de son père.

Elle avait pris un fiacre sur la place Saint-Pierre. Elle descendit rue de Lille pour acheter une tarte aux amandes dans une pâtisserie, puis elle s'engouffra dans son immeuble.

Elle arriva, trempée de la tête aux pieds, malgré son petit chapeau de feutre, son long manteau et ses bottines. Sitôt la porte franchie, elle se jeta dans ses bras.

— J'ai faim !

— J'ai préparé du canard à l'orange, dit Jacques, ma spécialité.

— Je ne parlais pas de cette faim-là !

Deux heures plus tard, ils étaient attablés dans la cuisine autour d'une bouteille de bourgogne. Du canard à l'orange, il ne subsistait plus que quelques os mis à nu et des lambeaux de chair molle échoués sur le bord des assiettes.

Claire avait revêtu un peignoir de soie au sortir du lit et on apercevait, par l'échancrure, l'étroit sillon de sa poitrine blanche et lourde. Ils ne parlaient presque pas. Ils savaient qu'ils n'avaient toujours pas abordé l'essentiel. Sans s'être concertés, ils avaient décidé tacitement que ces six jours seraient une sorte de trêve. Leurs retrouvailles seraient légères et insouciantes. Mais chacun savait également qu'il ne pourrait éviter l'heure de la mise à nu.

Onze heures sonnèrent à la pendule du salon lorsque Claire se décida à parler.

— Et si on commençait par Rose Liancourt ? suggéra-t-elle.

Il se fit un silence d'une gravité insupportable. Puis le visage de Jacques s'éclaira d'un sourire inattendu.

Il ne chercha pas à éluder la question.

— J'ai eu une liaison avec elle, dit-il. Brève. Je soignais sa fille, Mélanie. Et c'est un souvenir douloureux, en effet.

Il l'avait séduite sans l'avoir vraiment cherché. Rose était tombée amoureuse de lui, mais il ne partageait pas ses sentiments, du moins pas comme elle l'espérait. Il n'avait jamais été dupe. Il n'avait pas deviné, en revanche, que sa solitude, sa fragilité la conduiraient à un acte aussi extrême.

— J'aurais pu mentir, ajouta-t-il. Je ne l'ai pas fait. Et puis elle était mariée. Quand j'ai compris qu'il la battait, j'ai eu envie de lui casser la figure, mais je me serais alors engagé dans une voie sans issue. Je me suis contenté, le jour de son enterrement, d'envoyer un bouquet. Certains appelleraient ça de la lâcheté.

Il fixait la table, entre la bouteille de vin et le bord de son assiette.

— Il y avait aussi une autre raison…

— Laquelle ?

— Toi… Quand je me suis rendu compte que tu étais entrée dans ma vie, j'ai compris que mon passé était en train de s'éloigner. C'était comme une maladie qu'on traite sans succès pendant des années et qui, soudain, disparaît d'elle-même sans qu'on sache pourquoi. Il m'arrive de réparer des corps, des plaies, de souder des os, de…

Il s'interrompit un court instant.

— Mais toi, tu as su réparer quelque chose en moi que je refusais de voir en face. Une sorte de mélancolie que j'entretenais à mon corps défendant. Après le départ de Sylvaine, j'avais perdu tout appétit pour la vie. J'avais décidé que tout était terminé, que je finirais dans l'avarice. Pas celle de l'argent, celle des sentiments… Tu as su me redonner un appétit qui me manquait.

Le silence retomba, écrasant. Puis Claire éclata d'un rire salvateur.

— Mon Dieu, parlons-nous amour ou cuisine ?

— Les deux sont un peu liés, non ?

Pour lui donner raison, Claire se resservit une part de tarte aux amandes. Elle aussi avait faim. De tout ce qu'elle avait cru devoir se priver depuis des années. Une faim animale et néanmoins dépourvue d'avidité.

— Moi aussi, j'ai été battue, tu sais. Et violée. Pendant des années.

— Max…

Elle fronça les sourcils. Elle ne se souvenait pas d'avoir prononcé son nom devant lui.

— Comment le sais-tu ?

— Rose m'en avait parlé.

— Rose ?

Il hésita, ne sachant si Claire était informée de tous les détails sordides qu'il allait lui révéler.

— Georges, son mari, fréquentait les bordels quand il était à Paris. Il a fini un soir par le lui avouer, sans doute par bravade et pour l'humilier encore un peu plus. Il a parlé d'un certain Max, qui venait de province lui aussi et qui parlait régulièrement de tuer sa « manchote » lorsqu'il était ivre. Je n'ai pas eu de mal à deviner qu'il s'agissait de toi. Ta timidité, tes silences, ta volonté de t'affirmer en défendant la cause des femmes, tes articles à l'emporte-pièce dans le journal...

— Il ne l'aurait jamais fait, dit Claire, il était trop lâche pour ça. Violent, mais lâche.

Elle se mit alors à évoquer son calvaire, sans chercher à lui épargner les détails les plus crus : sa vie d'ennui à La Givanderie, la manière bestiale dont il se servait d'elle, les coups, les humiliations, les absences injustifiées, sa façon de tourner autour des bonnes, l'alcool comme remède à tous les maux et l'omniprésence de sa sœur Jeanne, sa complice, son âme damnée. Elle avait fini par comprendre qu'il menait une double vie. Elle avait trouvé un jour, dans une poche de sa veste, une note de restaurant et une carte de visite qui ne laissait aucun doute sur les activités de l'établissement concerné. S'agissait-il d'un hasard ou les avait-il délibérément oubliées pour mieux l'humilier ? Elle n'y avait guère accordé d'importance de toute façon. À bien y réfléchir, il n'y avait jamais rien eu entre eux qui méritât la moindre crise de jalousie. À peine quelques mois de relatif bien-être au début de leur mariage. L'enfer avait commencé très tôt.

Jacques Kerstaing parut bizarrement rassuré.

— Je sais que je t'ai blessée quand j'ai parlé d'enfants. J'ai lu les articles que tu as publiés à ton retour d'Angleterre dans lequels tu fais l'apologie de Malthus. C'est si difficile pour toi d'en parler ?

— Pourquoi ? Tu en voudrais ?

— Je ne sais pas. Je vais bientôt avoir quarante ans et j'aimerais que ma vie prenne un nouveau sens.

Claire hocha la tête.

— Viens !

Elle l'entraîna au salon et le poussa avec vigueur vers le canapé. Puis elle posa la tête contre son ventre.

— Deux fois…, murmura-t-elle. Deux fois, je me suis retrouvée enceinte de Max. Je ne voulais pas d'enfant de lui, mais l'instinct… De toute façon, je n'ai pas eu le choix. Quand Max l'a découvert, il est entré dans une rage folle. Il m'a reproché de n'avoir pas fait attention, m'a insultée, puis frappée. La seconde fois, il m'a même poussée dans l'escalier en espérant que je perde le bébé. Comme je me remettais de ma chute, il m'a dit que tout était de ma faute, qu'il ne voulait pas risquer d'avoir un enfant anormal, sans bras ou sans jambes, une sorte de bête de foire comme moi. Il m'a même craché au visage. Alors, j'ai éclaté de rire, je n'en pouvais plus. Il a appelé Gerson, notre médecin de famille, et ils m'ont emmenée à son cabinet. Il a fait les choses dans les règles de l'art.

— Et tu n'en as parlé à personne ?

— Peut-être que des domestiques se sont aperçues de quelque chose à l'époque… Je ne sais pas. Tu n'imagines pas dans quel monde je vivais. J'étais jeune et seule, sans amis à qui me confier. Je ne pouvais plus compter sur mon père. Il est mort peu après notre mariage et Max a tout pris en main. J'étais prisonnière sans même en être toujours consciente. J'avais si peu confiance en moi… Il m'avait tellement rabaissée. Rabaisser quelqu'un est plus facile que de le tuer. C'est aussi plus cruel. Il m'a fallu des années pour réagir. Ensuite, j'ai essayé d'oublier, je suis devenue plus dure. J'ai tenu ma propre vie à distance, comme s'il s'agissait de celle d'une autre, pour ne pas souffrir, pour ne pas finir comme Rose Liancourt.

Elle avait fermé les yeux. Des larmes s'amassaient peu à peu sous ses paupières gonflées.

— Mais il y a eu cette nuit affreuse, il y a presque quatre ans. La nuit où il a volé ma vie.

— Que veux-tu dire ?

Max était parti pour les États-Unis afin d'y rencontrer d'éventuels associés. Du moins était-ce le prétexte qu'il avait invoqué pour s'absenter pendant quelques mois, entre janvier et avril 1896. Claire était tombée enceinte cinq mois avant son départ. Elle avait à peine grossi ; il n'avait rien remarqué. L'occasion ne se représenterait peut-être pas. Cette fois, elle allait le mettre au pied du mur. Il ne pourrait plus rien faire. Un mois avant le terme, elle avait dû faire appeler Gerson au beau milieu de la nuit. C'était Romane Trouvère qui s'en était chargée. Gerson avait décidé de pratiquer l'accouchement à son cabinet, au risque de la voir mettre l'enfant au monde dans sa voiture au cours du trajet.

Tout s'était bien passé. Un petit garçon parfaitement constitué était né au petit matin. Claire avait décidé de l'appeler Gabriel en mémoire de son père. Gerson s'était montré attentif et plus délicat en l'absence de Max. Ensuite, elle avait confié le nouveau-né à un couple de Saint-Quentin-en-Mauges, les Lemarrois, que lui avait recommandé Philippe Gerson. Lui était cordonnier. Ils avaient déjà élevé cinq enfants de l'Assistance publique… Le temps que Max, une fois revenu d'Amérique, passe sa colère sur elle et s'habitue à l'idée qu'ils avaient un enfant. Elle avait même vaguement espéré que Max changerait de comportement devant le fait accompli.

C'était compter sans la folie qui le gagnait insidieusement. Philippe Gerson avait dû finir par parler et Max était allé rechercher Gabriel. Depuis, l'enfant avait disparu.

Claire, effondrée, ne l'avait appris que deux semaines plus tard, lorsqu'elle était venue rendre visite aux Lemarrois. Leur maison était en vente. Ils étaient partis sans laisser d'adresse. Max avait dû les payer. Ses questions n'avaient servi à rien. Max avait ri de ce « bon tour joué à la manchote ». Les recherches effectuées par un enquêteur privé n'avaient pas abouti. Comme elle ne possédait aucune preuve légale de l'existence de Gabriel, ni même de sa maternité, excepté les témoignages de Romane Trouvère, de Philippe Gerson et des Lemarrois, elle n'avait pu faire appel à la police. Philippe Gerson lui avait refusé son aide. Il ne pouvait pas impliquer Max Lesarnoy dont il s'était fait le complice lors de sa première grossesse malheureuse et se mettre en fâcheuse posture. Son beau-père, maître Maurice Lansonnet, était un avocat réputé du barreau rennais et l'ami du procureur.

Elle avait cru en mourir de chagrin. Max n'avait pas eu besoin de la forcer à recourir aux services du docteur Gerson pour son second avortement. Elle était devenue elle-même prisonnière de la haine viscérale que lui portait son mari. Leur couple n'était plus qu'un radeau à la dérive. Max l'entraînait dans son naufrage. Chaque fois qu'elle redoutait d'être enceinte, elle avait absorbé des plantes médicinales. Elle en avait également fait venir de Paris, d'origine africaine, pour se prémunir de la syphilis, dès que

Gerson l'avait informée de la maladie de son mari. Quand elle s'était refusée à lui pour cette raison, Max avait opté pour le viol accompagné d'autres violences physiques. Heureusement, la maladie avait fini par avoir le dessus et, les derniers mois de son existence, il ne l'avait plus touchée.

Claire interrompit subitement son long monologue. Elle n'essayait plus de retenir ses larmes. Elles coulaient sur son visage comme une pluie sur une feuille de lotus et venaient se perdre dans la soie du peignoir pour former, autour de son cou, une étole humide et froide.

— Après avoir cherché Gabriel pendant un an, reprit-elle, j'ai abandonné. J'ai essayé de l'oublier. Je ne l'ai vu que trois ou quatre fois après sa naissance. Je me suis barricadée dans ma souffrance. J'ai décidé de m'endurcir. Je me suis persuadée que j'étais maudite depuis ma naissance et qu'après tout je méritais peut-être tout ce qui m'était arrivé. Jusqu'à la mort de Max… À présent, je sais que tout cela est faux. Il n'y a ni salut ni damnation. Il y a seulement ce qu'on accepte et ce qu'on refuse.

Claire parla encore quelques minutes : de Jeanne Lesarnoy, de Philippe Gerson et de ses dettes de jeu, de sa mère qui avait quitté son père lorsqu'elle avait dix ans, de son bras qui l'avait tant fait souffrir, de l'institution Saint-Paul, du jeune prêtre dont elle était vaguement amoureuse et qui avait découvert son journal intime.

Jacques Kerstaing l'avait écoutée avec une attention si aiguë qu'elle en était devenue douloureuse. En rencontrant Rose Liancourt, il avait cru toucher le fond de cette misère sentimentale et sexuelle qui œuvrait en sourdine dans certains milieux privilégiés. Mais ce que venait de lui rapporter Claire était plus intolérable encore.

— Jeanne est persuadée que c'est moi qui ai tué son frère, ajouta Claire d'une voix blanche. D'une façon ou d'une autre, à ses yeux, je suis une criminelle. Elle l'aimait d'une manière irrationnelle. Il fallait la voir à son enterrement. On aurait cru que c'était elle la veuve. Elle me hait au point qu'elle serait capable de tout pour me nuire. Gerson me l'a affirmé lorsqu'il est venu à La Givanderie pour me faire chanter.

Jacques glissa une main sous sa nuque et l'attira contre lui. Son corps était brûlant. De petites secousses nerveuses le parcouraient par intermittence. Elle se remit à pleurer, mais comme une vasque se débonde, pour évacuer une fois pour toutes cette souffrance qui demeurait au fond d'elle.

Il n'y avait plus rien à dire. Il aurait voulu trouver des paroles de consolation, mais aucun mot n'aurait été assez fort pour effacer toutes ces années de désolation. Il préférait les gestes, la fraîcheur de sa main posée sur son front, la présence rassurante de son bras autour d'elle.

— J'ai peur, Jacques, dit encore Claire.

Au bout de quelques minutes, elle finit par s'endormir et, pour ne pas la réveiller, il resta là, assis sur le canapé, tandis qu'elle s'efforçait de lutter contre ses mauvais rêves.

29

Réveillé en sursaut par la sonnerie de la porte d'entrée, Jacques eut un mouvement de panique. Il était neuf heures et demie. Était-ce Mme Chapman qui avait oublié ses clés ? Son cerveau fonctionnait au ralenti. Claire dormait profondément sur le canapé. Il était toujours en robe de chambre. Il se leva mécaniquement et passa dans la cuisine pour se servir un café.

La fenêtre était restée entrouverte depuis la veille. La température avait baissé. La pluie avait cessé pour laisser place à un froid sec. Sur le quai, quatre étages plus bas, la vibration désagréable d'un avertisseur couvrit durant quelques instants le martellement des sabots sur le pavé. D'un geste énervé, l'automobiliste réitéra son appel à plusieurs reprises.

La sonnette de la porte d'entrée lui fit écho. Ce ne pouvait être la secrétaire. On était samedi et elle ne travaillait pas ce jour-là.

Il mit de l'eau à chauffer et ouvrit le tiroir d'un vieux moulin pour en tirer du café moulu la veille.

La sonnette retentit à nouveau.

Tout en grommelant entre ses dents, il passa dans l'entrée et ouvrit la porte. Un homme en costume sombre, coiffé d'un melon, la moustache cirée, se tenait sur le palier. Derrière lui, deux agents en pèlerine l'accompagnaient.

— Docteur Kerstaing ?

— Oui.

— Mlle Claire Mataguez est-elle chez vous ?

Jacques eut le sentiment d'émerger d'une brume lourde et hypnotique.

— Et en quoi…

Il n'eut pas le temps d'achever sa phrase. L'homme avait sorti un document de la poche de son costume fripé.

— Inspecteur principal Louis Girard, chargé de recherches dans l'intérêt des familles à la 2e brigade.

— Mais…

— Je vous conseille de coopérer, docteur Kerstaing. Répondez seulement à ma question. J'ai ordre d'emmener Mlle Mataguez au poste de police. Elle doit être entendue par un juge d'instruction.

— Vous pouvez au moins me dire à quel sujet ! protesta Jacques, enfin délivré de la pesanteur du sommeil.

— Je suis désolé. N'étant ni son mari ni un membre de sa famille, vous n'avez pas à connaître le motif de cette intervention.

Jacques sentit ses poings se crisper au fond de sa robe de chambre. L'inspecteur jouait parfaitement son rôle, à la fois courtois et bourru, sûr de son autorité et n'en abusant pas, au cas où Jacques disposerait de relations influentes.

Il laissa entrer les trois hommes et leur demanda d'attendre devant le bureau d'Édith Chapman.

Réveillée par la voix un peu rauque de l'inspecteur, Claire s'était assise sur le canapé.

— Que se passe-t-il ? demanda-t-elle.

Jacques ne savait comment le lui annoncer. Les mots « police », « intervention », « juge d'instruction » ne parvenaient pas à franchir le seuil de ses lèvres. Il finit par en trouver d'autres que, plus tard, il jugerait tout aussi alarmistes.

— Tu m'as dit ce matin que tu avais peur…

Claire écarquilla les yeux.

— Eh bien ?

— Peut-être avais-tu raison. La haine de Jeanne Lesarnoy ne connaît pas de limites.

En voyant sortir de l'immeuble la « manchote » encadrée par deux policiers, Jeanne Lesarnoy crut s'effondrer en larmes. Depuis combien de temps attendait-elle ce moment ?

En faisant jouer quelques-unes de ses relations antidreyfusardes, il ne lui avait pas été très difficile d'attirer l'attention de la justice sur une jeune femme qui publiait des articles incendiaires dans *La Fronde*. Ses théories sur la limitation volontaire des naissances avaient offusqué bon nombre de magistrats du parquet, aussi peu féministes que la plupart des membres du barreau ou des députés. Toutes ces idées qu'elle avait développées dans les colonnes du journal ne plaideraient pas en sa faveur. Pour qui savait lire entre les lignes, un tribunal était même en mesure de la condamner pour apologie de l'avortement. Sa propre vie ne ferait ainsi qu'illustrer ses convictions.

Si elle avait remporté une première victoire, Jeanne Lesarnoy avançait tout de même en territoire inconnu. Tout dépendait désormais du juge et de sa volonté, au vu des premiers éléments, de poursuivre ou non l'instruction ainsi que des témoignages de Marguerite Malicorne et de Philippe Gerson.

Sa pugnacité, pourtant, ne l'abandonnait pas. Quelques milliers de francs supplémentaires et un avocat de talent suffiraient à tout arranger. Et si elle perdait son procès, le scandale éclabousserait tout de même suffisamment Claire Mataguez pour lui faire ravaler sa superbe. Ses amis l'abandonneraient et aussi ce docteur Kerstaing qui avait si vite remplacé Max. Ne lui resterait plus alors qu'à rentrer à Bouzillé et, malgré son argent, à pleurer sur son bonheur perdu.

En voyant Claire monter dans la voiture de police, elle se dit qu'un tel scénario touchait à la perfection. Une vengeance, ainsi orchestrée, était bien près de ressembler à une œuvre d'art.

30

Claire n'avait passé que peu de temps au poste de police. Après qu'on eut vérifié son identité, elle avait appris qu'elle allait être déférée devant un juge d'instruction qui déciderait de son inculpation. En attendant, elle serait conduite à la prison Saint-Lazare.

En voyant se profiler les hauts murs noirs qui dominaient le faubourg Saint-Denis, elle fut prise de vertige. Les bâtiments étaient sinistres. Les lourdes portes se refermèrent derrière le fourgon. On l'aida malgré tout à descendre.

Une petite pluie fine s'était mise à tomber. On était le 27 octobre 1899. Elle nota la date ; elle aurait besoin de repères si sa détention se prolongeait. Elle songea également qu'un nouveau siècle commencerait dans deux mois.

Un homme l'attendait au greffe. Il était accompagné de deux religieuses vêtues de noir. On lui fit signer un registre.

— Armand Tufin, dit-il d'un ton glacial, je suis le directeur de la prison. D'ordinaire, je ne me déplace pas pour accueillir une nouvelle détenue, d'autant que vous ne resterez que quelques jours parmi nous, mais quelques-uns de mes amis portent de l'intérêt à votre travail. Inutile de vous dire que je ne partage pas forcément leur avis.

Claire lui adressa un sourire de défi. « Ne jamais baisser les bras, pensa-t-elle avec ironie, surtout quand on n'en a qu'un... »

Son regard balaya la pièce lugubre où elle se trouvait, avant de se poser sur les deux religieuses aux visages compassés, puis sur le directeur dont l'impatience gênée faisait peine à voir. Tout à coup, une sorte de voile noir descendit sur elle, un nuage opaque qui s'interposait entre elle et la réalité. Elle n'avait qu'un ordre à donner et tout son être se plierait à sa volonté. Elle n'irait pas plus loin. Elle renoncerait et mourrait l'instant suivant. Ce n'était pas une vague impression, mais une certitude intime qui accélérait les pulsations de son cœur et contractait ses vaisseaux pour faire monter sa pression artérielle.

Elle parvint malgré tout à reprendre le contrôle d'elle-même. « Il y a seulement ce qu'on accepte et ce qu'on refuse », avait-elle dit à Jacques. Elle avait finalement décidé d'accepter.

Les religieuses la guidèrent à travers de longs couloirs humides de salpêtre aux murs décrépis. Au plafond, des ampoules, protégées par de minuscules grilles, dispensaient une lumière de sépulcre.

Lorsque le surveillant ouvrit la porte de sa cellule, elle se tourna vers la plus fluette des religieuses et, parce qu'elle ne savait pas quoi dire, elle lança d'une voix grinçante :

— Au moins, le Christ aura évité ça, n'est-ce pas, ma sœur ?

— Elle est à Saint-Lazare, dit Jacques Kerstaing.

— On sait au moins de quoi elle est accusée ? demanda Marguerite Durand.

— Non, mais je suppose qu'on ne tardera pas à nous le confirmer.

— Le confirmer ? Tu en sais plus que tu ne le dis.

Immobile derrière son grand bureau de la rue Saint-Georges, Marguerite s'efforçait de garder son calme pour faire pièce à la nervosité de Jacques Kerstaing.

— Ce que je sais, c'est que la femme que j'aime est en prison et qu'elle risque d'y croupir encore longtemps.

Marguerite réagit aussi vivement que si sa main venait de saisir des braises.

— Tu veux bien répéter ?

Jacques leva vers elle un regard pathétique.

— Quoi ? J'ai dit la « femme que j'aime »...

— Mon Dieu, il y a tellement longtemps que j'attendais ce moment ! Jacques Kerstaing, amoureux, enfin...

Elle affichait un sourire indécent. Comment pouvait-elle se réjouir en un moment pareil ?

— Tu te fiches de moi ?

— En aucun cas. Je suis simplement heureuse pour toi. Je suis ton amie, non ?

— Prouve-le !

Elle ne l'avait jamais vu dans cet état et se demandait si elle devait finalement s'en féliciter ou s'en affliger.

— Tout est de la faute de cette salope, dit-il d'une voix aiguë qui lui était inhabituelle.

Comme Marguerite le regardait avec commisération, il se décida à tout lui raconter. En quelques minutes, il lui répéta ce que Claire lui avait confié. D'ordinaire, il n'en aurait pas livré le centième. Mais l'heure n'était plus aux fausses pudeurs.

Marguerite l'observait avec une sorte de stupeur qu'il ne sut interpréter. Un frémissement parcourait son visage blême avec la rapidité d'une vaguelette troublant la surface d'un lac.

— Calme-toi, dit-elle enfin. En attendant, cette salope a le droit pour elle si les faits sont avérés. L'article 317 du code pénal considère l'avortement comme un crime et Claire risque bel et bien les assises.

— Si les faits sont avérés... Tu doutes donc de sa bonne foi ?

— C'était une formule.

— Je me fous de l'article 317 ! explosa Jacques. J'ai déjà perdu Sylvaine, Rose et maintenant Claire. Je vais finir par croire que le malheur frappe toutes les femmes qui m'approchent.

— Ne dis donc pas de bêtises.

— Qu'est-ce que tu comptes faire ?

— Pardonne-moi, mais il faut réfléchir avant d'agir. Ce sujet touche toutes les femmes, mais c'est encore un tabou. On a beau en parler plus librement, la loi a beau être laxiste avec les faiseuses d'anges, cette fois, c'est d'une femme journaliste qu'il s'agit, une femme qui a pris des positions et les a défendues publiquement.

— Le châtiment doit donc être public !

— En plus, elle a défendu Dreyfus.

Jacques Kerstaing lui lança un regard abasourdi.

— Dreyfus... Qu'est-ce que vient faire Dreyfus là-dedans ?

— Tous les antidreyfusards vont se retourner contre elle. Ils vont s'acharner, crois-en mon expérience. Je connais même quelques confrères qui s'en donneront à cœur joie pour me nuire. Claire a du talent, mais c'est justement lorsqu'on a du talent qu'on se fait des ennemis. Tu connais le proverbe : « Il n'y a que les laids et les imbéciles qui ne fassent pas d'envieux. »

« Et aussi les handicapés… », songea Jacques. Il en avait assez de tourner en rond. Tout son corps était en sueur et glacé en même temps, comme s'il était victime de quelque fièvre tropicale.

— Eh bien, parlons-en de Dreyfus ! dit-il. Ton journal a fait campagne en sa faveur, vous vous êtes toutes battues pour lui, mais pour Claire, vous n'avez toujours pas levé le petit doigt.

— Jacques !

Il s'était levé et marchait de long en large. Il pensait à Claire, enfermée à Saint-Lazare, comme Dreyfus sur l'île du Diable. L'histoire se répétait. L'innocence, une fois de plus, serait bafouée.

— Je te trouve injuste, répliqua Marguerite, je t'ai demandé un peu de temps. Crois-tu que je n'ai pas envie de la défendre et de prouver qu'elle n'est qu'une victime dans toute cette sordide histoire ?

— Alors, fais-le !

— J'ai besoin d'en savoir plus. On peut la voir, au moins ?

— Je suis allé à Saint-Lazare ce matin, mais une religieuse m'a dit qu'elle ne recevrait aucune visite du fait de la brièveté de son séjour entre leurs murs. Je lui ai laissé une lettre.

Marguerite Durand réfléchissait.

— Ils vont probablement la transférer.

— Où ?

— À Rennes, je suppose.

— À Rennes ?

— Si une procédure est engagée, le procès se déroulera là-bas. Les faits ne se sont pas produits à Paris, que je sache. Et puis Rennes dispose de la seule prison pour femmes. On y vient de toute la France.

— Une villégiature, en somme !

Marguerite Durand le rejoignit près de la fenêtre. Le ciel était gris : une vraie peau d'âne. Jacques sentit sa main se poser sur son épaule dans un geste d'affection sans équivoque.

— Jacques, un peu de patience… Claire vient tout juste d'être arrêtée. Je vais mettre toutes mes filles sur l'affaire. On déclenchera une campagne de presse, s'il le faut. Mais, s'il te plaît, laisse-nous un peu de temps.

— Du temps ! Comme si je n'en avais pas assez perdu ! Fais ce que tu peux, Marguerite, mais je ne resterai pas les bras croisés.

— Et que vas-tu faire ?

Jacques Kerstaing réfléchit un long moment, le regard fixe. Dans le blanc de ses yeux où de petits vaisseaux avaient éclaté se formaient de minuscules flaques de sang.

— Un homme, reprit-il, est au centre de toute cette affaire. Lui connaît toute la vérité. S'il doit y avoir procès, il ne faut pas qu'il témoigne contre Claire.

— Tu comptes le payer ?

— Non… Ça, Jeanne Lesarnoy l'a sans doute déjà fait. Je m'y prendrai autrement.

— Comment ? demanda Marguerite, incrédule.

— Je compte le convaincre.

Le 30 octobre, trois jours après son incarcération à la prison Saint-Lazare, Claire rencontra un premier juge d'instruction qui lui annonça que sa détention serait prolongée. Elle serait transférée très rapidement à la prison pour femmes de Rennes ; son dossier serait remis à un autre magistrat.

Lorsqu'elle lui demanda de quoi on l'accusait, le juge Michel lui répondit sèchement :

— D'avortements, d'abandon d'enfant, voire d'infanticide, et de tentative de meurtre sur la personne de Max Lesarnoy, votre mari.

Elle n'avait pu s'empêcher d'émettre un petit rire bref et inconvenant qui avait arraché une moue simiesque au juge d'instruction.

— Je ne vois pas ce qu'il y a de drôle là-dedans, madame. Votre ironie ne plaide pas en votre faveur. Nous avons des témoignages.

— Peut-on savoir de qui ?

— Mon confrère vous l'apprendra.

— Les témoignages ne sont pas des preuves, monsieur le juge, avait observé Claire.

Le magistrat avait gardé le silence. En emportant son dossier d'une minceur ridicule, il avait simplement lissé ses moustaches et dit d'une voix cinglante :

— On m'avait prévenu que vous êtes une ennemie des lois, une ennemie des valeurs que défend tout honnête homme. On ne m'avait pas trompé. Je ne vous souhaite pas bonne chance.

La voix sourde de Claire l'avait rattrapé derrière la grille du parloir.

— Je ne compte pas sur la chance, monsieur le juge, je compte sur la vérité.

31

Jacques poussa la grille qui donnait accès à la propriété de Philippe Gerson. Il avait prévenu ses collègues de l'Hôtel-Dieu, donné son congé pour un mois à Édith Chapman et fermé son cabinet. Il voulait avoir l'esprit libre pour Claire.

Le cabinet du docteur Gerson était situé dans une dépendance, à une vingtaine de mètres de son habitation. Jacques songea que la disposition des lieux devait être pratique pour les interventions exigeant la discrétion la plus absolue. Même Florence Gerson, de sa maison, ne pouvait apercevoir qui entrait ou sortait, à quelle heure et en quelle compagnie.

La salle d'attente était à l'image de la propriété : cossue et austère. Deux femmes âgées étaient assises l'une à côté de l'autre, tandis qu'à trois chaises de là un adolescent grattait d'un ongle distrait les croûtes d'acné qui piquetaient son front. Ce ne devait pas, toutefois, être le motif de sa visite ; il portait une attelle à la jambe et semblait souffrir d'une douleur assez vive pour lui arracher des grimaces compulsives.

Lorsque Philippe Gerson ouvrit la porte de son bureau pour laisser entrer le jeune garçon, il sembla tout d'abord ne prêter aucune attention à Jacques. Mais, quand il revint chercher la première femme, son regard s'attarda sur lui avec une sorte de curiosité inquiète.

Jacques constata son anxiété une demi-heure plus tard en s'asseyant en face de lui.

— Je ne vous ai jamais vu ici, dit Philippe Gerson. Sans doute alliez-vous auparavant chez l'un de mes confrères.

— Je suis l'un de vos confrères, répondit Jacques Kerstaing.

Le docteur Gerson se renversa dans son fauteuil, ne sachant de toute évidence s'il fallait prendre la remarque au sérieux.

— Je viens de Paris, ajouta Jacques.

Gerson hocha la tête.

— Je ne comprends pas.

— En fait, je viens pour l'une de vos patientes.

— Qui ne peut pas se déplacer, je suppose.

— C'est à peu près ça.

Puis, d'une voix égale :

— Elle est actuellement en prison.

Le médecin ne réagissait toujours pas. Puis, lentement, comme s'il comprenait ce que la petite phrase signifiait, il se mit à blêmir.

— Je m'appelle Jacques Kerstaing, je suis un ami de Claire Mataguez.

Jacques sentit aussitôt qu'il perdait pied. Philippe Gerson devait chercher désespérément une formule de circonstance ou une saillie qui pourrait le tirer d'affaire. Mais ses lèvres minces demeuraient closes et sa gorge se contentait de déglutir au lieu de prononcer des sons intelligibles.

— Vous ne m'aidez pas beaucoup, fit Jacques. Ne perdons pas de temps. Si mes suppositions sont justes,

Jeanne Lesarnoy est parvenue à vous entraîner dans cette sordide histoire. Lorsqu'on sait que l'on va faire naufrage, on demande toujours aux autres de nous accompagner. On se sent moins seul et, avec un peu de chance, on trouvera un bras secourable, quitte à le couper ensuite pour assurer sa survie.

Il marqua une courte pause.

— Je sais tout, docteur Gerson. Absolument tout. Sur votre tragique implication, vos liens avec Max, vos dettes de jeu… Sans doute Jeanne Lesarnoy vous a-t-elle payé pour rédiger un faux témoignage, mais je ne vous proposerai pas le double de ce qu'elle vous a offert pour que vous vous rétractiez. Je suis seulement venu vous aider à retrouver votre dignité en respectant le serment que vous avez prêté le jour où vous êtes devenu médecin.

— C'est une plaisanterie ? demanda enfin Philippe Gerson.

— Tout comme les accusations que vous avez portées contre Claire Mataguez, votre patiente.

Le sang était monté au visage du médecin. Il retira ses lunettes et les posa sur le bureau, comme s'il s'apprêtait à en venir aux mains.

— Écoutez, monsieur Kerstaing, j'ignore si vous êtes réellement docteur et qui vous a mis de telles sottises dans la tête, mais je crois que vous feriez mieux de vous en aller.

— Réfléchissez bien…

— C'est tout réfléchi.

— Je vous offre une chance de vous racheter et vous la refusez ?

Gerson lui indiquait la porte du cabinet.

— J'ai encore d'autres visites, veuillez m'excuser.

— Dommage, soupira Jacques. Je vais devoir employer d'autres moyens pour vous convaincre.

— Vous me menacez ?

— Vous êtes joueur, n'est-ce pas ?

Philippe Gerson le regardait avec condescendance.

— J'ai bien peur, en fait, que vous ne soyez qu'un maître chanteur.

— À tout prendre, rétorqua Jacques, je préfère un maître chanteur à un médecin sans honneur…

Le jour même, Jacques Kerstaing avait repris le train pour Rennes. Il avait écrit à Claire pour lui annoncer sa visite prochaine et une heureuse nouvelle. Il n'avait pas précisé de quel ordre, de peur de la décevoir.

Le refus de Philippe Gerson ne l'avait guère étonné. Si Jeanne Lesarnoy l'avait aidé à régler ses dettes de jeu, il lui était désormais redevable. Il ne pouvait plus reculer. Le marché passé avec la sœur de Max le condamnait à une pénible fuite en avant.

À moins que…

Le plan qui lui était venu à l'esprit, en quittant le bureau de Marguerite Durand, comportait deux phases bien distinctes. La première avait échoué, mais la seconde tournerait peut-être à son avantage.

La maison – ou plutôt l'hôtel particulier – de maître Maurice Lansonnet se tenait sur la place des Lices. C'était une très vieille bâtisse à pans de bois, dont seul le rez-de-chaussée était occupé par son cabinet d'avocat.

Jacques lui avait téléphoné la veille de son départ de Paris pour prendre rendez-vous. Il se fit annoncer par sa secrétaire, une petite brune boulotte aux cheveux courts qui, ainsi costumée, n'aurait pas déparé à une fête médiévale ou à un Grand Pardon.

Maurice Lansonnet, la soixantaine florissante, le cheveu rare et le teint mat, l'accueillit d'une voix qui devait aisément faire trembler les prétoires.

— Je n'ai pas bien compris le nom de la personne qui souhaiterait se faire représenter par notre cabinet, monsieur Kerstaing, lança-t-il avec gourmandise.

— Sans doute parce que je ne vous l'ai pas donné.

— Asseyez-vous, je vous prie. Un cigare ?

Jacques Kerstaing accepta, prit tout son temps pour l'allumer.

— Il s'agit de Claire Mataguez, elle vient d'être transférée à la prison de Rennes.

Maître Lansonnet ne fut pas long à mettre un visage sur le nom que Jacques venait de prononcer. Ses traits parurent s'affaisser légèrement, alourdissant encore son menton. Il frotta d'ailleurs ce petit rond de chair molle d'une main hésitante puis, s'emparant d'un stylo, il inscrivit lisiblement « Claire Mataguez » en tête d'une chemise cartonnée.

— Je la connais, fit-il. Nous nous sommes croisés récemment ici même, à Rennes, dans l'enceinte du tribunal militaire, au moment de la révision du procès Dreyfus.

Il n'ajoutait rien, paraissait réfléchir, mais Jacques Kerstaing était bien décidé à ne rien faire pour lui faciliter la tâche.

— Vous savez, dit-il enfin, que je ne partage guère les opinions de ces féministes.

— Je le sais. C'est bien pour cette raison que je vous demande de prendre sa défense.

— Je ne comprends pas.

— Un avocat qui partagerait ses convictions serait moins crédible.

— Un point pour vous. Néanmoins…

— Néanmoins ?

— Vous comprenez bien que, si je prends sa défense, je vais me faire de nombreux ennemis dans mon propre camp.

— Si vous aviez peur de vous faire des ennemis, maître, vous n'exerceriez plus ce métier depuis longtemps.

— Un deuxième point pour vous.

Maurice Lansonnet l'observait à travers les fentes de ses yeux gris et rusés. Au-dessus des sourcils épais, deux excroissances de chair remuaient impatiemment. Il posa son stylo et croisa ses doigts sur son ventre rond.

— Vous pouvez m'en dire davantage ?

Quand Jacques eut terminé l'exposé des faits, le visage de l'avocat avait radicalement changé. Il était devenu pâle et grave au point de paraître amaigri. Son regard lui-même ne reflétait plus aucune circonspection.

— Il s'agit d'une vengeance, conclut Jacques. Claire est innocente.

— Tout le monde est innocent.

— Max Lesarnoy, lui, ne l'était pas.

— Si ce que vous dites est vrai, soupira Lansonnet, c'était un parfait salaud. Mais ce ne sont que les allégations de Mlle Mataguez. Il faudrait que je puisse avoir accès au dossier. Or, pour cela, il faudrait que j'accepte de la défendre.

— Alors, vous acceptez ?

—Je n'ai pas dit cela. Bien que plusieurs raisons pourraient m'y pousser. D'abord, les assises sont ma spécialité. Ensuite, ma fille Florence lit tout ce qu'écrit cette jeune femme. Eh oui, les filles, comme les fils, ne suivent plus aujourd'hui les traces de leur père. Et enfin…

—Enfin ?

Maître Lansonnet s'était levé et, son estomac proéminent projeté en avant telle la proue d'un navire, il contourna le bureau pour venir s'asseoir auprès de son visiteur. D'un geste nerveux, il tira une montre de la poche de son gilet.

—Comment vous dire ? Je suis un homme étrange, docteur Kerstaing. J'ai été élevé dans une famille où l'on ne badinait pas avec les valeurs du Trône et de la religion. Je suis resté fidèle à ces valeurs. Je suis antidreyfusard, c'est vrai, mais je ne suis pas antisémite. J'aime la vie, les femmes, pourtant je ne fréquente pas les bordels et j'aime ma femme comme au premier jour. Toutes ces histoires d'avortements me déplaisent, j'y suis opposé par principe. Mais je ne suis pas insensible à la détresse de ces femmes qu'on viole, légalement ou illégalement, que l'on prostitue ou que l'on méprise simplement parce qu'elles ont eu la malchance de tomber enceintes après un moment d'égarement. Je déteste, pour tout vous dire, l'hypocrisie de cette société. Il ne s'agit pas de hurler avec les loups d'un côté et, de l'autre, d'aller se vautrer dans la boue. En conclusion, j'essaie d'être un homme honnête et d'abord vis-à-vis de moi-même… Si vous pensez qu'il s'agit d'un vœu pieux, vous vous trompez. En trente-cinq ans de carrière, j'ai eu maintes fois l'occasion de me trahir, et pourtant je suis parvenu à demeurer, je ne sais comment, intègre. Je ne juge pas mes confrères qui ont fauté. Nous exerçons des métiers à risque. Mais ni ma femme ni ma fille ni mes amis n'ont eu jusqu'ici à rougir de moi.

En d'autres circonstances, Jacques Kerstaing aurait pensé à un morceau de bravoure, une charge héroïque destinée à le mettre en confiance ou à le rassurer sur ses talents d'avocat, mais Maurice Lansonnet lui donnait le sentiment d'être ce qu'il prétendait. Cependant, il n'était là que pour lui arracher un acquiescement et non pour le congratuler.

— Vous la défendrez donc ?

— Ce qui est plus grave, c'est l'inculpation pour infanticide et tentative de meurtre.

— Des accusations gratuites. Jeanne Lesarnoy nourrit une haine irrationnelle contre sa belle-sœur. Elle serait capable d'inventer n'importe quoi pour punir Claire de je ne sais quel crime imaginaire envers Max.

— J'entends bien, fit Lansonnet, mais j'ai vu plusieurs fois, hélas, des gens monter à l'échafaud pour moins que ça. Et puis il y a des témoignages, je crois ?

Jacques se résolut alors à jeter son deuxième atout dans la bataille en prononçant le nom qu'il avait soigneusement évité jusque-là.

— Deux témoignages... Dont l'un, pour être honnête avec vous, émane d'un homme que vous connaissez bien.

— Et qui donc ?

— Le docteur Philippe Gerson.

— Philippe ! Mais qu'est-ce qu'il vient faire dans cette histoire ?

— C'est lui, le médecin de famille qui, sur l'ordre de Max Lesarnoy, a pratiqué les avortements. C'était un ami de Max. Du moins peut-on le supposer. Il connaît toute l'affaire, mais il ne dira rien pour disculper Claire. Il a trop à perdre dans cette histoire : sa réputation, sa femme peut-être et une importante somme d'argent sans doute.

L'avocat avait posé son cigare dans un cendrier de terre cuite. Il s'était mis à transpirer et, malgré la fumée qui se dissolvait sous les hauts plafonds en caisson, des relents de sueur aigre parvenaient jusqu'à Jacques.

— Un pot-de-vin ?

— Votre gendre avait de grosses dettes de jeu et Jeanne Lesarnoy est sans doute parvenue à le convaincre d'accepter de l'argent en échange d'un témoignage à charge. À la façon dont il a répondu à mes questions, je serais prêt à le jurer.

— Des dettes de jeu, Philippe…

Maître Lansonnet semblait tomber des nues. Avec des gestes hésitants, il se leva du fauteuil et partit se rasseoir derrière son bureau.

— Ce que vous me dites change tout, docteur Kerstaing. Je ne peux pas accepter ce dossier.

— Vous le devez, au contraire !

Maurice Lansonnet secouait la tête, le visage défait, la lèvre inférieure pendante.

— Si Philippe est réellement mêlé à cette histoire, le scandale rejaillira sur ma famille, et notamment sur ma fille. Un tel déballage… elle ne s'en remettrait pas. Car je doute qu'elle soit au courant de quoi que ce soit. Je vous l'ai dit, elle admire votre amie. Elle n'aurait pas été sans… Florence est amoureuse de Philippe, amoureuse au point d'en être parfois naïve.

— C'est pour cette raison que vous devez le convaincre de dire la vérité ou de retirer son témoignage. Même s'il a été le complice de Max Lesarnoy, il a pu être abusé par lui ou se tromper de bonne foi en croyant que Claire risquait de mettre au monde un enfant malformé.

Il formulait des hypothèses, trouvait des excuses afin d'adoucir la tristesse qu'il lisait sur le visage de l'avocat. Mais celui-ci demeurait muet à présent. Son corps paraissait l'encombrer. Il se tassait sur lui-même, comme s'il cherchait à occuper un minimum de place dans l'espace. Son regard gris était vide, évoquant un puits sans fond, un gouffre où se dissolvaient toutes ses certitudes.

— Ça n'expliquerait pas la disparition de l'enfant, dit-il d'une voix lointaine, ni cette accusation de meurtre. S'il est complice, à quelque degré que ce soit… Il nous faudrait des témoignages plus solides.

— Faites simplement éclater la vérité, maître !

Maurice Lansonnet hocha sa grosse tête au front dégarni.

— Entre la vérité et le bonheur de ma fille, docteur Kerstaing, que croyez-vous que je choisirai ?

32

Claire huma l'air frais de novembre. Dans l'enceinte de la prison pour femmes où elle était retenue depuis déjà trois semaines, c'était bien la seule liberté dont on ne pouvait la priver.

Située au sud de Rennes, non loin de la gare, la prison occupait le plateau de Beaumont. Quelques hectares désolés où l'on avait, derrière d'épais murs d'enceinte, érigé un ensemble de bâtiments faits de briques et de pierres blanches d'une relative élégance. Outre un corps principal de forme hexagonale, la prison comportait plusieurs bâtiments pénitenciers ainsi qu'une chapelle. Comme à Saint-Lazare, c'était une poignée de sœurs de la congrégation Marie-Joseph qui assuraient la surveillance des quelques centaines de détenues.

Dès son arrivée, Claire avait retrouvé cette atmosphère carcérale qu'elle avait connue à l'institution Saint-Paul : l'ordre, le rythme, la promiscuité. Les premiers jours avaient été un calvaire. De Saint-Paul à La Givanderie, de La Givanderie à Rennes, elle avait eu le sentiment de vagabonder entre deux séquestrations. Son existence tout entière n'avait été qu'une vaine tentative pour échapper aux lieux confinés où on voulait la maintenir. La vie l'avait conduite vers d'autres prisons qui n'étaient que des métaphores successives de son premier enfermement : son incarcération dans un corps imparfait qui était comme le signe de sa malédiction originelle. Avec cette dernière prison, la boucle était bouclée.

En regardant les autres détenues évoluer dans la cour carrée, elle pensait à Jacques et aux moments de bonheur qu'il évoquait dans ses lettres. Il l'aimait et lui rappelait sans cesse à quel point, s'étant battue pour la liberté des autres, elle devait aujourd'hui se battre avec le même courage pour la sienne. Il était confiant. Mais méritait-elle sa confiance et la profondeur de ses sentiments ? La fatalité qui pesait sur elle avait fini par l'écraser au moment même où elle pensait en être délivrée. Comme Sisyphe, elle luttait indéfiniment contre un sort qui s'acharnait.

Son instinct, cependant, lui murmurait toujours la même ritournelle : « Ne pas baisser les bras, surtout quand on n'en a qu'un ! »

Les filles tournaient toujours dans la cour, seules, en couple ou par petits groupes. Elles ressemblaient à des chevaux à l'exercice dans l'enceinte d'un manège.

Et c'était bien une sorte de manège qu'avait découverte Claire en arrivant à Rennes. Avec ses lois, ses interdits, ses règles tacites. Les détenues se réunissaient le plus souvent selon le motif de leur condamnation : vols, meurtres, prostitution... Certaines n'étaient que de pauvres filles qui avaient échoué là après un parcours de misère, d'autres des criminelles endurcies. La plupart étaient faites pour obéir, une minorité pour mener. La prison n'était, au fond, qu'une image en miniature de la vie, une réduction du réel. Ni plus belle ni plus laide que le monde extérieur qu'elles aspiraient pourtant toutes à retrouver.

Claire, elle, ne s'était intégrée à aucun groupe. Elle n'était parvenue à s'entendre avec ses compagnes de cellule que parce qu'elles l'avaient prise en pitié, à cause des bébés, de son bras, de la violence de Max. Harcelée, elle avait bien été obligée de leur raconter une partie de son histoire et d'établir avec elles une sorte de communauté fondée sur le malheur.

Mais d'autres, pour les mêmes raisons, la regardaient comme une intruse. Elle n'était qu'une bourgeoise qui, dans la longue chaîne des événements qui tissent une existence, avait dû fauter quelque part. Excepté son bras atrophié qui était la nécessaire contrepartie de sa beauté, elle n'avait pas d'excuses. Ici, le féminisme n'avait pas droit de cité. L'égalité des sexes, des droits civiques, la liberté des femmes à disposer de leur corps n'étaient que des mots vides de sens. Seule la force triomphait. Ces femmes-là reproduisaient entre elles les modes de vie et de pensée des hommes sans même en être conscientes. Enfermées entre ces murs, elles se comportaient comme des prédatrices dénuées de scrupules. Ici, la douceur et la compassion n'étaient que des marques de faiblesse. Elles signifiaient la soumission et l'asservissement aux plus violentes d'entre elles, l'esclavage dans les plus petits détails de la vie quotidienne, comme dans les relations amoureuses auxquelles les sœurs étaient incapables de mettre un terme.

Claire l'avait découvert à ses dépens. Mais aucune d'entre elles n'était parvenue à briser sa volonté.

Une prostituée nommée Émilie Lecornier l'avait déjà prise à partie plusieurs fois. Grande et maigre, les cheveux d'un blond sale, la bouche large, les yeux noirs et rapprochés dans un visage piqueté de taches de rousseur, elle inspirait une sorte de crainte révérencielle aux autres détenues.

De l'angle de la cour où elle se trouvait, Claire l'apercevait qui la désignait à quatre autres filles. Elle avait du mal à comprendre pourquoi, mais elle ne la craignait pas. Elle ne lui en voulait même pas d'être cette fille vulgaire habitée par la rancœur. Violée par son père à l'âge de treize ans, elle s'était enfuie à quinze ans de la ferme familiale au sud de Rodez. Elle avait volé pour survivre et connu la prison dès l'âge de dix-huit ans. Ensuite, ça n'avait été qu'une suite de mauvaises rencontres qui l'avait conduite dans les bras d'un souteneur du quartier des Batignolles. Elle n'avait que vingt-huit ans, mais en paraissait quarante. Avec elle, les problèmes ne pouvaient trouver de solution que par la violence.

« Ne pas baisser les bras, surtout quand on n'en a qu'un… »

Soudain, Claire devina qu'il allait se passer quelque chose. Émilie s'était détachée du petit groupe et marchait dans sa direction. Plusieurs filles la suivaient du regard, ricanant par avance de ce qui allait advenir. Au loin, deux de ses compagnes de cellule, Dominique et Jeannette, l'observaient sans bouger. Elle était seule.

Elle avait toujours été seule. Elle se prépara à l'affrontement. Quand elle fut à moins de deux mètres d'elle, Émilie Lecornier s'arrêta. Elle la dominait d'au moins une tête.

— Alors, la manchote, qu'est-ce que t'as à me reluquer ? Tu te crois toujours plus forte que tout le monde, hein ?

Elle avança d'un pas. Claire ne bougea pas.

— Dis donc, c'est vrai que t'as tué tes gosses et aussi ton jules, par-dessus le marché ? T'es une dure à cuire, alors !

Encore un pas. Maintenant, elles étaient presque face à face. La respiration de Claire s'accéléra. Émilie Lecornier ne la lâchait pas du regard et, derrière ses pupilles rétrécies, elle crut lire la même haine irrationnelle que lui vouait Jeanne Lesarnoy.

— J'aime pas les filles comme toi. Ça vit dans la soie et ça se donne des airs d'affranchie. Il paraît que t'écris dans les journaux, en plus. Eh ben, ça doit être du joli. Ici, y a pas de journaux et y a personne pour te frotter le bas du dos. À part moi !

La gifle l'envoya rouler au sol. Projetée en arrière, Claire sentit ses reins mordre la poussière. Émilie Lecornier éclata d'un rire désagréable, fière de son effet. Claire essuya sa lèvre d'où perlait un sang chaud. Au loin, elle vit des prisonnières accourir dans leur direction pour assister au spectacle. Parmi elles, deux oiseaux noirs tentaient de les précéder : deux religieuses tenant le bas de leurs soutanes. S'appuyant contre le mur de la chapelle, Claire s'efforça de se relever.

Émilie Lecornier continuait de la toiser avec suffisance, sûre de sa force et de son expérience. Si elle la laissait prendre le dessus, sa vie allait devenir un enfer. Elle deviendrait l'une de ces servantes à qui l'on confie les tâches les plus ingrates, une bête à plaisir entre les mains de quelques privilégiées qui useraient d'elle comme Max l'avait fait pendant des années.

La deuxième gifle claqua dans le vide. Claire, anticipant le geste d'Émilie, avait baissé la tête. De toutes ses forces, elle frappa alors au milieu de la poitrine creuse de la prostituée. Le coup fut si violent que son adversaire bascula en arrière et s'effondra sur le sol glacé. S'avançant alors jusqu'à elle, Claire posa un pied en travers de sa gorge.

Le silence s'était fait dans la cour de la prison. On eût dit que la vie s'était arrêtée. Cela ne dura que quelques secondes. Après quoi, tandis qu'Émilie Lecornier se tortillait sur le sol, des murmures s'élevèrent peu à peu, puis un cri et finalement quelques applaudissements. Les deux sœurs arrivaient, affolées.

Claire ne sentit même pas leurs mains qui se posaient sur sa poitrine pour la maintenir à distance. Elle se contentait de contempler le corps d'Émilie étendu à ses pieds comme elle eût contemplé celui de Jeanne Lesarnoy. Le corps de son ennemi.

Maurice Lansonnet avait fini par passer à l'Hôtel de Rohan où était descendu Jacques Kerstaing pour lui signifier qu'il acceptait de défendre Claire.

Jacques ne chercha pas à cacher sa joie. S'il avait mis cinq jours à se décider, l'avocat n'avait pas perdu de temps.

— J'ai vu le juge d'instruction, Leydet. Un magistrat honnête mais très peu féministe. Il m'a tout de même permis de prendre connaissance du dossier.

— Et alors ? demanda Jacques impatiemment.

— Il y a du bon et du moins bon. De toute façon, nous ne pourrons pas éviter le procès. Pour ce qui est du témoignage de Philippe, j'en fais mon affaire. Nous n'en serions pas là s'il s'était ouvert à moi de ses problèmes, mais il a toujours été… si orgueilleux.

Quant à la cuisinière, une fois devant la cour, elle ne tiendra pas deux minutes avant de s'effondrer.

— Votre fille est au courant ?

— Pour le moment, je préfère la laisser en dehors de tout cela. Si Philippe accepte de retirer sa déposition, il n'y a d'ailleurs aucune raison pour qu'elle l'apprenne un jour.

— Elle le saura forcément, d'une manière ou d'une autre, répondit Jacques Kerstaing. Le mieux serait qu'il consente à témoigner en faveur de Claire.

Maurice Lansonnet soupira.

— Il y a ces trente mille francs.

— Il n'a qu'à lui rendre l'argent. De toute façon, elle ne pourra rien prouver.

L'avocat réfléchissait à haute voix.

— L'avortement n'est plus vraiment un crime aujourd'hui, en dépit de ce fameux article 317. Disons plutôt un délit. Nombreux sont les médecins qui le pratiquent à leur cabinet. Les journaux sont pleins d'annonces de faiseuses d'anges. Je suis le premier à le regretter, mais les faits sont là : notre époque devient très laxiste à ce sujet et les condamnations sont de moins en moins lourdes.

Puis, haussant les sourcils et se rendant à l'évidence :

— Mais vous avez raison... Le mieux serait que Philippe change son témoignage sous un prétexte quelconque.

— Et pour l'enfant dont Claire aurait accouché ?

— Les Lemarrois ont disparu sans laisser de traces. Sans doute Max les a-t-il payés pour emmener l'enfant ailleurs ou peut-être s'en est-il lui-même débarrassé. Mais sans cadavre, pas de crime.

— Claire n'acceptera jamais d'être acquittée au bénéfice du doute. D'ailleurs, quoi qu'elle dise, je suis persuadée qu'elle croit que son fils est toujours en vie.

— Qu'est-ce qui vous fait penser ça ?

— Pour être un bon médecin, il ne faut pas seulement connaître le corps humain. Il faut apprendre à décrypter les mots, les gestes, parfois même lire dans les pensées. Quand une femme parle d'un bébé qui est mort, son timbre de voix n'est pas le même que si son instinct lui crie qu'il est toujours vivant.

Maurice Lansonnet parut à la fois surpris et impressionné.

— Il nous faudrait tout de même plus d'éléments concrets. C'est comme pour la nuit où Max Lesarnoy est mort. Claire Mataguez dit qu'elle a envoyé une domestique, Romane Trouvère, chercher de l'aide, mais que les deux hommes sont arrivés plus d'une heure après, alors qu'ils habitent à dix minutes à peine de La Givanderie. De Claire Mataguez ou de Romane Trouvère, laquelle des deux ment ?

— Romane Trouvère a disparu.

— Comme les Lemarrois, comme l'enfant. Ça fait beaucoup de disparitions. Et rien de certain n'atteste ces accusations. Là est notre atout. Mais les doutes ne feront jamais de ma cliente une innocente.

— Vous pourriez m'obtenir un droit de visite ? demanda subitement Jacques.

— Ce sera difficile. Vous n'appartenez pas à sa famille, mais, si vous avez une lettre pour elle, je la lui remettrai en main propre dès que ce sera possible.

Jacques Kerstaing fronça les sourcils :

— Vous n'avez pas pu la voir ?

— Non. Lorsque je me suis présenté hier au parloir, j'ai appris qu'elle était au cachot. Pour coups et blessures sur une autre détenue. Il paraît qu'elle a rossé l'une des meneuses de la prison. Un mauvais point pour elle, cela dit. Lorsque vous passez aux assises, mieux vaut ne pas avoir ce genre d'antécédent.

Au lieu d'en éprouver de l'amertume, Jacques Kerstaing en ressentit de la fierté.

33

Ce fut le grincement des clés dans la serrure qui réveilla Claire au beau milieu de l'après-midi. Elle avait commencé à perdre la notion du temps quelques jours après sa mise en isolement, et le visage de sœur Cécile, une religieuse à la quarantaine frétillante, lui sembla comme un point de repère subitement retrouvé dans un paysage désolé.

Sœur Cécile s'avança dans la lumière sale qui émanait de l'ampoule du couloir.

— Allez, levez-vous, ma fille. Il est temps de revenir parmi nous. J'espère que ça vous aura permis de réfléchir.

— À quoi, ma sœur? demanda Claire d'une voix ensommeillée.

— Mais au fait que la violence ne sert à rien, bien sûr. Aimez-vous les uns les autres, ça ne vous rappelle rien?

— Il a dit aussi: «Je ne suis pas venu apporter la paix, mais l'épée.»

La religieuse poussa un soupir de lassitude.

— Vous êtes incorrigible.

— Oui, ma sœur.

Claire rassembla le peu d'affaires qu'on l'avait autorisée à emporter. Tandis qu'elle refermait la porte de la cellule derrière elle, sœur Cécile murmura:

— Surtout, ne le dites à personne, mais je suis bien contente que cette Lecornier ait pris une correction. Elle nous posera peut-être moins de problèmes à l'avenir. Du moins, tant que vous serez là.

Claire se retourna, un sourire aux lèvres.

— Je vais sans doute vous décevoir, ma sœur, mais je compte bien rester le moins longtemps possible.

— C'est bien ce que je disais, vous êtes incorrigible.

Là-haut, c'était l'heure de la promenade. Il faisait un froid glacial et le soleil de novembre était d'une pâleur aveuglante. Claire cligna des yeux et mit un moment à s'habituer à la lumière du dehors. Un bref instant aveuglée, elle ne distingua bientôt plus qu'une sorte de masse compacte qui se dirigeait vers elle. Et de ce tourbillon partaient des clameurs d'où émergeait son nom : Claire.

Elles l'avaient fêtée comme une héroïne ou une survivante. Émilie Lecornier ne disposait plus que d'une petite troupe de fidèles. Une dizaine de détenues, à peine, qui piétinaient en silence dans le recoin nord de la prison. L'une de ses compagnes de cellule, Jeannette, une voleuse à la tire, lui avait apporté son courrier.

— Tiens, sœur Cécile m'a demandé de le garder pour toi. Ils auraient pu te le faucher, tu sais. Tu dois avoir une lettre de ton jules, pardon, de Jacques.

Claire s'était isolée pour en prendre connaissance. Mais avant de lire la lettre, elle avait décacheté une longue enveloppe en provenance de Paris. Le dernier numéro de *La Fronde*, accompagné d'un mot de Marguerite Durand cosigné par toutes les journalistes de la rédaction. Le titre, en gros caractères, s'étalait à la une en lettres de sang : « Claire Mataguez, la Frondeuse ! »

Claire avait senti les larmes rouler sur ses joues glacées.

34

Jacques Kerstaing jubilait. Maître Lansonnet était parvenu à rencontrer Claire et à s'entretenir pendant plus d'une heure avec elle au parloir. Il en avait rapporté une longue lettre écrite à son intention.

Claire se portait bien. Depuis l'altercation qui l'avait opposée à Émilie Lecornier, elle jouissait d'une réputation qui, au sein de la prison, lui assurait une tranquillité et une indépendance rares. Respectée par la plupart, adulée par beaucoup, elle était devenue la coqueluche du mitard, mais surtout la Frondeuse. Le journal avait circulé de cellule en cellule avant d'atterrir sur le bureau de la mère supérieure qui n'avait pas osé le confisquer.

Depuis ce numéro spécial, *La Fronde* avait d'ailleurs fait des émules, non seulement au sein de la presse féministe, mais parmi les journaux à grand tirage. Nombreux étaient les journalistes qui, sans même connaître les détails du dossier, avaient pris fait et cause pour Claire Mataguez.

— Il ne faudrait pas que Marguerite Durand nous gâche notre affaire, bougonna maître Lansonnet. Trop de publicité peut devenir nuisible. N'oubliez pas que la ville s'est montrée assez peu dreyfusarde et que le président Courieux n'est pas connu pour ses opinions progressistes.

Jacques ne releva pas la remarque. À ses yeux, rien de ce qui pouvait servir la cause de Claire ne devait être négligé.

—Mais je vous rassure, nous avons toutes nos chances. Marguerite Malicorne a déclaré forfait. Elle ne viendra pas au tribunal. Et une fois que Philippe sera venu témoigner en faveur de Claire, le dossier ne sera plus qu'une coquille vide.

—Il a fini par accepter?

—Sur mon conseil, il a rendu l'argent. Leydet est furieux, mais le fait que Philippe se soit amendé a sauvé sa réputation. Il devra cependant témoigner à la barre. On ne change pas de version sans le faire publiquement.

—Je suppose que vous avez réglé ses dettes.

—Je l'ai fait pour ma fille et je vous demande de ne jamais en parler.

Jacques promit. À la seule idée que Claire pût sortir au plus vite de prison, il se sentait prêt à tout promettre.

Maurice Lansonnet ne semblait pourtant pas aussi enthousiaste.

—Quelque chose vous gêne, maître? demanda Jacques Kerstaing.

—Oui. L'accusation va se dégonfler, excepté sur un point.

—Gabriel?

—Je vous l'ai dit: pas de cadavre, pas de crime. Non, c'est de la mort de Max Lesarnoy qu'il s'agit.

—Mais pourquoi?

—Parce que lorsque nous aurons démontré qu'il était un parfait salaud, cela accréditera l'idée que

Claire avait toutes les raisons de le tuer, ou du moins de refuser de lui porter secours.

Jacques Kerstaing sentit l'angoisse le gagner. Il n'avait pas envisagé cette éventualité. À trop vouloir noircir Max Lesarnoy, leur stratégie pouvait se retourner contre eux.

— Et il y a toujours ce problème de délai entre le moment où Claire aurait demandé à la domestique d'aller chercher de l'aide et l'arrivée des deux hommes, Martin Leberre et José Ravalet. Entre une heure et dix minutes… Il y a là un laps de temps qui laisse place à toutes les hypothèses.

Les deux hommes se turent un long moment, et, durant ce muet face-à-face, Jacques Kerstaing songea à ces petits détails qui le mettaient sur la voie d'un diagnostic ou, au contraire, lui masquaient la nature d'une affection. C'était, au fond, la même chose. Dieu ne jouait peut-être pas aux dés, mais un détail insignifiant était en mesure de faire basculer une existence d'un côté ou de l'autre du mur qui séparait le bien du mal.

— Non, dit Maurice Lansonnet en secouant la tête, ce qu'il nous faudrait, c'est le témoignage de la domestique.

— Je vous l'ai déjà dit, personne n'a pu retrouver sa trace. Il est trop tard maintenant…

Jacques repartit le cœur lourd. Comme la journée était anormalement douce et sèche, il se promena longuement au Champ-de-Mars et près de la Halle au blé, retardant le moment où il prendrait connaissance de la lettre que lui avait remise l'avocat.

De retour à l'hôtel, il commanda une tasse de café au salon et s'assit près d'une fenêtre qui donnait sur la place de la Mairie.

La lettre était longue et un peu décousue. Claire y rapportait de menus faits survenus lors de ses dernières semaines d'incarcération, des faits parfois minuscules, mais qui prouvaient bien à quel point l'ordre des valeurs dépendait de la situation dans laquelle on se trouvait : libre ou enfermé entre des murs infranchissables, issu d'un milieu fortuné ou jeté dans le tourbillon de la vie sans amour ni appuis. En prison, le moindre objet prenait une valeur inestimable, la moindre parole avait du poids, le moindre geste pouvait être bien ou mal interprété, déclenchant une série de réactions en chaîne qu'il devenait alors difficile de maîtriser. Les règles, en revanche, n'étaient pas si différentes de celles qui régissaient le monde réel, mais elles étaient comme exacerbées, poussées à leur degré d'efficience le plus absolu.

Jacques Kerstaing relut la lettre dans son intégralité à plusieurs reprises. Mais, dans ce long et étrange monologue, ce furent les deux dernières pages qui retinrent son attention :

S'il y a un Dieu, lui écrivait Claire, *je sortirai de là plus forte. Pendant des semaines, je me suis répété inlassablement cette formule idiote : « Ne pas baisser les bras, surtout quand on n'en a qu'un. » Au début, ça m'a semblé ridicule. Mais j'ai fini par y croire. Quand on n'a plus rien à quoi se raccrocher, il faut bien commencer par quelque chose. Tu vois, Jacques, comme la vie est bizarre… Je l'avais compris en écrivant sur les autres et pour les autres, mais pas pour moi. En réalité, à s'oublier soi-même, on ne gagne rien. Ce n'est pas de l'égoïsme, mais du bon sens. Car comment aimer les autres si l'on se déteste ? Comment les aider, comment travailler au bien commun, lorsqu'on est incapable, jour après jour, de faire quelque chose, même d'insignifiant, pour soi ? Cela, je l'aurai appris en prison. Quoi que vous fassiez pour moi, toi et maître Lansonnet, je ne vous en remercierai jamais assez, mais j'ai découvert que je pouvais également me remercier moi-même, sans orgueil ni sentiment de culpabilité, d'avoir survécu à toutes ces épreuves sans trop me plaindre, de faire face à mes détracteurs, de pouvoir t'aimer aujourd'hui, même à distance.*

Je crierai mon innocence jusqu'au bout parce que j'ai toujours été innocente. Mais j'ai compris autre chose encore. Il n'y a, en réalité, que quelques personnes qui, au cours de ma vie, ont cherché à me nuire. Sans doute n'ai-je pas assez regardé tous ceux qui me tendaient la main ou m'offraient leur appui. Pendant des années, je me suis retirée derrière un mur de solitude et d'amertume. Je ne voyais que moi, moi et mon petit bras ridicule séparés de tout le reste. J'imaginais que tous les regards se posaient sur moi, que la terre entière m'en voulait, que les autres me jugeaient coupable de je ne sais quel forfait, quand ils ne me prêtaient même pas attention.

Je comprends mieux à présent quel enfer Max a dû vivre. Je ne lui en veux plus. Il était trop tard pour le sauver. Mais quand on en vient à commettre de tels actes, la seule question à se poser est celle de la souffrance et de l'aveuglement. Le mal en soi n'existe pas. Il est seulement la résultante de cette vision erronée des choses qui nous fait nous voir séparés de tout le reste. Le mal, c'est l'angoisse, l'isolement, l'absence de lumière. Max vivait dans les ténèbres et m'y a entraînée malgré moi. Lorsque je l'ai vu étendu sous ce tonneau à La Givanderie, j'aurais donné n'importe quoi pour le sauver et, pourtant, nous avions fini par nous haïr. Pourquoi ne voyons-nous que les faiblesses de notre nature et jamais les forces qui, en nous, sont à l'œuvre jour et nuit pour prolonger ce miracle qu'on appelle la vie ?

Je t'aime et je sais que tu partages ce sentiment. Tu es ce qu'il m'est arrivé de meilleur. Ta générosité, ta franchise m'ont permis de me relever et de croire que je pouvais être aimée.

J'aurais voulu dire tout cela un jour à mon fils. Depuis sa disparition, il n'y a pas une journée, une heure où je n'ai pensé à lui. J'ai gardé ce secret au fond de moi pendant toutes ces années. Je me suis endurcie autant qu'il m'était possible de le faire. J'étais persuadée que la disparition ou la mort de Gabriel s'inscrivait dans une sorte de cohérence, eu égard à l'existence sombre et vide qui avait été la mienne. Tantôt, j'ai préféré le croire mort, disparu à jamais, et tantôt je l'imaginais heureux au sein d'une famille aimante, cette famille que je n'aurais pas pu lui offrir à ce moment-là.

Il aurait presque quatre ans aujourd'hui. J'ignore toujours la vérité à son sujet. Pourtant, j'ai toujours pensé au fond de moi qu'il était en vie. Je n'ai jamais cessé de le ressentir au fond de mon cœur, comme une petite lumière, fragile, mais chaude et brillante, une flamme comparable à celle que l'on voit aux tabernacles sur l'autel des églises.

35

La date du procès approchait. Elle avait été fixée au 20 décembre. Trois jours d'audience avaient été prévus.

Debout derrière la table qui leur avait été assignée au parloir, Maurice Lansonnet achevait de boucler sa serviette.

— Je crois que nous n'avons rien oublié, dit-il en tendant la main à Claire.

— Vous êtes sûr que le docteur Gerson viendra, maître ?

— Il viendra, ne vous inquiétez pas. Il sera même le seul témoin cité puisque Marguerite Malicorne ne comparaîtra pas. Ainsi, le dossier d'accusation tombera de lui-même. Il y a même des jours où je me demande comment nous avons pu en arriver là.

Claire esquissa un sourire.

L'avocat semblait pourtant soucieux.

— Naturellement, j'aurais préféré…

Il n'acheva pas sa phrase.

— Je ne pense pas que mon confrère, maître Fontaine, l'avocat de votre belle-sœur, puisse sortir un lapin de son chapeau au dernier moment. Mais si tel était le cas, nous aviserons.

Il cherchait à la rassurer sans lui mentir. L'expérience lui avait enseigné que la prudence était le plus sûr garant de la victoire.

Au fil de leurs entretiens, le vieil avocat monarchiste s'était peu à peu laissé fléchir. Le mot « séduire » eût même été plus exact, tant leurs rapports avaient évolué vers une complicité inattendue.

— Au revoir, Claire, fit-il avant de quitter le parloir. Je vous retrouverai dans six jours au tribunal.

— Et Jacques ? demanda Claire Mataguez en haussant la voix.

— Il sera à vos côtés. Nous serons là tous les deux.

On était le 14 décembre. Le temps allait lui paraître long.

Elle regagna sa cellule en songeant que, bizarrement, elle ne souffrait de rien d'autre que de son absence. Rien ne lui manquait vraiment. Elle avait hâte d'en finir malgré tout. Heureusement, Maurice Lansonnet semblait n'avoir rien laissé au hasard. Marguerite avait rameuté le ban et l'arrière-ban des journalistes susceptibles de lui apporter son appui. Elle lui avait assuré qu'elle viendrait au procès.

Claire n'avait plus désormais qu'à compter sur la providence.

— Alors ? demanda Jeannette en la voyant franchir le seuil de leur cellule.

— Alors, j'espère vous quitter pour Noël.

— Tu vas nous manquer.

Claire la prit par le bras.

— Moi, c'est le deuxième Noël que je passerai ici, fit Dominique d'un ton mélancolique. J'espère au moins que je verrai ma gosse.

— Tu penses toujours à ton p'tiot ? s'enquit Jeannette.

— Toujours, répondit Claire.

— C'est vrai que, Noël, c'est mieux quand on a des gosses.

— Qu'est-ce t'en sais, t'en as jamais eu ! s'exclama Dominique.

Jeannette haussa les épaules.

— Faut pas faire attention. L'année dernière aussi, elle était de mauvaise humeur à cette période de l'année. Chez elle, les règles, c'est une fois l'an, à Noël.

Claire éclata de rire. Pendant un instant, elle ne pensa plus à Gabriel.

Le vendredi 15 décembre, il y eut un arrivage de nouvelles détenues. Comme à chaque transfert ou départ, la prison connut une animation inhabituelle.

Seule Claire demeura à l'écart. La plupart des filles étaient excitées. Émilie Lecornier, notamment, vint guetter les nouvelles d'un œil salace en compagnie de sa petite bande d'enragées.

Dans la nuit, la neige avait recouvert la cour carrée et accroché des festons au toit de la chapelle.

Claire soufflait sur ses doigts gourds tandis que les nouvelles se mêlaient aux autres détenues. Malgré la distance qui les séparait, l'une d'entre elles attira aussitôt son attention. Cette silhouette, cette démarche, il lui sembla les connaître. Intriguée, elle se rapprocha pour mieux distinguer ses traits, mais la femme marchait déjà dans sa direction, soulevant la neige sur son passage.

Lorsqu'elle la reconnut enfin, le cœur de Claire cessa de battre une fraction de seconde.

La jeune femme lui sourit. Elle avait maigri, coupé ses nattes blondes et un peu vieilli, mais ses yeux ressemblaient toujours à deux noisettes.

— Romane !

— On dirait que vous vous êtes fait une réputation ici.

— Romane Trouvère…

— C'est bien moi, dit-elle. On croirait que vous avez vu un fantôme.

Claire ne répondait rien, anéantie.

— J'ai suivi votre histoire dans les journaux. Je vous aurais bien écrit un p'tit mot, mais l'écriture, c'est pas mon fort. Et puis j'ai eu pas mal de soucis ces derniers temps. La preuve, je suis là…

Elle en plaisantait. Pourtant, Claire discerna de la tristesse au fond de ses yeux. Un désespoir qu'elle combattait par l'arrogance et la dérision.

— Il faudra qu'on se parle, hein ?

— Oui, bredouilla Claire. Quand tu veux.

Elle se dit aussitôt que sa réponse était absurde. Elles avaient retrouvé d'instinct le vouvoiement et le tutoiement qu'elles employaient à La Givanderie. Pourtant, tout avait changé. Aujourd'hui, Claire avait davantage besoin d'elle que Romane ne pouvait l'imaginer.

Le lendemain, Claire l'attira à l'écart durant l'heure de la promenade pour lui arracher quelques confidences. Après Bouzillé et Mézilles, Romane avait échoué sur le pavé parisien avec son jardinier espagnol, lequel l'avait quittée pour une fille du pays qui avait un peu de bien en Estramadure. Elle s'était retrouvée seule et, après avoir travaillé dans une maison bourgeoise, elle s'était prostituée. Elle venait d'être arrêtée pour vol dans un grand magasin de Lyon.

— C'est la troisième fois, expliqua-t-elle. J'ai pas eu de veine. Je suppose qu'ils ont voulu me donner une leçon. J'ai écopé d'un an parce que c'étaient des bricoles.

— Je t'ai cherchée, dit Claire.

— Je suis retournée à Bouzillé, mais le nouvel intendant, Leguérek, n'a jamais voulu me donner votre adresse à Paris. C'est dans le journal que j'ai appris que vous étiez en prison. De quoi on vous accuse, au juste ?

Claire lui détailla les divers chefs d'accusation.

— Les salauds ! fit Romane entre ses dents. Vous allez vous en sortir ?

— Je ne sais pas. Je pensais que tu pourrais m'aider.

— En quoi ?

— Tu te rappelles la nuit où Max est mort ?

Le visage de Romane se ferma brusquement.

— Je veux plus parler de ça.

— C'est toi qui es allée prévenir Martin Leberre et José Ravalet, n'est-ce pas ?

— C'est ce que vous m'aviez demandé.

— Alors, pourquoi sont-ils arrivés si tard ?

Romane Trouvère ne répondait pas.

— Tu n'y es pas allée tout de suite, c'est ça ? Dans cinq jours, je passerai en cour d'assises, Romane. Tu sais ce que ça veut dire…

— Que vous risquez de grimper sur la bascule à Charlot…

Elle avait l'air de s'en moquer et Claire dut se retenir pour ne pas la gifler.

— Parle, s'il te plaît.

Silence.

— Je peux te faire témoigner de force, tu sais. Je n'ai qu'à informer mon avocat de ta présence à Rennes. Tu seras convoquée par le juge.

— Vous ne ferez pas ça.

— Et pourquoi ?

— Parce que je vous ai rendu plus de services que vous ne le pensez.

Elle s'était levée pour rejoindre les nouvelles qui étaient rapidement devenues la risée des autres détenues. Une petite brune, au centre d'un groupe de tapineuses méridionales, se faisait chahuter à cause de son accent du Pas-de-Calais.

La rage au ventre, Claire avait entrepris de former une boule de neige de sa seule main valide. Quand elle la jugea assez dure, elle prit son élan et la lança contre le mur. La petite boule vola en éclats sans faire de bruit.

Le lendemain, 16 décembre, elles se croisèrent sans s'adresser la parole. Elles s'ignorèrent à l'atelier comme au réfectoire. Mais, le 17, Romane Trouvère vint la voir durant la promenade de l'après-midi.

Claire parla la première.

— Qu'est-ce que tu as voulu dire quand tu as évoqué des « services » que tu m'aurais rendus ?

Romane vint s'adosser à côté d'elle sur le mur de la chapelle.

— Si je vous le dis, je suis morte.

— Il faut bien mourir un jour.

— Parlez pour vous !

— Ce n'est pas toi qui passeras mercredi aux assises.

La jeune femme se laissa glisser le long du mur et se mit à tracer des signes sur la neige.

— C'est à cause de moi…, dit-elle.

Puis, après un silence :

— Quand vous m'avez envoyée chercher Leberre et Ravalet, je n'y suis pas allée tout de suite. Je me suis dit que Max était mal en point et qu'une heure de plus ou de moins ça changerait pas grand-chose, ou alors qu'il allait crever et que ce serait une bonne chose pour vous, et pour moi.

— Pour toi ?

Les yeux noisette avaient viré au brun sombre.

— Mais qu'est-ce que vous croyez qu'il faisait, Max, quand vous dormiez et qu'il n'arrivait pas à se calmer ? Je n'avais que ce travail, moi. Je n'ai plus de famille et pas d'argent.

— Il t'a…

— Violée ? Si c'était que ça… À moi aussi, il m'a fait un môme que j'ai dû faire sauter. Il m'a même proposé de l'argent et de m'installer dans un meublé à Nantes. Vous vous rendez compte, un enfant de ce salaud…

Claire baissa la tête, humiliée. En quelques secondes, sa vie conjugale défila en une succession d'images grises, violentes, insupportables.

— Et c'est pas tout, reprit Romane. Votre mari m'a laissé un autre cadeau. Tenez !

Romane Trouvère avait retroussé la manche de son manteau de laine. Une large tache rouge, grattée jusqu'au sang, apparut.

— J'en ai jusque sous la plante des pieds. Ça fait trois mois. Les médecins m'ont dit que ça évoluait vite. Vous comprenez pourquoi je vous parle de tout ça… Si je dois crever, autant soulager ma conscience. Alors, quand je vous dis que je vous ai rendu service…

Claire détourna les yeux. La neige s'était remise à tomber, mais ni l'une ni l'autre ne bougeaient, comme si cette ondée blanche pouvait les laver de toutes leurs impuretés.

— Il faut venir témoigner au tribunal, dit-elle enfin.

— Témoigner, vous êtes folle ? Pour le coup, c'est moi qui monterais sur l'échafaud.

— Tu préfères laisser condamner une innocente ?

— Je suis persuadée que vous vous en sortirez.

— Avec ton aide, oui.

Romane Trouvère se mit à rire.

— Remarquez, pour le temps qui me reste.

Puis, d'une voix sourde :

— C'est dommage, je n'aurai jamais d'enfant. Avec cette saloperie, il pourrait naître malformé, idiot, ou avec un bras en moins, comme vous.

Claire ignora l'allusion.

— Et votre fils, vous savez ce qu'il est devenu ?

— Je ne l'ai jamais retrouvé.

— Quelle guigne ! Vous auriez aimé le garder ?

— Naturellement.

Romane Trouvère hocha la tête d'un air énigmatique.

— C'est drôle, je ne vous imaginais pas en mère de famille. Mais peut-être que je me trompais. Max n'a jamais cessé de me répéter que vous ne sauriez jamais vous occuper d'un p'tit.

— Alors, tu viendras ?

— Je ne sais pas.

— Tu vivras, Romane. Mon avocat s'occupera de toi. Je paierai tous les frais de justice, je te le promets.

Viens seulement raconter à la barre tout ce que tu m'as dit.

Claire avait posé sa main sur son bras, mais la retira aussitôt. Une telle prière, proche de la supplication, exigeait moins de familiarité que de patience et de respect.

— Je vais mourir, vous allez me dire, alors qu'est-ce que je risque ? Au fait, je suppose que tout ce chahut, on le doit à la truie ? J'étais certaine qu'elle vous ferait un jour un coup par en dessous. Pour sûr, une femme qui couche avec son frère, ça peut pas être une blanc-bleu.

— Ce ne sont que des rumeurs, répondit Claire.

— Des rumeurs ? ironisa la domestique. Même si c'est pas arrivé souvent, ça l'avait dégoûté, le Max. Même lui, vous vous rendez compte ?

Claire Mataguez ne parvint pas à s'endormir avant l'aube. La nuit avait été glaciale, mais c'était encore au fond de sa poitrine que la glace se montrait la plus tenace. Les paroles de Romane Trouvère ne cessaient de hanter son esprit torturé.

Romane avait laissé mourir Max pour leur rendre service à toutes les deux. Max lui avait fait un enfant dont elle avait avorté elle aussi. Max voulait l'installer dans un meublé. Max la bafouait, elle, sous son propre toit. Max pensait qu'elle ne saurait jamais s'occuper d'un enfant. Max avait couché avec Jeanne, avec celle que Romane avait surnommée la « truie ».

Claire se réveilla en larmes et le front brûlant.

— Tu as une sale tête, dit Jeannette en la voyant. Remarque, ça attendrira peut-être les jurés.

Elle eut du mal à se laver et à accomplir les travaux de la matinée. Ses articulations étaient douloureuses et sa tête n'était plus qu'une sorte de crevasse insondable remplie d'un fiel amer.

Elle paraissait tellement mal que Dominique lui conseilla d'aller à l'infirmerie.

— Il manquerait plus que tu nous fasses une fluxion avant ton procès, observa-t-elle d'un air condescendant.

À midi, Claire se traîna jusqu'au réfectoire. Elle resta devant son assiette vide sans prononcer un mot.

Elle allait se lever, quand une voix familière demanda :

— Ça va pas ?

Romane Trouvère s'assit à côté d'elle.

Claire secoua la tête en silence. Elle n'avait même plus la force de lui poser la question qui lui brûlait les lèvres.

Elle n'en eut pas besoin.

— J'ai bien réfléchi, fit la domestique. La nuit a dû me porter conseil, comme dit le proverbe.

Elle avait l'air sereine, comme délivrée d'un poids. Contrairement à elle, Romane avait dû dormir. Ses yeux étaient brillants et ses dents d'une blancheur éclatante. Elle entama son assiette de pois cassés avec entrain.

— Vous pouvez dire à votre baveux que je viendrai témoigner. J'ai tellement envie de voir la tête que fera la truie quand je déballerai tout sur son frère !

Claire allait murmurer un simple « merci » quand Romane ajouta :

— Peut-être même que je vous ferai un cadeau... Mais, pour ça, il faudra que vous me promettiez quelque chose, quelque chose d'important.

36

Le mercredi 20 décembre 1899, il y avait foule au palais de justice de Rennes. On n'avait pas vu pareille affluence depuis la révision du procès d'Alfred Dreyfus, trois mois plus tôt. Comme elle l'avait promis, Marguerite Durand était venue assister aux audiences pour soutenir Claire avec plusieurs de ses collaboratrices. Sa présence avait d'ailleurs suffi à attirer d'autres journalistes de la capitale. Jean Raverdi lui-même, le « souffleté de Rennes », avait fait le déplacement.

Les audiences commencèrent à neuf heures. Alexandre Courieux présidait les débats.

Debout dans le box des accusés, Claire dut entendre l'interminable lecture de l'acte d'accusation.

Au premier rang figurait Jeanne Lesarnoy dans son éternelle robe de deuil, le regard dissimulé par une voilette. Loin de plastronner, elle semblait mal à l'aise dans cette salle d'audience dont elle avait pourtant si souvent rêvé. Elle n'affichait plus cette superbe à laquelle Claire s'était habituée. Sans doute devait-elle déjà savoir que Philippe Gerson ne témoignerait pas en sa faveur.

Jacques Kerstaing, assis au troisième rang, cherchait le regard de Claire et, lorsqu'il ne le trouvait pas, il observait les visages des deux avocats dont le jeu ressemblait à celui de deux lutteurs rivalisant dans l'arène.

Lucien Fontaine, avocat de la partie civile, fit appeler plusieurs témoins à la barre qui jurèrent que Max Lesarnoy était un homme d'une moralité irréprochable. Josef Galinski eut le courage de venir témoigner lui aussi, mais sans aller aussi loin. Il évoqua une amitié sincère, mais un homme « troublé et malheureux ». D'autres, sans doute dûment rétribués par Jeanne Lesarnoy – une ancienne domestique, des ouvriers qui avaient travaillé durant la période des vendanges, le notaire Jean Corbin –, s'embrouillèrent dans leurs déclarations. Même Joseph Verdier, le pharmacien, ne donna que quelques indications thérapeutiques au sujet des plantes médicinales que Claire avait achetées dans son officine. Il n'osa pas en tirer les conclusions que Jeanne espérait.

Maurice Lansonnet balaya toutes ces interventions d'un revers de manche.

— Compagnons de débauche pour les uns, monsieur le président, témoins peu fiables pour les autres. L'on demande même leur avis à des saisonniers qui n'ont pratiquement jamais vu Max Lesarnoy.

Les témoins, cités à comparaître par les deux parties – Martin Leberre, José Ravalet et Martin Leguérek –, n'apportèrent pas davantage de précisions sur des faits dont ils ignoraient tout.

Le portrait de Max Lesarnoy, en revanche, se dessinait peu à peu : autoritaire, caractériel, mauvais mari, pervers polymorphe, vigneron sans scrupule. Un homme que tous ceux qu'il côtoyait jugeaient asocial, infréquentable, voire malhonnête.

Le témoignage de Jeanne Lesarnoy, interrogée par Lucien Fontaine, ne servit guère l'accusation. Exaltée, elle procéda par affirmations sans apporter les preuves qu'on attendait.

Maurice Lansonnet la cloua au pilori.

— Madame Lesarnoy, quelles étaient vos véritables motivations en entamant cette croisade, car il s'agit bien d'une croisade, n'est-ce pas ? Le dossier d'accusation est vide. Des allégations, des rumeurs, des on-dit. Votre haine envers l'accusée vous égare, semble-t-il, au point d'inventer tout bonnement des meurtres qui n'existent que dans votre imagination. D'ailleurs, hormis quelques « amis de boisson », confondant allégrement morale et bagatelle, vos témoins se sont récusés les uns après les autres. Marguerite Malicorne, notamment. Nous n'avons d'elle qu'une vague lettre dont je gage qu'elle ne résistera pas à l'examen. Le docteur Philippe Gerson, le mieux placé pour parler de cette sordide histoire, viendra demain donner sa version des faits qui, je le crains, ne risque guère de corroborer la vôtre. À quoi jouons-nous ? Pourquoi avoir monté de toutes pièces une affaire qui fait perdre son temps à la justice et compromet l'honneur d'une femme ? Sinon pour des raisons qui nous échappent et relèvent de toute évidence de la science médicale.

Des murmures s'élevèrent du fond de la salle.

— J'ai ici la preuve, reprit-il en brandissant une feuille de papier, que Mme Lesarnoy se fait suivre depuis des années par un médecin spécialisé de Nantes. Et puisqu'elle s'y connaît si bien en plantes abortives, j'ai pris mes renseignements : les remèdes qu'elle prend régulièrement sont généralement employés pour soigner ce que nous appelons l'hystérie!

Lucien Fontaine écoutait son confrère, les yeux dans le vague, la tête penchée en arrière. Il paraissait ailleurs et aussi peu convaincu par la cause qu'il défendait que son adversaire l'était par l'innocence de sa cliente.

À la fin de cette première journée, Jacques Kerstaing, débordant d'espoir, retrouva l'avocat dans la salle des pas perdus :

— Ce n'était qu'une mise en bouche, dit Lansonnet. Je connais Lucien Fontaine. Il sait qu'il défend une cause indéfendable, mais on m'a dit récemment qu'il avait besoin d'argent. Il a dû tirer le maximum de sa cliente et se contente de donner le change. Il a d'ailleurs tiré toutes ses cartouches. La dernière qui lui reste ne sera plus, dans deux jours, qu'un pétard mouillé!

Le lendemain, Philippe Gerson, la tête basse, vint raconter à la barre le calvaire qu'avait enduré Claire Mataguez auprès d'un mari qui la rabaissait sans cesse. Il évoqua également la syphilis dont souffrait Max et la dégénérescence cérébrale qui avait assombri les derniers mois de son existence. S'il avait pratiqué lui-même ces deux avortements, c'était d'abord pour épargner la vie de Claire Mataguez et sous la contrainte. Max Lesarnoy l'avait menacé d'informer sa femme de ses dettes de jeu. Quant à l'enfant qui était né à terme, il ne put parler que de la famille Lemarrois et de la peur dans laquelle vivait Claire à l'idée que Max Lesarnoy pût rejeter l'enfant ou lui faire du mal.

Lorsqu'il eut achevé sa déposition et répondu aux questions des avocats, il dit seulement :

— Dans toute cette affaire, monsieur le président, Claire Mataguez n'aura été qu'une victime innocente. À cause de Max Lesarnoy, elle n'a même jamais pu retrouver le seul enfant qu'elle ait réussi à mettre au monde. Qui souhaiterait ça à une mère ?

Alors, on entendit la voix de Jeanne Lesarnoy qui criait :

— Menteur ! Je t'avais payé pour dire le contraire… Il ment ! Max n'était pas comme ça. Ils mentent tous…

Le président Courieux dut la rappeler à l'ordre.

— Madame, je vous en prie, maîtrisez-vous !

Mais Jeanne Lesarnoy continuait de se lamenter en sanglotant :

— Je l'aimais, monsieur le président… Je l'aimais…

Le dernier jour d'audience, Romane Trouvère vint apporter sa pierre à l'édifice en racontant devant une salle muette de stupeur quel homme était Max Lesarnoy. Lorsqu'on la questionna sur la nuit de sa mort, elle eut un moment d'hésitation, puis après avoir consulté Claire d'un regard douloureux, elle dit simplement :

— C'est moi qui suis responsable, Monsieur le président. J'ai trouvé Mme Mataguez auprès de son mari. Elle essayait de le sortir de là, mais la pauvre, avec son bras… On s'y est mises à deux. Même comme ça, on n'a rien pu faire. Alors, Madame m'a demandé d'aller chercher de l'aide.

— Max Lesarnoy était toujours vivant à ce moment-là ?

— Il l'était, mais j'ai bien vu qu'il en avait plus pour longtemps.

— Et alors, qu'avez-vous fait ?

— J'ai pris mon temps.

Un ricanement fusa à travers le prétoire. Claire identifia immédiatement son auteur : Jean Raverdi.

— Je me suis dit qu'une occasion comme celle-là, elle se représenterait pas deux fois. J'avais une chance sur deux pour qu'il meure, ce porc. C'est la providence qui m'a aidée.

Des murmures parcoururent la salle.

— Si je dis ça, c'est parce que c'est la vérité et que je me moque des conséquences. En mourant, Max m'a laissé un cadeau dont je me serais bien passée : la syphilis. Il m'a déjà condamnée, de toute façon. Alors, pour le reste…

Le président Courieux avait l'air embarrassé. Ni Lucien Fontaine ni Maurice Lansonnet ne souhaitèrent intervenir.

— Je voudrais encore ajouter une chose, Monsieur le président, reprit-elle. Max Lesarnoy est venu chercher son fils chez les Lemarrois. Il leur a donné de l'argent pour qu'ils se taisent et qu'ils partent le plus loin possible. Le hasard m'a fait les retrouver. À eux aussi, il avait menti. Il leur avait fait croire qu'il allait divorcer et s'occuper lui-même de son fils. En réalité, il avait conduit le garçon dans un orphelinat du côté de Lyon. Les Lemarrois l'ont appris je ne sais trop comment et m'ont fait jurer de ne rien dire. Je suis allée à l'orphelinat et j'ai posé des questions. C'était bien Gabriel. Il avait une petite tache de naissance sur la cheville. Je le sais parce que Madame en avait parlé une fois devant moi, à l'époque où elle cherchait à savoir si son fils était vivant. Alors, j'ai fait ni une ni deux.

— Expliquez-vous !

— Ben, j'ai pris le gosse et je suis partie.

— Vous l'avez enlevé ?

— Vous pouvez m'accuser de ça aussi, si vous voulez !

Elle se tourna vers Claire qui pleurait.

— La seule chose que je peux dire, c'est qu'il est bien vivant. Il est chez ma demi-sœur, à côté de Saint-Nazaire.

37

— Acquittée ! Acquittée !

La rumeur enfla et vint battre les murs du palais de justice, se propagea dans les couloirs et les prétoires, emplit la salle des pas perdus.

À la sortie de la salle d'audience, Jacques Kerstaing guettait, par-dessus l'horizon des hauts-de-forme et des toques emplumées, l'apparition de Claire.

Enfin, les portes s'ouvrirent et Claire Mataguez apparut, portée par une houle de bras et d'épaules qui se heurtaient sans pudeur ni retenue. Marguerite Durand se précipita au-devant d'elle avec son « escadron volant », comme ses détracteurs se plaisaient à surnommer ses collaboratrices de *La Fronde*. Félicitée de toutes parts, Claire tentait d'apercevoir Jacques Kerstaing.

La foule l'emportait, tel un bateau ivre. Claire ne savait plus si elle devait rire ou pleurer. Elle allait retrouver Jacques et partirait chercher Gabriel à Saint-Nazaire. Ils s'installeraient à La Givanderie. Le domaine reprendrait vie. Une autre vie. Comme autrefois, du temps de Gabriel Mataguez.

Dans l'euphorie qui était la sienne, elle ne distinguait pas les voix qui s'élevaient autour d'elle. À sa droite, Maurice Lansonnet, ému en dépit de sa longue habitude des assises, répondait pour elle aux questions de quelques journalistes.

Au fond de la salle des pas perdus, elle entendit tout de même un homme s'exclamer :

— Félicitations, la Frondeuse !

C'était Jean Raverdi. Loin du coassement dont elle avait conservé le souvenir quelques mois plus tôt, sa voix était pleine d'une émotion respectueuse.

Elle n'était pas seulement acquittée, elle était blanchie de tout soupçon. Elle allait pouvoir revenir au journal la tête haute et pleine de nouveaux projets.

Alors qu'un journaliste l'interrogeait sur le rôle qu'avait joué son combat féministe dans ce procès, Claire se souvint de la réflexion de Jacques au sujet de l'affaire Dreyfus et elle entendit sa propre voix, à la fois lointaine et familière, qui, à travers une brume heureuse, disait :

— Ce n'est pas une femme, monsieur, qu'on vient d'acquitter, juste une innocente !

Elle aperçut alors, dans la confusion générale, la voiture qui ramenait Romane Trouvère en prison. Elle eut tout juste le temps de lui adresser un petit signe de la main et de se faire une promesse : elle avait maintenant un autre combat à livrer, pour elle, pour toutes les victimes de Max Lesarnoy, pour toutes les victimes de tous les Max Lesarnoy.

Plus tard, beaucoup plus tard dans la soirée, quand la meute se fut dispersée et que la paix fut revenue, Claire Mataguez et Jacques Kerstaing se firent une autre promesse sur la place de la Mairie.

Dans deux jours, ce serait Noël et, dans une semaine, le commencement d'un nouveau siècle.

L'averse de neige fouettait leurs visages et noyait les rues de Rennes sous une écume laiteuse. Un homme, presque un vieillard, leur adressa un signe de la main. Était-il au procès ?

— Tu étais au courant pour ton fils ? demanda tout de même Jacques Kerstaing.

— Depuis deux jours seulement.

Elle marqua un silence avant de demander :

— Tu veux toujours des enfants, Jacques ?

— Bien sûr. Pourquoi cette question ?

— Tu crois qu'avant d'en avoir un tu en supporteras deux ?

— Pourquoi deux ?

— Parce que Romane m'a demandé de m'occuper de son fils au cas où il lui arriverait quelque chose. Sa demi-sœur est gravement malade. Je lui dois bien ça, non ?

Jacques Kerstaing réfléchit un court instant et leva les yeux au ciel, feignant de consulter les étoiles qui scintillaient sous le dôme de l'hiver. Puis, dans un geste qu'il n'avait encore jamais osé, il la prit par le bras, un bras tout juste assez grand pour tendre une fronde.

— À une condition, dit-il.

— Laquelle ?

— Que tu acceptes à présent de te laisser aimer.

Composition :
Soft Office – 5, rue Irène Joliot-Curie – 38320 Eybens

Achevé d'imprimer par GGP Media GmbH, Pößneck
en décembre 2015
pour le compte de France Loisirs,
Paris

N° d'éditeur : 83420
Dépôt légal : septembre 2015
Imprimé en Allemagne